U0937692

魅丽文化
花火
花火工作室

乐小米 著

典藏版

Cang Er

图书在版编目（CIP）数据

苍耳：典藏版 / 乐小米著．—南京：江苏凤凰文艺出版社，2021.9
ISBN 978-7-5594-6232-9

Ⅰ．①苍… Ⅱ．①乐… Ⅲ．①长篇小说－中国－当代
Ⅳ．①I247.5

中国版本图书馆 CIP 数据核字 (2021) 第 172294 号

苍耳：典藏版

乐小米 著

责任编辑 张　倩
出版统筹 曾英姿
特约编辑 夏　沅
装帧设计 苏　茶
封面绘制 王点点
出版发行 江苏凤凰文艺出版社
南京市中央路 165 号，邮编：210009
网　　址 http://www.jswenyi.com
印　　刷 湖南天闻新华印务有限公司
开　　本 880mm × 1230mm　1/32
印　　张 9
字　　数 200 千字
版　　次 2021 年 9 月第 1 版
印　　次 2021 年 9 月第 1 次印刷
书　　号 ISBN 978-7-5594-6232-9
定　　价 46.80 元

我愿铁马冰河，
也愿执剑红袂

目录

CONTENTS

C O N T E N T S

生命至冷，许以温暖。

楔子

童话，向来属于小孩子，

与成年人有什么关系。

望远镜

城市冰冷，霓虹流彩，并无温度。

这段时日，事务繁杂，忙于收购国际知名品牌瑞普墨西哥工厂股权及资产，又恰逢集团经营层人事动荡，新老交替，庄毅已经忘记，自己多久没有抬头看看夜空，夜色里柔软的星空。

今夜星空真美，浩瀚繁盛。露台的望远镜前，他想起了母亲，那个会在温柔星空下给自己讲故事的温柔女人。

城市的灯光太浑浊，怎么可以和星光比美呢？

“不是看星星吗？地上也有星星？”耳边突然响起马路揶揄的声音。

庄毅一把握住镜头，挡住马路凑过来的脸。

他只不过是看星星，至于镜头为什么是从星空滑向城市……大概是望远镜的螺丝松了，或是天冷，手滑了。

那个女人，他才没有兴趣看呢。

庄毅面无表情，转身，离开。

找到她

身后，星空浩渺。

庄毅一直记得，四年前那场“谈判”。对面的人，安静如画，沉默良久后，笃定安静的眸子，笃定安静的声线，提出的要求——

“帮我找到她。”

“但，别对她有任何想法。”

鬼才会对她有想法。

灰姑娘

最近，入睡有些难，庄毅换了身衣服，准备夜跑。

马路是同他一起离开的。分别时，马路看了他一眼，见他一身运动装，笑："哟！夜跑？怎么了这是？失眠了？"

庄毅没理马路。

夜跑只是他的一个习惯而已。

他似乎想起什么，对马路说："别再找人跟着我了！"是的，他不想夜跑这么绿色环保的行为被马路搞得兴师动众的。

马路不置可否。

夜跑后，庄毅入睡依旧困难。

厚重的窗帘，隔住了漫天星光，也隔住了露台上的望远镜。望远镜里的那个她，一张清绝的脸，似乎抱着一本书……

他不喜欢这种失控。抬眼看了一下床头的闹钟，已凌晨三点，他闭上眼，努力调整，让自己快些入睡。

辗转不知多久，才睡去，庄毅梦到了自己小时候。

小时候的自己，已经那么英俊了，让他心旷神怡。这一切场景，熟悉到让他想触碰每一寸却又害怕触碰每一寸，生怕碎掉。

他记得这里的每一幕。

那是六岁的自己，幸福的自己，虽不情愿，却被母亲牵着小手去看芭蕾舞，俄罗斯国家剧院演出的《灰姑娘》。

半场休息时，那个稚气的小男孩突然问母亲："妈妈，王子为什么会喜欢灰姑娘？”

是他了——从小就有因早慧而异于平常小孩的规则感和秩序感，比如糖是甜的，盐是咸的，王子是要和公主在一起的。

母亲愕然——没有小孩会质疑童话。

良久，母亲蹲下身来，看着他懵懂而认真的眼睛，温柔地说：“妈妈啊，现在也没有答案。要不我们一起看完，寻找答案？”

小男孩点点头。

结果，下半场时，小男孩睡着了。

……

庄毅抱着手臂，远远地看着，小小的自己，睡在母亲怀里，软糯得像一团棉花，完全不是现在的自己——冰冷、坚硬，拒人于千里之外。

舞台上，舞者们旋转跳跃，童话继续；舞台下，小男孩没有找到他的答案。

庄毅低下眸子，转身，轻轻退出了这场梦境，嘴角有一丝若无若有的嘲弄——

童话，向来属于小孩子，与成年人有什么关系。

第一章
庄生晓梦

若历经这世界所有苦难，只为与你遇见，

我愿铁马冰河，也愿执剑斩棘。

许暖抱着书，匆匆赶到学校礼堂时，“和风”奖学金的颁奖典礼刚刚开始。

主席台上，林副院长正在盛赞着盛世和风集团对教育事业的无私奉献、卓越付出，更盛赞着在主席台上端坐着的、跟天使他大表哥似的庄毅“青年才俊”“无私博爱”“品格高洁”……总之，字典里的溢美之词，林副院长说了七七八八，就差说“庄总您永垂不朽”了。

许暖挪向自己的位子，抬眼看了一下台上的庄毅，手心瞬间冰凉。每次见到他，她都会紧张得无以复加，哪怕隔着这么远的距离。

许暖低头，乌黑的马尾散落在白皙修长的颈项上，她看起来像一个易碎的细瓷娃娃，散发着淡淡的水墨香。

林欣晃着酸奶冲她招手。

许暖抱着书挤过去，坐了下来，说：“不好意思，我来迟了。”

林欣看了看许暖怀里的书，说：“快坐吧，优等生，就没见谁读个大学像你这么辛苦的。”

林欣说话向来直接。

许暖没说话，低头将书本摊开。

她没有办法不努力，如果她想摆脱他，这是她唯一的出路。

她暗暗叹了口气，一边翻书，一边在本子上写写画画，回过神来，才发现重笔描画的是个“阮”字，她的旧名——阮阮。

这个字，是当初那个叫孟古的男孩手把手教她写的。

一笔一画，执过手的少年，一言一笑，动过心的容颜。白色的纸，黑色的字，如缔结盟约的誓言……只是最后，青梅傻傻地等，竹马不来，负了流年。

许暖的眼里像蒙上了一层雾，酸涩异常。记忆，豁开了巨大的罅隙，将人狠狠地吞噬。

这么多年过去，她无数次告诉自己一定要忘记他，可是，依然不过是一个名字的浮现，心便塌陷。

爱情的悲哀就在于，它永远难以对等。一个人随意钩钩手指的动作，就足以让另一个人交付一辈子的爱和期望。

突然，四周掌声雷动，身旁的林欣更是恨不得变身为千手观音，她喊许暖："暖暖！快，快，庄、庄毅要讲话了！"激动的样子就像喊许暖看上帝。

许暖抬头，明眸泫然，主席台上，庄毅起身，冲台下点头示意，表情管理严谨，亲和、谦卑，却不失矜贵。

主席台下一双双渴慕的眼睛。

年轻人总想从成功人士身上找到秘诀，更有如同林欣一样的女生，张大眼睛，屏息凝视着他，心里如同揣着小兔子。

许暖低头看书，努力让自己镇定。

有一种人的存在，天生是为了掌声和荣耀，比如庄毅。

一直以来，庄毅都是这座城市的传奇。

在一些传闻里，他二十二岁归国，入主"盛世"，几乎一夜之间，名声席卷了整个商圈。他的发家史充满传奇色彩，而且版本诸多，让他愈加像一个谜。

几年前，风头正盛的他，举着"盛世"的大旗，兼并了"和风"——在这座城市里曾经辉煌了七十年的宁氏家族企业——成立了盛世和风集团。只不过，宁氏兄弟一个意外死亡、一个离奇失踪，流言随着他的声誉日隆而甚嚣尘上，更有传言说他就是幕后黑手……

后来，人们突然发现，他的情感绯闻要比他的商界荣耀更为传奇。哪怕他的发家史，都离不了“女人”。

有传言，庄毅在国外，从十九岁开始，便是某知名好莱坞女星的情人。女星去世后，留给他巨额遗产。正是这笔遗产，让他在归国之后，迅速在这座城市崛起。

花花公子的风流韵事，历来是人们茶余饭后的最爱，于是人们迅速遗忘了宁氏兄弟的离奇过往，自然也遗忘了对庄毅的猜忌。

神奇的是，即便庄毅的风流传闻如野草般疯长，却大都捕风捉影，并无实锤。这些传闻反而助长了他的吸引力。

就仿佛，罂粟是毒，人人皆知，却难挡其诱惑。

也有人说这只是一场高级公关，一桩风流韵事代替一桩丑闻，盛世和风不亏。

林欣看着主席台上的庄毅，像个小迷妹，说：“暖，还记得吴大记者说的吗？‘圣人之道，为而不争’，当初和风老板的死，大家都怀疑他，他却成立了‘和风’奖学金纪念故人。唉，真是个好人。”

许暖知道，林欣小姐姐嘴里的“好人”，是好看的人。

果然，林欣说：“你说一个男人长得这么好看干吗。”

许暖似乎没听到，只是唇边的冷笑出卖了她的心，好在嘴角梨涡浅浅，淡化了这丝冰冷。

林欣看了看她，说：“你们俩应该一起被送去火星！”

——“为什么？”

——“非人类啊！”

——“非人类？”

——“好看得像非人类！欸——我说许暖，你真讨厌，非要我承认得这么直白吗……”

许暖的脸不由得红了。每次林欣将她和庄毅一起提及，明知是无意，她依然会脸红，像被母亲撞破心事的少女。

其实，平心而论，她确实觉得庄毅“非人类”，但绝不是因为他那张好看的脸。她只是想撕开他虚伪的假面，让那些对他充满幻想的女生醒醒，那昂贵的西装下，是魔鬼、是恶灵，绝不是什么完美情人，更不是什么圣人。

林欣看着许暖，奇怪地问：“你脸红什么？”

许暖抬头，不知如何回应。

林欣打趣她，说：“我知道啦！你……不会也喜欢他吧？”

许暖刚要辩白，就被林欣打断，她继续逗许暖，说：“暖暖，没关系，我很坚强，你喜欢，我就让给你。你要是真的能搞定庄先生，不说庄园、游艇、私人飞机，至少咱们一宿舍人的就业问题可就解决了。”

许暖皱皱眉头，说：“别闹了……”

林欣却突然岔开了话题，说：“欸——对了，昨天那个小女孩是谁啊？”

许暖愣了一下，她没想到林欣会撞见，随即小声说：“我妹……”

林欣吃了一惊，说：“你妹？！你居然有妹妹！我怎么从来不知道……不过你妹妹和你长得挺像……”

这时，礼堂里响起了一阵喧嚣，一堆人拥了进来。

林欣忙转头，许暖也循声望去。

庄毅刚要开口讲话，一堆记者涌入了礼堂。他抬头，只见台下镁光灯一片闪烁，对着他拍个不停。一阵混乱之后，记者们很大声地问道——

“庄总，梁佳丽达集团的千金梁小姐于今天下午两点在丹山大桥跳江自杀，对于此事，你有什么要说的？”

“庄先生，请问您是否曾和梁小姐恋爱？是不是因为您提出分手，才导致了梁小姐多次过激的行为？”

“庄先生，请问这是否会导致盛世和风与梁佳丽达合作破裂，令双方关于新胶机场的合作项目流产？”

……

庄毅显然不曾料到梁小爽会再次闹自杀，是的，再次，更没料到记者们会闯入学校，不过，好在他一向处变不惊。

万言万当，不如一默。他向来信守。

他看了吴衍一眼。

吴衍在内心翻了个白眼，早该知道庄毅当初喊自己回国当什么副总就不是好事。他心里虽然嘀咕，但人早已迅速拿起话筒。那是一个极好听的男中音，清亮中透着磁性，让人着迷，极适合做公关。

吴衍说：“首先，大家和庄总一样，最该关心的是梁小姐的安危，这是我们为人的基本良知。其次，庄总视梁老为长辈，常陪他老人家喝茶下棋，与梁小姐更是情同兄妹。小辈们仰仗长辈们提点，长辈们自然不会因为捕风捉影的事为难小辈。现在庄总会去医院看望梁小姐，兄妹情深，人命关天，各位也不会为了一篇采访围堵拦截。”

太极辞令，向来是盛世家的强项。

就在记者们自觉无趣，眼睁睁地看着庄毅在保镖的掩护下离开时，突然，不知道哪家记者大声喊道："庄先生，请留步！"

那记者说："我刚接到同事发来的消息，李嘉集团唯一继承人李乐，刚刚在赛车现场发生意外，疑为梁小姐殉情，请问您有何看法？您认为小李总以及梁小姐频频出事，是否与之前同您曝出恋情的'神秘女人'有关？"

庄毅的脸一瞬间阴沉得可怕，不是因为这个记者试图揭开他隐匿的秘密，而是他居然把自己和许暖用"恋情"这个词绑在一起。

恋情？

和她？

开什么玩笑！

至于梁小爽和李乐这两只米虫每天搞东、搞西、搞什么，他更不清楚了。是作业太少了吧。但是，他没有想到李乐出事了。

庄毅冲吴衍递了一个眼色。

吴衍点点头，心领神会，庄毅要他去打探一下李乐怎样了。

而庄毅在一群工作人员和保镖的陪同下，迅速从后门离开。离开前，他转身，深深地向学子们鞠躬致歉，谦卑有礼，完美得如同教科书一般的谢幕，也完美地诠释了《维度人物》专访时对他的评价：敏锐洞悉，却温和行事。

离去时，于千百人之中，他不动声色地搜寻了一下许暖。

她在。

庄毅离去时冷冷的一眼，令许暖手心一片湿冷。

刚才记者的涌入让她的心已经跳到了嗓子眼儿，她害怕那些镁光灯如同长了眼睛一样，探到自己身上。

林欣看着庄毅离去，冲许暖撇撇嘴：“欸，你说，那神秘女人是谁，怎么整日里曝光却不见其真身啊？”

许暖努力镇定，说：“我不知道。”

林欣福尔摩斯上身，“推理”说：“我觉得说不定是某个女明星，怕影响事业，所以搞地下情。”

许暖只是心虚地笑笑。

林欣撇撇嘴，说：“你说都认识庄毅了，还搞什么事业啊，嫁入豪门得了。”

说到这里，林欣很神秘地凑到许暖的耳边，说：“许暖，你知道吗？庄毅和咱们学校一个女生私下往来了很久……”

许暖吃惊地看向林欣。

林欣白了她一眼，说：“干吗反应那么大，又不是说你。”

许暖连忙摆手，说：“不是我。”

林欣忍不住笑了，说：“你倒想是吧？”

许暖忍不住给她一记白眼。

林欣见她急了，笑：“好啦，不开你玩笑啦。庄毅他们这种人怎么可能跟我们有交集呢？”

她看看许暖的小脸，捏了捏，露出极为惋惜的表情，说：“再漂亮的脸，没有漂亮的身世，也穿不上水晶鞋，只能被水晶鞋砸脸。”

许暖没说话。

林欣说：“唉，不说庄毅了，还是想想怎样找工作。毕竟我们不是富家子弟、名门千金，有事没事开开赛车，闹闹绯闻，托爹妈的福，小日子就过得春风万里了。”

许暖知道，林欣是在讽刺李乐和梁小爽。

虽然梁小爽总是如利刃一样，在自己的生活中留下伤痕，但骤然知道她出事，许暖还是有些难过。

一直以来，对于梁小爽，许暖总有种说不出的感觉，可能是被她那种爱恨分明的性格所吸引。

她凛冽地爱，凛冽地恨，凛冽到不到黄河心不死地去追求自己认定的幸福、认定的人。

而这一切，都是自己不敢有的。

对于许暖来说，爱，是沉默的；恨，也是沉默的。

就像原野之上的苍耳子一样，静默地沾上某人的衣襟，随之天涯，任之天涯。

等待，或者枯萎，都是沉默的。

她常常会想，如果十六岁那个夜晚，自己能够有梁小爽一半倔强、一半勇敢，她一定会拉住孟古的手，绝不放他离开。

林欣转头，看着许暖略略僵直的背影，有些奇怪："你怎么了？"

许暖转头，笑笑，说："没事。"

林欣松了口气："吓死我了，我以为你又低血糖……不是我说你，你以后多吃点儿，这么瘦……"

许暖没再说话，望着天，背影孤单。

天那么好，云那么好，时光那么好，可你清楚，你不好。

于是，你就这么无端地在这么好的天、这么好的云、这么好的时光下，不知想起了谁，泪水装满了心，却倔强着不肯落泪的眼。

去往自修室的路上，林欣突然想起了什么，说："奇怪，今天这么热闹，咱们吴大记者居然没来。”

许暖没吭声。

林欣撇嘴，自问自答道：“也是！老吴肯定不屑采访这些，她志向可高远呢。”

林欣说的吴大记者是吴楠，本学院被封神的风云学姐。

红尘如一场迷途，很多人一生都不知道自己想要什么，而吴楠则是从十六岁开始就立志要成为一名记者。高中时代，她就建立了一个网站，名叫“现场”，一直到现在。

老师们都称赞，吴楠是天生的记者，敏锐忠实，孤胆英勇。

不同于许暖的清冷，吴楠的冷，是冷静，像一个精准的机器人。

许暖和吴楠认识，是因为学校的一场活动——响应网上“随手拍解救被拐儿童”。一向清冷如仙的许暖，突然异常积极地参加，惊得林欣下巴都要掉下来了。

许暖还殷切地建议吴楠，在“现场”网站，开辟类似于“宝贝回家”的版块，长期帮助寻找走失儿童。

吴楠是敏锐的，洞察到许暖这份和她清冷性格反差极大的热情必有缘由，却也并未追问。

许是投缘，许是好奇，总之，她们成了朋友。

林欣倒不怎么喜欢吴楠，在她看来，吴楠是她和许暖友情的入侵者。女孩的友情里，常有些微妙的小心眼。

晚自修后，许暖告别林欣，离开学校，回住所。

林欣抱着书，打着哈欠，说：“许暖啊，我上辈子欠你的，还要做陪读书童。”突然，她凑过大脸来，怂恿许暖，“不是说房子的主人不在国内吗，带我看看呗。”

林欣一直好奇又羡慕，许暖找了个如此幸福的兼职——替一个客居国外的贵妇照看房子。

对于林欣，许暖总是无奈，她转身，笑笑，却很坚定地拒绝道：“不行。”她说，“房主要求的，不能带外人去。”

林欣撇撇嘴，说：“小气！”

其实，这种要求和拒绝，在她和许暖之间已经上演了一百八十遍，她早已习惯。

许暖悄悄地回了住所。

住所位于明阳路一栋公寓，一楼，有一个不大不小的花园，前面是市府，后面是高档百货商业配套，鸟语花香，绿树成荫，是喧嚣繁华中难得的安静之所。

许暖常坐在花园的石凳上看书，阳光落在她锦缎般的黑发上，晒得人懒洋洋。赵小熊偶尔也会蹲在她身边数蚂蚁。

这个给她安静生活的居住之地，是那个叫庄毅的男子“所赐”——四年时光，无人知晓的秘密。

她和庄毅之间的一切，都是秘密，秘密到连最好的朋友林欣都不知晓。

许暖打开房门，将课本一股脑地放在桌上。

她刚要开灯，却发现一道黑色的影子懒散地斜坐在沙发上，如同幽灵，吓得她差点儿喊出来。但那种熟悉的薰衣草与薄荷香糅合在一起的古龙水味，让她立刻知道了自己面前的男子是谁。

“怎、怎么是你……”许暖努力保持镇定，却仍下意识地向后靠了靠，结结巴巴地问道。

男子并未起身，依旧斜靠在沙发上，身体舒展得如同摇曳的花草，带着一种袭人的气息。他看了看许暖，嘴角弯起一丝嘲讽，说：“怎么，还会有其他男人？”

说完，他从沙发上起身，路灯的光，从窗外滑进，映出的是一张俊美无双的脸。

“不是的，庄先生。”许暖摇头，下意识地向后靠，却发现自己已经抵在了房门边，无路可退。

庄毅看着她，他听得出她言语中的“庄先生”透露出的距离感，这已经让他很不爽了。他再看她，毫无倦态，年轻细腻的脸，眼眸澄明，毫无黑眼圈……一看就知道睡得很不错，一点儿也没被失眠打扰。这让他更不爽了。该失眠的是你，该辗转反侧的是你。毕竟我这么英俊的皮囊……等等！今晚，自己这是怎么了？

他将双手环抱在胸前，冷冷地凝视着许暖，暗暗告诫自己，别被她这副“我见犹怜”的模样蛊惑，这副蛊惑人心的皮相最是讨厌。

他抬手，看了看表。

许暖立刻意识到什么，忙解释道：“今天学校社团有活动，所以我回来晚了……”

庄毅冷笑，不无嘲讽地说：“我还以为许小姐特别喜欢夜生活。”

“夜生活”三个字，如同针芒，蘸着硫酸，刺入许暖的骨缝，生生地腐蚀着她的自尊。

十七岁那年，风雪夜，与庄毅的相遇方式，似乎是她洗不掉的原罪。

许暖不看庄毅，对于他的嘲讽，她难过，却也无从辩白，只能倔强地沉默着。

这种僵硬的气氛不知持续了多久，许暖开口，说：“庄先生，您要是没有其他吩咐，我去休息了。”说完，她便从他身边走开。

这就是许暖，喜欢沉默。

——沉默地爱，沉默地恨，沉默地忍耐。

哪怕内心的情感天崩地裂，整个人却永远如同水墨画里沉睡的莲。

而这恰恰是庄毅所不能忍受的。在他看来，一个女人，可以对着他哭，对着他闹，对着他歇斯底里，却唯独不能对他无视。

这是他最痛恨许暖的地方。

所以，未等许暖走开，他便一把将她扯回，抵在墙上，双手如同桎梏，将她双臂牢牢锁住，狠狠地压在墙壁上。

许暖的衬衫下摆被扯起，腰间的丝丝凉意，让她羞赧不安起来，她扭动着试图摆脱。

庄毅的眼神愈加阴沉、凌厉，他根本就没在意许暖腰间那一段春光，或许他见过的旖旎春色太多，这点儿又算什么。

突来的失控，不仅惊到了许暖，也惊到了庄毅自己——等等！自己的情绪，怎么可以为许暖这个小女人失控？

最终，他控制了一下情绪，松开了手，转身，语气中却是不容反抗的严肃，他说：“这些天，别去学校了。”

他之所以这么说，是因为他知道，梁小爽和李乐双双出事，会让许暖再次成为媒体追逐的焦点。

他不希望她被曝光——至少不希望是现在。

许暖一怔，有些焦急，说：“可是，我还有毕业论文……”

庄毅转脸，一字一顿地说：“你是在跟我讲条件？”

许暖看着他，阴晴莫测、狂妄自大的模样，眼底似乎隐约有黑眼圈……呵！那些盛赞他“敏锐洞悉，温和行事”的媒体是瞎了眼吧。

她心底冷笑：讲条件？我不过是任你摆布的棋子，哪敢讲条件。只是你何必亲自登门？只消一个电话，我照做就是。

当然，这些话，她是不会说出来，她要真的说出来，这个不可一世的“暴君”得原地爆炸吧。水瓶座的人，永远都是这样，瓶子里的水，是外人不知的深浅冷暖。

她看着庄毅，眼眸里隐约透出丝丝的恨——这让他更为不爽。在他看来，对于她，他有救命之恩，一个受他深恩的人，此刻竟用这种眼神看着自己……他腾出一只手，捏住她小巧的下巴，说：“你就是这么感激你的救命恩人的？”

许暖将脸转到一旁，纤长的睫毛颤动着，似恨意、似泪影，映在漂亮的眼窝里，又似流星自天际坠落。

救命恩人？多么可笑。

如果可以，她宁愿在遇见庄毅的那个风雪夜已经死掉，也好过今时今日在此承他如此“救命大恩”。

窗外的灯光映在庄毅英俊如玉的脸上，他的眼神里隐约有了疲惫之色，不同于在他人前的无限风光。

靠这个女人这么近，这么英俊的脸，她不会产生非分之想吧？会失眠吧？

他放开许暖，扯开衣领，松开那条酱紫色的领带——对于生活，你选择了体面，往往也就选择了束缚。

他转身，用后脑勺对许暖说：“水，冰的。”

命令的口吻，不容置喙。

第一次遇见庄毅，许暖十七岁。

关于这段记忆，她和庄毅几乎是相反的。

但不管怎样，那大约是她人生最落魄、最动荡不安的一段时光了。

如何陷入那般绝境，又是如何与他相遇，许暖必须承认，他是对的，她的记忆出现了偏差。唯一清晰的是，那一天，这座城市下着很大的雪。

那时，她的妹妹许蝶刚满周岁，小小的婴儿，蜷缩在烂尾楼那堆破旧的被子上，像一只熟透了的虾子。风从四面吹来，细小的雪花夹杂在风中，卷入屋内，落在婴儿红红的小脸上，瞬间融化，亮晶晶的，如同绝望的眼泪。

从垃圾堆里捡回来的煤球炉上，炖着吃剩下的狗肉，肉香夹杂着腥气。

狗是赵小熊两天前拖回来的。在此之前，他们已经饿了好多天。前段日子，像被瘟神施了咒，赵小熊在工地上伤到了腿，被工头赶了出来，剩下的钱都花光了，用在给他接骨上。而许暖做的零工，老板突然找不到了。所以，就这样，他们忍饥挨饿在这食物丰盛的城市里。

那天，赵小熊拖着受伤的腿一瘸一拐地出门，回来后，一进门，就冲她咧着嘴巴笑，说："有吃的了。咱们不会饿死了。"

许暖当时正抱着生病的小婴儿满心绝望，当满身是血的赵小熊拖回一条僵死的狼犬时，她吓了一跳。

赵小熊回来后就再也没有爬起来过，他浑身是咬伤，累累不可触目。他蜷缩在墙角，咬着牙，不去呻吟。

许暖看着他，眼泪却困于眼眶，倔强地不肯落下。

赵小熊努力睁开眼，看着许暖，说："对……不起啊，都怪我！这么不小心，摔伤了腿……我明明答应你，发工资就租间小屋子，不再住这种烂尾楼了……"

许暖的眼泪就掉了下来，赵小熊抬手，想给她擦眼泪，可是看到自己皲裂的手和满是污泥的指甲，又缩了回来。

他努力地笑，想让她放心，说："傻瓜，我不疼，真不疼。"

他一边说，一边努力笑给许暖看，可是嘴唇开合间撕裂的疼痛，将他的眼泪生生逼了出来。

许暖颤抖着手捂住他的嘴巴。

风雨如晦的城市里，她和他相依为命。

他们分同一个烤红薯，吃同一份盒饭，喝同一杯水。

那天夜里，许暖顾不得少女特有的洁癖，将狼犬拖去清洗……

在那之前，她和很多女孩一样，喜欢小动物。

以前，孟古养过一只大黄狗，叫"阿黄"。阿黄一直很忙，不是跟着他走在去学校的路上，就是和隔壁小黑一起去邻村狗友家串门。偶尔，许暖去桃花溪边洗衣服时，阿黄也会屁颠屁颠地跟着。一同跟在她身后的，还有那个眉目如画的英俊少年孟谨诚，他是孟古的小叔，只是人有些傻。

傻傻的孟谨诚。坏坏的孟古。英俊的阿黄。

这曾经是许暖生活中最重要的部分。

桃花溪边，她曾经将一颗苍耳沾在孟古的衣襟上。十六岁的少女，眉眼尚未长开，却已别样情致。

——阮阮，我一辈子都不会丢掉这颗苍耳的。

——为什么啊？

——因为这颗苍耳就是阮阮。孟古一辈子都不会离开阮阮的。

——你撒谎！奶奶说，你过几天就要坐着火车离开桃花寨子，去外省读大学了……

——那我就带着这颗苍耳。苍耳在我身边，阮阮在我心里。

苍耳在我身边，阮阮在我心里。

可现在呢？

当她不远千万里来到这座陌生的城市，他却不肯再见她一面。他要赵小熊告诉她，在这座城市，这所大学，他有了新的人生，让她忘记他吧。

赵小熊还说，孟古身边的女孩，漂亮又洋气，像个洋娃娃……

许暖望着怀里哭得嘶哑的婴儿，护士们满眼怜悯却也无奈，拿不出一分钱，救不了一条命。

冬雪纷飞的夜。

闭眼，是冰冷的记忆；睁眼，是冰冷的墙壁；充耳，是婴儿近乎消失的哭泣声；回头，是受伤的赵小熊痛苦的声息……

何以为生，无以为命。

终于，坍塌了，她的十七岁，不堪重负的十七岁。

夜就这么逼红了许暖的眼。

她要救这个小小的婴儿，她要救赵小熊！

她忘记自己是怎么跑到那条落雪的街，回头，风雪之中的烂尾楼，曾经她觉得如同牢笼的地方，将她死死困住的地方，让她疯狂想逃离的地方，如今却是她在这个城市里唯一的家。家里是她拿命都要守住的人。

夜，掺杂着风雪，渐渐黑成了绝望。

明天在哪里？明天会怎样？无人知道。长长的街巷里，身边走过的陌生男人，有的对她投以好奇的眼神，也有的，不怀好意地对她打量几番。

路灯下，还有一些神秘的女人，她们远远地睨着许暖，审视又戒备，风尘而轻浮。在她们眼里，似乎这世上任何人都可以拿来称斤论两卖。

许暖茫然地走在街上，却又无比清晰地知道，今夜，这世上唯一能救妹妹和赵小熊的，就是钱。

她别无选择。

突然，路灯下那些神秘女人的脸越来越清晰，她们回过头，轻浮地笑着，那一张张风尘的脸竟然全是自己。于是，许暖惊恐极了，她像发了疯一样奔跑在雪地里，没有目标，没有方向，只为将那个肮脏的念头甩掉，直到没有力气。

眼泪在脸上结了冰，她喘息着，失魂落魄，在白茫茫的雪地里。

她突然看到了孟古，他向自己走来，他将青青的苍耳放在她的手心里，柔柔的青色，柔柔的刺。

他笑得那么温柔，那么干净。

他说："阮阮，回家。"他说，"阮阮，我一直都在找你。只是在这人间，我找不到哪条路可以走到你那里，所以，你一定要等我……"

许暖捂着脸痛哭起来，十指之下，却已无路。

庄毅就是在这个时候出现的吧。

车行至巷尾停下，他悄然从车上走下，黑色羊绒大衣，在雪夜之中，如同一只觅食的黑豹，冰冷而优雅。

许暖几乎踉跄着走到了他面前，冰冷的小手还未来得及触摸到他的衣角，就被他的大手握住了，稳稳的。

他的手很温暖，如同南国的春天。

庄毅没有想到一个少女会用这种方式拦住自己。天生的警惕，让他只是握住了那只冰冷的小手，扶住她摇摇欲坠的身体，保持着距离。

那只小手冰冷，冰冷中透着一种莫大的绝望。但是，他不关心这种绝望，他关心的是，这是商场对头送来的粉红炸弹，还是阴谋家送来的温柔乡？现在的对手，常常使用鬼蜮伎俩，这莫不是俗套的救风尘？一场拯救落难女子的游戏，让他扮上帝？这么英俊的上帝……真难为这些小女子，不会临阵叛逃。

他睨着黑暗处她那张几乎无法看清的清瘦小脸，冷冷地看着。

许暖抬起眼眸，她没有想到，眼前的男子是如此漂亮，如同暗夜里的天使，随着雪花而来。他脸蛋漂亮得让人惶惑，仿佛自己说出任何话语都是玷污了他。她结结巴巴，声音低到了尘埃里，她说："先……生……带……我回家吧。"

庄毅看着她，脑海里迅速闪过一种极不好的预感。

她嗫嚅着："我什么都会做……"说完，她又忙不迭地解释，说，"做饭……拖地……洗衣……买菜……我绝不会偷懒……"

庄毅睨着她，现在落难的人都这么别具一格了？

庄毅还没来得及开口，原本远远跟在他身后的几个人，一看有人"偷袭"自己老板，便冲了上来。

为首的男子，眼睛细长，叫顺子，他上前，一把将许暖推开。

冰冷的小手从自己的掌心抽离的那一瞬间，庄毅的心居然产生了一种莫名的柔软，仿佛被春天最柔嫩的春草轻轻地撩拨了一下。

他似乎有些不忍，刚要俯身仔细看一眼这个连样子都不曾看全的小女孩，就被顺子挡住了。

庄毅似乎知道他们会出现，很不悦："不是不要你们跟着吗！"

顺子不敢吭声。

庄毅说："马路让你们来的？"

顺子犹豫了一下，点头。

说到马路，庄毅很无奈，却不免想起年少时同患难的那段悲惨时光。其实也不怪马路跟个被害妄想症患者似的，要他时刻提防。

商场诡谲，人心如虎，是该提防。庄毅突然冷静了下来，仿佛刚才因为这只冰冷的小手产生的所有悸动都化为了乌有。

他看了许暖一眼，转身，离开了。

很多年后，许暖一直都记得庄毅离去时的那一眼。那一眼如同佛前的莲花，带着绵密而疏离的温柔与眷顾，可最终都凋零在池水中。

有些人，错过了一步，就注定错过一辈子。

风雪之中，庄毅离开，仿佛也带走了这世间最后一丝暖意，许暖缓缓地倒在地上，蜷缩着冻僵的身体，眼前突然一片漆黑……

她并不知道，昏迷的自己，宛如他人眼里的猎物，那个瘦削的陌生人走过来的时候，打量了她很久，像打量一件商品，同时也在猜想眼前昏迷的女孩是不是陷阱。最后，他将她扛走——因为她真的很漂亮，漂亮得即使是陷阱，也让他觉得值得。

酒店的床上，骤然温暖而明亮的光，她突然醒来，发现房里有两个男人——一个脸长得像扑克牌，他看着她，脸上的表情暧昧至极。

那一刻，她夺门而逃，又被他拉回。

她奋力挣扎，额角猛地撞在桌子上，晕了过去……

城市灯火辉煌，不知多久，她从昏迷之中醒来，房间内竟空无一人，如同大梦一场。

唯一清晰的是地板上的钱。

额角的疼痛提醒着她，这座冬夜里被暖气烘得暖融融的和乐城市与她无关。

她死不起，亦疯不起。

她发疯似的跑了出去，却又突然想起了什么，折返回来。

然后抓起一把钱，疯跑在午夜的街。

午夜的天幕，仿佛随时会砸下来，她突然停住，缓缓地闭上了双眼——

雪，落满了她温柔的发丝，细长的眉毛，让她看起来异常美丽。她看着自己的脚尖，白雪和着污泥，沾在鞋上，她蹲下身来，想要擦掉。可是，不管她如何擦拭，鞋上的污渍还是岿然不动，像一个嘲讽的表情，嘲笑着她。

眼泪，终于从她倔强的眼里流了出来，落在了她紧紧握住人民币的手背上。

突然，一道温热的血色，如霹雳一般，蜿蜒过雪地，蜿蜒到她的脚边。她脸色苍白起来，抬头，只见街头横躺着一个人，正是那个扑克脸……

许暖吓坏了，可她还没来得及发声，就被一个闪电一样冲过来的人影给制止了。

那人眼睛细长，如同野兽一样捂住她的嘴巴，然后，对巷口的黑衣男子说：“老板，有人！”

许暖瑟瑟发抖，她惊恐地看着那个蹲着的黑衣男子——他们喊他老板。只不过是一个背影，她已经感觉到一股幽冷的气息从他身上散发出来，令人不寒而栗。

眼前的男子，骄傲、凌厉、阴冷，如同暗夜之子，让人窒息。

他的声音很平稳，说：“打电话报警，这里有人出事了。”

然后，他看了许暖一眼，眼神里透露出微微的惊讶。他记得她——刚刚那个小手冰冷的女孩，试图牵住他的衣角，企图让他在今夜将她收留。

不过，当他看到她手里握着的桃花色钞票时，这份惊讶又瞬间消失了，一同消失的还有他对她的怜悯。

突然，他的目光落在她胸前的名牌上，一瞬间，他脸色变了。

他径直走向许暖。

如同乌云，罩住了夜空，他一把抓住她挂在脖子上的金色名牌。这是赵小熊从死去狼犬的脖子上弄下来的，因为觉得像个护身符，就给了她。

一瞬间，庄毅俊美的眼睛里几乎冒出了火光，阴鸷、冰冷，他厉声道：“阿诺被你偷走了？！”

许暖看着杀气腾腾的庄毅，立刻明白，他是狼犬的主人。

这条狼犬于他，应该重要得可怕——因为刚才的他，可以那么云淡风轻地看生死，而此刻，却因为小小的狗的名牌，完全暴怒，失去了冷静。

记得以前在桃花寨子，有小孩子冲阿黄扔石头，孟古也会很生气，同他们对打得头破血流。此刻，如果眼前的男子知道阿诺被自己和赵小熊吞下肚子的话……估计自己不只会死，还会死得很难看。

想到这里，许暖突然机灵了起来，她仰着脸，说："我不知道阿诺，这是我捡到的。"说到这里，为了消除庄毅的怀疑，她"狡猾"地补了一句，"我没必要骗你！"

庄毅似乎早已看穿她的伎俩，冷笑了一下，对顺子说："放了她！"

顺子惊愕了一下，一起惊愕的还有许暖。她压根儿没有想到，这个男子居然会这么轻易地相信自己。

顺子很为难地放开许暖，并推了她一个趔趄。

那一瞬间，庄毅居然下意识地想去扶她。这个突然的动作将顺子他们都吓了一跳，也将他自己吓了一跳——这是一种生命里久违了的怜悯。

这种温柔的怜悯让庄毅很不舒服，更让他不舒服的是，那一瞬间，许暖望向他的那双如同小鹿一样的眼眸，雾蒙蒙的，如同苏杭三月的天气。

庄毅如遭雷击，极其迅速地收住了手。

他转身，离开。

离开前，他瞥见许暖手里那几张粉红色钞票，嘴角一弯，冷冷地笑——可惜了，一副清纯的模样。

许暖几乎是疯跑着逃离了现场，这一夜的一切，让她惊魂难定，失魂落魄。她更担心这个如暗夜之神一样的男子变化无常，突然反悔。

这样的死，既不凄美，也不浪漫。

更重要的是，天上没有星星——孟古曾说过，如果他不在她身边，天上的星星就是他的眼睛，会代替他注视着她——天上没有星星，自然也就没有他的眼睛。

想起孟古，迎着风雪，许暖的眼泪突然流得一塌糊涂。

她还是想见他一面的。

她一路狂奔。

她跌跌撞撞，几次跌倒，跑回烂尾楼时，满身泥水。她顾不得烤火，径直跑过去抱起浑身发烫的婴儿。

她看着婴儿稚嫩的小脸，心一点儿一点儿被揉碎。她哆嗦着呓语："咱们这就去医院，这就去医院。"

许暖刚要离开，一直缩在暗处的赵小熊终于开口了。他的脸色有些青紫，看着她手里的钞票，突然有一种不好的预感——

"你去哪儿了？"黑暗处，他颤抖地开口。

许暖浑身一颤，她并不擅长撒谎，看了看手里的钱，艰涩地开口："我捡的……"

"捡的？！"赵小熊看着她。

他冲许暖吼："我说过，我明天就去赚钱给她看病！我就是偷，就是抢，也不要你作践自己！"

眼泪，从赵小熊年轻的眸子里流了出来。

她是他偷偷放在心里喜欢了许多年的女孩。他喜欢她，她的微笑，她的胆小，她的眼泪，甚至，她对孟古的爱恋。

他连触碰一下她都觉得是亵渎。

许暖累了，最好朋友的误解，让她连说一句“我没有”的力气都没有了。这一整夜的煎熬，油尽灯枯一般，她硬着声音、硬着心肠，赌气地来了一句：“我的事，不用你管！”

清清冷冷的模样。

赵小熊忍不住爆发了，脱口而出：“你就这么贱吗？！”话一出口，他就后悔了，他慌乱着道歉，“对不起，阮阮……”

就在这时，空荡荡的烂尾楼里，突然响起了一阵脚步声，有人缓缓走了进来，皮靴踩在水泥地上的声音，如同鬼魅。

许暖猛地回头，明亮的炉火，映出来人，发色如墨，容颜如雪，冷冷的气息仿佛可以冰冻住这天地。

许暖的心瞬间跌到了谷底。

来人不是别人，正是刚刚将自己放走的庄毅。

有些人天生是猎人，懂得如何花最小的力气获取最大的胜利，比如庄毅。

许暖惊恐地看着他，抱紧婴儿，渐渐地，眼里的惊恐被绝望所代替。她突然恨死了自己，怎么会相信这个男子会真心放了自己？

赵小熊看着走进屋子的这些人，为首的男子冰雪容颜，正用挑剔的目光审视着许暖。

赵小熊忍着痛挣扎起来，摇摇晃晃地挡在她的面前。

许暖反而将赵小熊挡到了身后，努力镇定，却依旧结结巴巴，说：“我不会告密的，我什么都没看见！”

为了她仅有的两个亲人，她什么都肯做，包括低声下气地去哀求眼前的男子。

庄毅还没说话，他身后的人却已哄笑起来。

有人粗声粗气地说：“弟兄们，她说她不会告密？！”然后他们哄笑，“小姑娘，你倒是说说，我们有什么密值得你去告啊！”

庄毅面露不悦，皱了皱眉头，他不明白，马路为什么总弄这么一群乌合之众跟着自己，名曰“保护”。

顺子一见庄毅脸色不好，赶紧使眼色，让他们收敛点儿。赵小熊却已像暴怒的猛兽，挥着拳头向着庄毅冲了上来，他容不得别人对许暖有半分亵渎。

顺子连忙挡到庄毅的身前，一把将满身伤痕的赵小熊推开。

赵小熊趔趄倒地，一群人围了上来。

周围的混乱刺激了许暖怀里的婴儿，她拼命哭泣，声音却已嘶哑，只能有气无力地宣泄着不安和恐惧。

许暖看着怀里的婴儿，又看了看被人围殴的赵小熊，扑通一声跪在一直冷眼旁观的庄毅面前。

她哀求，说：“你放了他和我妹妹吧，他们什么都不知道……”

庄毅看着她，如同高高在上的神。突然，他的目光被棉絮堆旁的灰黑色皮毛吸引了过去——新剥的狗皮，隐约带着血色。

庄毅的脸色瞬间沉下来，像翻腾着乌云的天空，只等着闪电霹雳最后的撕裂。

他疾步上前，抓起狗皮，空气中带着腥味的狗肉香气让他想吐。

他猛然回头，目光如同淬毒的利刃。他看着许暖，声音颤抖："你们把它……吃了？！"

许暖紧紧护住怀里的婴儿，不敢抬头。

被围住的赵小熊，生怕许暖受伤害，在雨点般的拳打脚踢中，仍不忘替她求饶，说："不关她的事儿，狗是……我捡的！"

庄毅根本不会相信他的话。他满城寻找的阿诺，跟了他整整八年，救过他性命，因此断了后腿……如今它被人炖在锅里……

愤怒的庄毅，拎起赵小熊，赵小熊看着他，摇晃着，笑，早已不堪一击。

庄毅原本想要挥出的拳，最终没有挥出。

庄毅狠狠地将他推开，他像一个散了架的提线木偶一般倒地，发出巨大的声响……

——"小熊！"许暖绝望极了。

昏厥的那一刻，她似乎看到庄毅像一团巨大的黑云笼罩过来，将她怀里的婴儿抱起，垂眸，端详，转身……

像一场无边无际的噩梦。

梦里是那个男子冷酷的容颜，他有着黑色的发，冷冽的眼眸，决绝的唇。他细长的手指，如同花草，在空中画出一道弧线，沸水如同海啸一样袭来，淹没了许暖的身体。

她痛苦地煎熬着。

婴儿尖厉的哭声仿佛在呼唤她，她却仿佛被一双大手给紧紧困住了一样，不能移动，不能哭泣，甚至不能喊，只能眼睁睁地看着……

她尖叫着从这场噩梦里惊醒，一身冷汗，垂首，长发遮住了早已泪流满面的脸。

“你醒了。”

耳边是庄毅幽冷的声音，带着雪夜的寒气。

许暖的记忆慢慢苏醒，她看着眼前这个像地狱之神一样的男子，发疯似的从床上弹起，尖利的指甲扣住他的胳膊，悲愤地说：“你把我妹妹还给我！”

“你如果想要她活，就安静！”庄毅站在那里，岿然不动，冷漠地审视着她，高高在上，仿佛是操纵她命运的神。

白色的床单上，许暖犹如盛开的莲花，泪水如同露珠一样，滚落在她晶莹若雪的肌肤上。几缕凌乱了的发丝贴在她如同玫瑰花瓣一样柔软的嘴唇上，让人心生怜惜。

庄毅突然发现，对着这么美丽的脸保持冷漠，原来也是需要毅力的。

许暖看着庄毅，他的话让她明白了，至少目前妹妹是安全的，一切只是梦。她不知道哪里来的勇气，回视着他，一字一顿，说：“如果你伤害我妹妹，我绝不会放过你！”

庄毅冷笑，带着一丝玩味，说：“凭你？”

“凭我！”许暖紧紧地咬着嘴巴，表情决绝，“你可以杀了我，但你不能伤害我妹妹！”

“妹妹？”庄毅脸上露出了诡异的笑。有别于前一日的黑色衣裳，他这天穿着白色衬衫，质地与剪裁都无比精良，他俯下身来，似笑非笑地钩住她的下巴，姿态优雅得如同将要吻醒白雪公主的王子，只是，他说出的话却令她不寒而栗——

“我看是女儿吧！”

“你胡说！”许暖的脸腾地红了起来。

庄毅依然在笑，似乎心情无比好的样子，他点点头，手放到背后，很悠闲的样子，说：“对。我胡说！你就当我胡说好了。”

他笑笑，说：“你叫阮阮，是个弃婴，六岁时被孟家收养。孟老太太将你养大，是希望你将来可以照顾她的傻儿子孟谨诚，可惜的是，你心里却有了他的侄儿孟古……啧啧！青梅竹马、两小无猜……当然，你可以继续当我是胡说。”

庄毅的话，让许暖的脸色变得苍白得可怕。她整个人僵住了，往事被眼前这个神秘的男子连根拔起，不留任何余地。

庄毅笑了笑，继续侃侃而谈，就好像在叙述自己老朋友的经历一样，丝毫没觉得他正在残忍地揭开眼前女子的伤疤：“你长大后，孟老太太要你和孟谨诚在一起，于是，孟古看不过去，决定带你离开。可惜孟古他一心想要跳龙门，最终食言了。为了名利也罢，为了亲情也罢，最终他将你留给了他的小叔孟谨诚。只是你实在太不幸了，孟谨诚又神秘失踪……一时间，流言四起，你在桃花寨子再难容身。于是，你和赵小熊来到了这里……

“你们带的这个孩子，就是你所谓的妹妹吧。

“只是，你一个弃婴而已，何来的亲人？难道她也是你捡的。”庄毅冷笑着，不无讽刺地说道。

许暖张了张嘴巴，转过头，眼泪大颗大颗地流了出来。眼前这个像谜一样的男子，怎么会如此清楚地知道自己的往事，自己再也不愿意想起的那些往事。

往事如一曲哀歌。

那两个男子，一个给了她父兄一般的温暖，一个给了她青梅竹马的时光，但最终，都成了她致命的伤痕。

而此时此刻，眼前这个男子，让她感觉到自己似乎即将陷入一个巨大的阴谋之中，却又无法挣脱。

“你是谁？”她唇色苍白，瞪着他，说，“你到底想干什么？我们不认识。”

庄毅笑了笑，自我介绍道：“在下姓庄名毅，清清白白的生意人，爱犬如命。不过，在下的爱犬已经被你们吃了。”

他说这话的时候故作轻松，但是许暖听得出他话中深深的恨意。

庄毅见她不作声，继续说：“之前，我们确实是井水不犯河水，不过，你杀了我的狗，所以，你欠我一条命。”

“那我的命还给你好了。”许暖心里鄙视着他的可笑逻辑，狠声道。

庄毅笑笑，他的眉目如同含情的山水画卷，眼神却很冷，他说：“我说了，我是个清清白白的生意人，不会做杀人越货的勾当。但——”

许暖如坠深渊，她惊恐地挣扎着想要握住什么，却像个失重的人，一身冷汗地在床上醒来，她才知道，这一切只是梦。

“你醒了。”

眼前的男子，冰雪容颜，发如墨染，姿态舒展，说不出的安适美好。他坐在沙发上，捧着一本书，看着她。

他温柔安静，和煦如风，完全不同于她梦境里的他——阴鸷冰冷。

她却依旧又惊又怕，想要开口，却口齿艰涩。他放下书，起身，缓缓走过来，眸子里有着淡淡的疏离，声音却清澈温柔：“孩子在医院，你朋友也在医院。他们很好。”

言下之意，你不必担心。

他如一寸光，明亮，却不耀眼。

许暖依旧警惕地看着他，嘴唇干裂到疼，问道:“为什么救我……救我们？”

庄毅看着她，眼眸如一泓水，笑笑：“我以为，你会说谢谢。”

他将一杯温水递给她。

许暖迟疑着，没有接。她戒备重重，说：“我要见他们。”

庄毅点点头，看不出表情，说：“随时可以。”

那天，庄毅将许暖带到医院，看了赵小熊，又去看病床上安睡着的小婴儿。

此刻的庄毅，哪里会知道，眼前的女孩，在混乱的记忆和臆想的梦境里，已将自己妖魔化成了风雪夜的黑魔王。

他缓缓开口：“医生说她是因为高烧引发了肺炎。”然后，他看了身边的许暖一眼，“不过，现在情况已经稳定。”

许暖张了张嘴，想说谢谢，却怎么也说不出口。她咬了咬嘴唇：“医疗费……我会想办法还给你的，但不包括赵小熊的。他，你们得负责，法官也会这么判的。”

庄毅看着她，很显然，这是他没想到的回应，这真是个色厉内荏的小屁孩。

法官？那可是得讲证据的。但庄毅没有这么说，毕竟同一个年轻女孩逞口舌之快，不是他这个年纪的人该做的事情。

庄毅转脸，看了她一眼，说：“你不会不知道，这个孩子是先心病吧？”

“先心病？”许暖愣了。一个完全陌生的名词，但从这个男人的口中说出，肯定不是什么好事。

庄毅点点头，解释道："先天性心脏病。需要做手术。"

许暖刚刚落定的心，再次悬了起来，就像遭遇一道晴天霹雳，她无措地看着庄毅。做手术意味着需要大笔的费用，意味着她根本走投无路……

"如果你同意的话，"庄毅看了许暖一眼，缓缓地说，"我可以负担她做手术的费用。"

许暖再次警惕地看着他，她从小就知道，这世上，从无免费的午餐。

她问庄毅："为什么帮我？"

庄毅看看她——是个聪明的女孩。

他笑笑，温煦如暖阳，说："因为，我需要你帮我一个忙。"

许暖一愣，飞快地问道："什么忙？"

庄毅看着她，又看看病房里的小婴儿，笑笑，并没立刻回答。

许暖却突然明白，这一刻，她是没有选择的，更不可能和他讲条件，无论他想要自己"帮"的是什么忙。换而言之，无论他要求自己去做什么事，她都别无选择，除非她不想救自己的妹妹。

对庄毅来讲，眼前的许暖如同一张白纸，心思想法全在脸上，一目了然。他看着她，笑笑："可以的话，我带你去见医生。"

说完，他就径直走了，不疾不徐。

许暖迟疑了很久，最终追了上去。

那时的许暖并不知晓，这个叫庄毅的男子，之所以在那个风雪漫天的晚上将自己从烂尾楼里救回，是因为一个电话。

当时，庄毅正准备离去，他看着被自己抱入怀里的婴儿，知道她显然需要马上送医。他低头，看着昏迷的许暖和赵小熊……思忖着，这是一对怎么不靠谱的小年轻，自己生计都搞定不了，就敢生孩子？等等，他们该不会是人贩子吧。这时，他的手机突然响起——

电话里，一个男子对庄毅说：“庄总，您要找的那个女孩找到了。”

“她在哪儿？”庄毅问道。

男子说：“喀！那女孩居然住在顺城路的一栋烂尾楼里。啊，就是原来和风集团开发的，后来被您并购了，烂尾了的那……喂，喂……庄总？庄总？”

庄毅愣住了。

烂尾楼？和风集团？顺城路？

不正是自己脚下这片地吗？

电话那端的男子继续喊：“庄总，喂，喂？”

“知道了。”庄毅回过神来，准备挂掉电话。

电话那端的男子似乎并没有察觉，依旧嘿嘿一笑，絮絮叨叨地邀功，说：“要说庄总您可真有眼光，这女孩虽然颠沛流离，却真是一个美人儿啊……我已经打好了招呼，她老板没给她结工资，她身边那小子也栽了跟头……估计正山穷水尽、走投无路……”

庄毅听不下去了，挂断电话，他显然没有想到，自己千辛万苦找寻的人居然是她。

他俯身，终于看清了她的脸，第一次，他发现，她果然是如此美丽，即使处于昏迷之中，即使落魄至此。

这个发现，让他在这个寂静的风雪之夜，心突然漏跳了半拍。

一定是最近工作太劳累了。

他突然明白了，为什么“那个人”突然肯松口同自己谈条件了，只要自己肯帮忙找到她……只不过，那一句“别对她有任何想法”，依旧让他觉得可笑。

不过是一张更漂亮点儿的脸罢了，有什么值得他有想法的，而且从来都只会是女人对他有想法。

他看了看昏迷在地上的赵小熊，又看了看自己怀里的小婴儿，对顺子说："送医院。"

那天夜里，许暖被送往了庄毅的家。

庄毅在她身边待了一夜，看着书桌上那些有关她的资料，她的经历，不免让人唏嘘——一个弃婴……而他自己，又何尝不也是命运的弃儿呢？少年落拓，惨遭变故，颠沛于人世，无所依傍，冷暖尝遍……

他觉得呼吸困难，胡乱地拽了拽领带。

灯光下，是她狼狈又美丽的脸。

我不杀伯仁，伯仁却因我而死。

他只不过在寻找她，而身边办事的人，却各怀目的，将她送至绝路，送至今夜，送至此番光景。

他有些心疼她，可是又能怎样呢？谁让她注定了是他所需要的棋子呢？

这就是庄毅。

盛世和风的庄毅。

他永远知道什么是自己想要的，永远只为胜利而生。他合上资料，低头喝了一口水，问："赵小熊怎么样了？"

顺子说："还没醒。"

庄毅点点头，若有所思："等他好了，给他一笔钱，让他离开吧。"

顺子点点头，说："是。"

当一个人的身份、地位到了某个程度，他的喜怒就犹如杀伐——古往今来，不止楚王好细腰，宫中多饿死；亦不止我不杀伯仁，伯仁却因我而死。

不管当事者是真无心，还是假无意，但身边人为讨好、邀功，将事办得极端的比比皆是。

同样，顺子虽然嘴上应承着，心里却明镜似的，对于赵小熊到底该怎么处理——

如果许暖是棋子，那么庄毅必然不想自己的棋子被太多人和事所掣肘，也不想太多的人和物所延伸出的枝枝蔓蔓影响到棋子的完美。

而要牵制许暖的话，有那个小婴儿足矣。

顺子当然不会想到，日后庄毅因为这个小婴儿，不仅学会了换尿片、冲奶粉……还得学着唱童谣——我是一只小鸭子，咿呀咿呀哟。

那天，许暖从医院回来，心神依旧恍惚，她如同陷入了迷途的卒子，不知攻守，亦不知结局。

庄毅看了她一眼，开口道："你也看到了，他们都很好。"他说，"现在，我们是不是可以好好谈谈了。"

许暖看着他。眼前的男人，身处优渥的环境，似乎长了一副不太需要别人"帮忙"的模样，那他到底要自己做什么，要谈什么？

庄毅看了看许暖的一身狼狈，指了指楼上，说："先去洗一下吧，换身新衣服。"

许暖一愣，下意识地将双臂环抱在胸前，脸上的表情，又是惊恐又是窘迫，脸颊迅速染了胭脂色。

庄毅立刻明白，这个女孩子一定是会错了意，他只是觉得她该洗洗一身风尘，然后他再来同她好好谈谈他们之间的这个“互帮互助”。

现在看来，她把自己当大尾巴色狼了——一个想以帮忙救她亲人为借口，企图霸占她的坏蛋。

庄毅不免哑然失笑，现在有些女孩子啊，言情小说看多了。

虽然好像很有趣，但庄毅不打算继续逗她。他坐下，一脸冷静，说：“我没有你认为的那种想法。”

许暖又一怔，将手飞快地放下，虽然还是怕他，但依旧像捍卫清白一般争辩道：“我也没有你认为我认为你有的那种想法。”

庄毅笑笑，不置可否。

然后，他就真的像一个精明的商人那样，就差噼里啪啦地打着算盘跟许暖清算了，像周扒皮一样——

“现在，你，许暖是甲方，我，庄毅是乙方。历来甲方强势，乙方弱势，懂吗？”

“……”

“甲方杀了乙方的狗。”

“我没有！”

“乙方的狗在甲方肚子里是事实吧？”

“……”

“甲方妹妹的医药费三万七千八百元七角三分，本着人道主义精神，乙方不追讨利息，甲方将来一旦工作，按月归还乙方，每月一千五百七十五块零三分，两年还清。”

“好。”

“甲方吃了乙方的狗，甲方给乙方看护房子，打扫房子卫生，十年抵债，或在乙方特许下，可提前还清。”

“十年？！”

“哦，有异议？那重新来，尊重你。”庄毅重新拟定，道，“甲方杀了乙方的狗，阿诺(Arnold Belutivon)，德国牧羊犬，2000年6月，荣基犬舍以三百六十万元人民币从德国购进带回中国，同年9月，被中国商人庄修明以五百万元人民币购得并赠给其子庄毅。甲方应赔偿乙方人民币五百万元，精神损失费一百万元，八年生活费、工时费共计……”

“好！十年！”（没有异议！不用尊重我……）

“甲方朋友赵小熊自己把自己弄伤，本着良好公民的良心，乙方愿承担医药费及其后续康复的所有费用。”

“他是你们弄伤的！”许暖几乎想拍桌子。

“好。没问题。”庄毅表示同意，重新起草，“甲方朋友赵小熊被乙方无心弄伤，但乙方不想承担医药费及其后续康复的所有费用……”

“你……”

“那就还是按照前面的来。”

“……”

“甲方妹妹因先心病做手术，乙方自愿向甲方提供帮忙，包括但不限于医药费。救命大恩，感天动地，甲方无以回报，承诺看护乙方房子的十年内，一切听从乙方安排，并承诺，将来帮乙方一个忙，无论乙方提何种要求……”

“……”

庄毅收起草拟的文件，看了许暖一眼，说：“等你满十八岁，我会再来和你确认一遍。那时候，你是成年人，要对得起自己承诺过的每个字。”

她的十八岁，也就是医生跟她确认的许蝶两岁——适合做心脏手术时她的年纪。

许暖看着庄毅，觉得自己像是陷入了一个巨大的阴谋，而她不能拒绝。良久，她问，依旧是最初的那句话：“为什么救我……救我们？”

庄毅看着她，桃花色、稚气未退的小脸，却誓死捍卫清白的小模样，莫名就兴起一种恶作剧的念头。他笑笑，起身，一步步走近，说：“昨晚很冷，风雪很大，你拉住了我的手，要我带你回家……”他极其无辜的模样，说，“我照做罢了。”

许暖的脸腾地红了起来。

庄毅一本正经地说：“你说，你什么都会做……做饭、拖地、洗衣、买菜……绝不会偷懒……”

他没说错，这都是她说过的话，她被他逼到墙角，又羞又窘，只想找条地缝钻进去藏起来。

庄毅看着她，一脸清风明月之色，说：“还有什么想问的吗？”

许暖连忙摇头，从他和墙之间的空隙里钻出。

庄毅突然觉得，如此撩拨一个女孩子会不会太邪恶，但好像有趣得很，至少比对着董事会那一群顽固不化的“遗老遗少”，有趣得多。

看着她像一条小鱼儿一样游走，他突然做了一个决定：是的，他不准备告诉“那个人”，他找到了她。

至少，他现在不准备。

为什么呢？

大概是因为……既然是一场角逐，既然是彼此谈条件，为什么要

“那个人”来操纵一切？自己操盘的话，不是更有趣一些？

庄毅没有想到，自己会做出这样的决定。

就像他没想到宁辞镜居然会在昨夜发生意外，在盛世吞并和风前夕。

对庄毅来说，昨晚是个糟糕的夜晚。和风集团的老二，即游手好闲的宁才川，因为兄长独霸家业而心有芥蒂，他表示将会送庄毅一份大礼——装满宁辞镜秘密的U盘。

相应的，庄毅付了他一大笔钱。

庄毅以为会是和风集团一些见不得光的商业黑幕和机密，死也不会想到是宁才川在酒店房间里安置了针孔摄像头……想要挟大哥宁辞镜。

昨晚，庄毅照例去夜跑，在相约地点久等不见宁才川，便走向酒店，却发现宁辞镜出事了……而宁才川早已不知所终。

彼时，一个女孩从外面突然冲进了酒店房间，惊慌失措的样子像是回来寻找什么，她看到了倒在血泊中的宁辞镜和他身前蹲着的庄毅……

她像是失了魂，从地上抓了一笔钱；而庄毅，看到了她胸口上，他丢失的狼犬阿诺的名牌！

……

这个女孩，就是许暖——同他此生纠缠的许暖。

所以，你看，关于那个风雪夜，庄毅和许暖的记忆，版本不同，唯一相同的就是，那个风雪夜，宁辞镜死了。

许暖被安排到一处房子里后，庄毅似乎很快就忘记了她的存在。

直到有一天，顺子在他面前提起了赵小熊。

赵小熊昏迷了两个月，只是因为跌倒时惨遭重创，伤到了脑部，瘀血压迫了神经，所以人变得木木的、呆呆的了。

文艺一些说，他失忆了；确切地说，就是人傻了。

电视上，小说里，失忆的人，虽然失去了记忆，但行动都完全自如，可赵小熊就挺倒霉的，他不仅脑子木木的、呆呆的，连行走活动都木木的、呆呆的，整个人就像废掉了。

顺子问庄毅："老板，还是给他一大笔钱，让他离开吗……"

庄毅当时因为集团改制和那帮老古董胶着，索性给自己放了假。一年到头，难得休息的他，正在泳池边晒太阳，他一边喝茶，一边看书，看着满院子晾晒的婴儿尿布，想了想，合上书本，说："留下照顾吧。师父说，上天有好生之德啊。"

一块尿布被风吹下来，落在顺子的头上。

"老板，能不能用纸尿裤啊？"（毕竟你也是有身份的人啊……）顺子努力冷静，缓慢而镇定地把尿布拿下来，理了理头发。

庄毅叹了口气，也努力镇定自若，说："阿姨说会红屁股。"（你以为我愿意啊！）

再后来，有一天夜里，庄毅站在露台上看星星。

当望向城市的某个灯火阑珊处时，恍惚间，他想起了她，想起了那个风雪夜里遇见的女孩，不免有些失神。他突然觉得自己好像该夜跑了。

马路一直对他的夜跑行为痛心疾首，而庄毅又是一个信奉一切至简的人，从不带保镖，而且还总是斥责马路委派一堆“牛鬼蛇神”跟着他，让他一个良好公民，显得和这世界格格不入。

他知道马路是善意的，因为他的父亲庄修明，就是遭遇了绑架的意外。

可是，他是庄毅，他不信命。

他换上衣服，不知不觉就跑到了安置许暖的小区。这处房子，是母亲留给姐姐的——母亲曾说：“女孩子，脚踏实地，可安栖；男孩子，住高处，可摘星辰。”

只是姐姐一直在国外，这处房子，便也一直空置着。

当初，他和许暖“谈判”，要许暖看护房子并打扫卫生，她以为是他的房子，小女生的心思正无比纠结如何同一个大男人共处一室的时候，他告诉她是这处房子。在他的印象里，她几乎是飞着搬过来的。

这让他很不痛快，夜里默默去照了几次镜子——依然完美如雕塑的容颜，英俊得让人不可逼视的脸。大概是有人眼神不好吧。

他跑进小区的时候，正在思考该如何打招呼，但一想，自己的房子，想看就看，为什么要跟一个外人交代原因？

他有钥匙，自然不需要敲门。他进门后，屋子里一片漆黑。

庄毅有些愣，难不成她跑了？

孩子也不要了？好朋友也扔了？不是说少年情谊，要为对方两肋插刀！呵，女人的嘴，骗人的鬼。

他刚要开灯，却发现窗外花园里有个纤细的身影，正在聚精会神地低头看书，以至于竟然没有听到他开门的声音。

小区的路灯光线昏黄，她背对着他，身影纤纤，美得像剪纸，正抱着厚厚的书，似乎看得很认真。

那是庄毅此生第二次心脏漏跳半拍。是夜跑的原因吧？是夜跑的原因！不管是什么原因，他突然心烦意乱，莫名恼火。

“不要以为你这样子就显得多么特别。”他开口就是一句无脑的冷嘲热讽。他讥笑她假清高。是的，她一定想展示自己和外面那些女人不一样，借此让他多看她一眼。

对方一点儿动静都没有。

这时，庄毅才发现，她已经斜靠着围栏睡着了。

灯光昏黄，她美丽异常。

庄毅突然想俯身把她抱回房间，却觉得太可笑了。自己怎么可以做这种事，于是，他推推她，完全有悖于他以往的斯文有礼，说:“喂，喂！起来了！”

对方没反应。

——“起来了，你最大的债主来了！”

对方依然没反应。

——“睡得这么死，属猪吗？”

庄毅最终无奈，俯身，将她抱起来，抱回了房间。

他并不知道，最近，她悄悄跑到外面的家政公司找了份保洁工作，这一周她累坏了，马不停蹄，一天至少做三家的保洁，因为明天是赵小熊的生日。

她靠在庄毅的怀里，身体轻软，迷糊着一张天使般的脸。

庄毅想说“你要不是有用，我才不会管你，我只是怕冻坏我的‘棋子’”，却又觉得这样的话幼稚无比。

她突然开口，迷迷糊糊：“赵小熊……”

庄毅觉得不可理喻，撇嘴，说：“他有我这么帅？”

对方没有回应。

“为什么不开灯？”他的声音沉沉，问道。

“省电。”她迷迷糊糊一句，算是回应。

他看了看被她抱在怀里的书，问道：“你就这么喜欢读书？”

“我想上学……”她迷迷糊糊地回应，一字一句落进了他的心。

……

庄毅把她抱到主卧的大床上，却发现这里干干净净，没有枕头、被子。

疑惑间，他打开灯，四处寻找，却发现整个家干净明亮到不像话——她真的在“打扫卫生”？！最终，他在小小的保姆间的小床上，找到了被子和枕头——她真的是在“看护房子”！

突然之间，庄毅觉得自己像走进了一个迷宫，没有边际，没有方向。他从小，父亲教他的“君子慎独”，却被一个他瞧不上的颠沛红尘的女孩子做成满分……

庄毅胡乱地拿起被子，扔到大床上，准备离开，却发现她的脸红得像西红柿一样。

庄毅一愣，将手覆盖在她的额头上，烫得像烙铁一样。

庄毅第一次觉得马路是对的，搞什么夜跑，是家里健身房不够好吗？

那天夜里，庄毅照顾了她大半夜，他给顺子打了电话，顺子吃惊地送来了退烧药，又吃惊地离开。

直到许暖退了烧，天渐亮，庄毅才离开。

这一夜，只是个意外吧。

此后的日子，他和她相安无事。

他像一个空中飞人，满世界飞。

多年前，他初入主盛世，集团元老们觉得盛世是国资委托运营的电器实业，所以无人看好这个年轻的新总裁要做的百货业，尤其从2000年开始，百货业一直在低谷之中。本来他在香港地产泡沫不久要插手做地产的时候，这帮元老已经哆嗦得不行了，董事会上，就差掀桌子、砸凳子了——没想到的是，这些年，不仅盛世地产做得很成功，在他和吴衍的主持下，号称打造国内顶级百货的盛世广场（TOP PLAZA）凭借抢占高端、奢侈制高点，居然也风生水起，迅速拥有了这座海滨城市的高消费客户群体，并且已经扩张到第四个城市。

……

继续说到他和许暖的这种相安无事，直到那一天——

那一天，庄毅和女伴参加新店津城TOP PLAZA的开业剪彩，女伴是最近大火的女模特廖傲儿，HF秀台常客，原本从事的是“墙内开花墙外香”的职业，靠着经纪公司的运营，给她签的几个真人秀，都是和国内知名度高的企业，一时风头无两。

美人和金钱，从来不是庄毅这种人会拒绝的，逢场作戏这种事，有人想看，有人想演，他乐得成全。

一场虚假的“恋情秀”，爆炸在热搜第一条，廖傲儿被贴上“庄毅绯闻女友”的标签，身价大涨，TOP PLAZA 也做了免费广告。

接受完媒体采访，离开时，庄毅瞥见商场橱窗里的一条蓝色蓬蓬裙，几许清纯，几许天真，他竟然会牵着热辣的廖傲儿的手，想起许暖——今天是她的十八岁生日……她成年了？

那一天，神使鬼差一般，他当着廖傲儿的面，将裙子买回去，扔给许暖。

廖傲儿当时脸上就挂不住了，在庄毅面前却又不能失了身份与优雅。

城门失火，殃及池鱼，据说，那天她的助理和经纪人皆被祸及，整整一个礼拜，整个团队像捧着炸弹，大气不敢喘。

许暖穿上那条蓝色的蓬蓬裙，就像所有小说里写烂了的女主角更衣后的桥段——双瞳剪水，长发如瀑，蓝色正衬出她脸上桃花般的肤色。

女主角们一定会因为一件衣服而让人惊为天人，男主角们则一定会用大灰狼端量小白羊一样的眼神端量女主，惊叹一句“你好美”。

许暖看着镜中的自己，恍惚间，脸微微红了一下。

她站在镜子前，小心翼翼地透过镜子望去。镜子映出庄毅俊朗的脸，这个陌生却又熟悉的男子正挑着眉头，目光充满了挑剔。

她不知道，此刻的庄毅，满脑子都是当初办理许蝶的收养手续时，马路调笑过他的对话——

“喂！单身男人收养小孩，麻烦吧？不如等许暖十八岁，你娶了她，一对夫妇收养孩子不是更简单。”

“神经病！”

“哦，确实是神经病，女性法定结婚年龄不是十八岁，而是二十岁。”

……

十八岁……二十岁……庄毅看着镜子里的她，她退去稚气的脸，她日渐美丽的脸，一瞬间，他的心里突然像钻进了一条美丽却危险的毒蛇，赶都赶不出去——这是第几次心脏漏掉半拍？

他从未觉得如此恐惧。

是飞行太累的原因吧？

一定是！

许暖突然想起了什么，转头，看着他：“谢谢你。”

庄毅回过神来，努力冷静，轻描淡写地说：“送别人，别人不要的衣服而已。”

许暖摇摇头，说：“不是。是那天我发烧了……听说是你照顾了我……谢谢……”

令许暖没有想到的是，那一刻，庄毅却突然像变了一个人，失却了以往的温和，一把抓过她的手腕，眼神是轻蔑的、嘲弄的、冷酷无情的。他说：“你以为你是谁？！”

许暖愣住了。

如此陌生的他。

庄毅几乎是极尽羞辱之能事，说道：“不如今天，我们把话说明白吧。我对你好，照顾你，给你买衣服，甚至救你的朋友，照顾那个孩子，只是因为，你是我需要的一颗棋子，仅此而已！”

许暖几乎是愣在原地。

他看看她，嘲讽地笑着：“可惜了，这么漂亮的衣服。”说完，他转身离开了。

大概是从那天起，他们两人从相安无事，变成了相互忌惮与厌恨。

那天，许暖十八岁，他突来的羞辱，是她最好的成人礼，让她迅速成熟，让她认清自己同他之间的关系。

尤其后来，许暖得知赵小熊变成了傻子，这更让她恨死了庄毅。

可是，为了活下去，也为了许蝶，她只能将仇恨默默压在心底。

自此之后，许暖愈加沉默地接受着庄毅给她的任何安排。她沉默得如同冰雪一样。有的时候，面对她，他都觉得发冷。

就这样，他们之间仿佛有一道看不见的天堑，他们俩无声地对抗着，只等着失衡的那一个骤然坠下，粉身碎骨。

最后，为了许蝶，为了赵小熊，也为了活下去，许暖很称职地恪守着“听庄毅的话”。

庄毅说，从此之后，你就叫许暖。

那么，她就叫许暖。虽然这个带着“暖”字的名字，让她感觉不到任何温暖。

庄毅说：“许暖，你去读书吧。”

那么，她就去读书。虽然，这一直是她的梦想，奢侈的梦想。

从小到大，她多次被迫辍学。在老师苦口婆心的劝说下，奶奶又重新让她读书，断断续续，她从来没放弃，尽管现在这些陌生的符号让她头疼欲裂。可越是辛苦，她越是倔强，加倍刻苦地努力。

后来，因为学姐吴楠，她变得有梦想，期待毕业，期待工作，期待像吴楠那样有自己的事业，可以独立活在这个世界上。十年之后，合同期满，彼此两清，她可以彻底离开庄毅。

庄毅心下冷笑：其实就是混个文凭。难不成她还真当自己是金子，想要闪闪发光？

许暖读得懂他眼底的嘲弄，却默不作声，暗暗较劲——同自己，同庄毅，同这该死的命运。

曾经有一次，许暖忍不住了，问庄毅："你究竟为什么将我留在身边？为什么给我这一切？你究竟想做什么？"

"你不需要知道。"庄毅看着她。

"可是……"许暖不甘心。

庄毅嘴角温柔，眼神却冷冽，说："一颗棋子不该有思想。"

如果一颗棋子有了思想，那么棋手就无法控制它了，他可不想自己的棋局变得兵荒马乱。

"如果我坚持要做一颗有思想的棋子呢？"许暖咬了咬下唇，突生的倔强。

庄毅笑了，眉眼舒展，说："很好啊，我尊重你。"然后，他停顿了一下，起身，逼近许暖。

他的身体带来的压迫感让许暖觉得无比紧张，她下意识地退了几步，后面是坚硬的墙壁。

庄毅一把将她拉到自己的怀里，一字一顿，是轻佻，是蛊惑："那天夜里很冷，风雪很大，你拉住了我的手，要我带你回家。"

许暖的脸腾地红了起来。

庄毅说："你说，你什么都会做……不过是一场交易，我们各取所需。满意了吗？"

说完，他硬着心肠，看着她，冰冷着眼神。

可为什么心这样猛烈地抽疼？庄毅不明白，自己到底是怎么了，为什么一定要这么面目可憎？

同样一番话，他说过两次，第一次是温柔撩拨的情调，此刻是彻头彻尾的羞辱。

大约就是从这一天起，在许暖的记忆里，他一改曾有的温柔安静，变成了一个充斥着冷漠、残酷的"暴君"。于是，她开始跋涉在前面那场虚妄的梦里，风雪夜，与他的第一次相遇，如同噩梦，反反复复，总也醒不来。

就这样，四年过去，许暖寄于庄毅篱下。

而他们的关系微妙地僵持着，也微妙地变化着。

他们皆知晓自己在对方心里的位置，所以，一个是高傲的，不屑于逾越；一个是卑微的，忌惮着、仇恨着。

庄毅在公众面前保持着他青年才俊、儒雅商人的形象，但在许暖看来，那些闪耀着金光的光辉履历上，充斥着黑暗。所以，每次在学校里或者媒体报道中看到俊雅如玉的他，她都忍不住在内心冷笑，他根本就不是表象上的那样。尤其是林欣她们热烈讨论他时，她总是静默不语。

有时候，将真相埋在肚子里，真是一种折磨。何况，这种折磨持续了四年之久。

许暖并不知道，在不久的将来，她将成为四年前风雪之夜宁辞镜一案的唯一目击证人，此案之所以迟迟未破，是因为案发那夜，酒店和周围的监控录像全部神秘消失。

不过，现在的她，只是知道记者搅黄了“和风”奖学金的颁奖典礼，庄毅就连夜来到自己的住处，像恶魔一样警告她，这些日子，她不能离开这所房子，不能去学校。

此刻，他正斜坐在沙发上，窗外的灯光映在他俊美如玉的脸上，他的眼神里隐约有了疲惫之色，不同于他在人前的无限风光。

庄毅扯开衣领，松开那条酱紫色的领带。

他对许暖说：“水，冰的。”

命令的口气，不容拒绝。

为什么总是冰水？为了维持他那不近人情的冰冷的心吗？

许暖去倒水的时候，突然很想弄点儿泻药什么的给他放进去。当然，这也只是幻想一下而已。

不过，许暖觉得自己还是有其他方法。

她向厨房走去，回头看了看客厅里端坐着的庄毅，瞥了洗手间的马桶一眼，然后迅速闪了进去……

将冰水端到庄毅面前，她满眼真诚。

庄毅看了看她，又看了看杯子，说：“你喝！”

那天夜里，许暖抱着马桶吐得一塌糊涂。

庄毅只是环抱着手臂冷冷旁观，最后将她从马桶上捞起来，扔到床上去。

那一刻，他的脸离她那么近……她不由得紧闭着双眼，双手紧紧地护在胸前，她已经做好誓死反抗的准备了。他看着她，冷笑了一下，起身。

他转身出去，倒了一杯温水，递给她。她看着他，苍白着脸，迟疑着，不敢去接。

“干净的。”庄毅看着她，说道。

许暖神色微微尴尬。

庄毅讥讽道：“我可没你那么坏。”

许暖尴尬，内心也只能呵呵了。

庄毅走的时候，看了她一眼，似乎犹疑了一下，最终，还是从口袋里掏出一包糖果，扔在了桌上，一副“我不过是随手”的模样。

顺子在门口等他，一见他出门，就欢天喜地地凑过去：“恭喜啊，老板！”

“恭喜？”庄毅皱眉，不解地看着顺子。

顺子一脸“老板，她都吐得那么厉害了”的表情，说：“当然是恭喜老板当爹了啊。”

庄毅很嫌弃地看了他一眼。

顺子说：“你既然这么嫌弃她，那干吗给她买糖啊？你不就惦记着她血糖低吗？”

庄毅说：“我买给自己的。”

顺子说：“可你刚刚给了她……”

庄毅说：“我突然不想吃了！”

顺子还要开口，庄毅冷冷一个斜目，他立刻闭上了嘴。

庄毅走后，顺子看了看天，自言自语道：“夜空啊，星罗棋布，有人啊，心乱如麻。”

后面的日子，按照庄毅的吩咐，许暖一直待在家里。

毕竟庄毅给她安排的不是什么技术活，做一颗没有思想的棋子还是很容易的，而且在家里写论文更不容易受外界打扰。

一直以来，许暖的公寓，顺子经常过来。她觉得，他说是来探望自己，实际是在替恶魔庄毅巡视。

顺子很喜欢和许暖说话，他觉得她让人看着很舒服，即使她总是一副清清冷冷的模样。而她最初对顺子充满了戒备和恨意，因为赵小熊。

可是，人和人之间的关系，总是不会那么纯粹，就像不会纯粹地去恨一个人恨到万劫不复，而且持续四年。顺子除了在当年的风雪夜里是一个浑蛋，现实生活中，他更像一个普通的大男孩，爱说爱笑，常给许暖讲笑话，虽然她从不笑。

在许暖看来，顺子对自己的好，是因为庄毅。毕竟即使是庄毅驯养的狗，手下人也得赔着一万个小心，何况自己是他豢养的棋子呢？虽然她到现在也不清楚他最终要让自己在哪个环节去“赴死”。

顺子来的时候，许暖正对着手里那包糖果发呆。看到他，她吃了一惊，急忙将糖果放到身后。

顺子故意问：“欸，什么东西，这么要紧？”

许暖这才发现自己的失态。她将糖果放到桌上，不冷不热地回答：“超市买的。”

顺子笑笑。

人的通病，最没救的不过是自欺欺人。

顺子觉得自己该做点儿什么，却又不知道该做点儿什么。于是，他就如以往那般开始闲扯，只不过这次是聊庄毅，聊其身上发生过的窘事——

比如，庄毅家老保姆回了老家，他老人家边看报纸边煮面条，然后把报纸扔到了锅里。

再比如，公司加班加点吃工作餐时，庄毅会因为埋头看方案，而将墨水当成沙拉酱倒在面包上，然后满嘴墨黑地跑到会议室，一群员工以为老板吃了砒霜……

许暖看着顺子，她确实无法相信像庄毅那样冷漠、生硬、如魔鬼般的人，会犯傻。她以为他永远都像一台电脑，会精确地计算着自己生活中的每一步。

顺子看着许暖，说：“我说，你是不是不能想象这样的他？”

许暖没作声。

顺子笑笑，向许暖解释道：“其实啊，庄总他也只是个普通人。他……”

许暖抬头，看着顺子，突然开口，说：“你告诉我这些干什么？”

顺子愣了愣，他显然没有想到许暖会这么直接，他竟结巴起来，说：“没什么……只是……我只是觉得，我们……可以做朋友……”

许暖看着他，冷笑，说：“我们怎么可能会是朋友？总有一天，你的普通人老板，会让你解决我这个所谓的朋友的。”

她的眼眸那么沉静，沉静得可怕。她看着顺子，说：“我虽然软弱，却不糊涂。所以，你也别糊涂。”

顺子愣在那里。

他一直以为，庄毅和许暖两个人是隔着一层纸的距离，今天一多嘴，才发现，在许暖那里，是生和死的距离。

那天，许暖做了蛋挞，这是吴楠教她的，吴楠喜欢烘焙。

之前，每逢许暖制作美味点心，顺子总会带回去一些给庄毅。

每当这时，庄毅这个魔鬼就会打电话过来，声音很冷，说：“你拆墙了吗？弄一堆石头！是想害死谁吗？”

然后，许暖就不吭声了，不过她心里倒是有一个声音在挣扎着冷笑：害你，我才不用石头呢。

这次，顺子讪讪地表示要带几个给庄毅，果然，许暖誓死抵抗，他只好悻悻地离开。

后来，顺子无意间跟庄毅说起，那天许暖做了蛋挞，味道挺不错，本来他是打算给庄毅带回来的，可是……

当夜，庄毅又打过电话来，语气中充满讽刺，说：“你这女人真凉薄！四年，我供你吃穿，供你读书，你身上的衣服……”他想说，就连内衣……强行忍了，说，“都是我出的钱。”

“那我还给你？”许暖忍不了了。

“你脱啊。”他脱口而出。

说完，他觉得不太对劲儿，想说点儿什么阳光健康、积极向上的话去弥补。

许暖已经手忙脚乱地挂掉了电话。

突然，许暖发现人和人之间的感情，是不能用一种类似天平的东西衡量得斤两分明的，包括她和庄毅。

以至于走到现在，自己对庄毅的感情，似乎已经讲不清了……这让她感到恐惧——她该恨他的，只有恨，全是恨才对。

她看着自己手里的糖果，庄毅走时留给她的，她像被烫到了一样，将它扔到了垃圾篮里。

可是，倒垃圾的时候，她又将它捡了回来。

红尘男女，食尽人间烟火，情仇爱恨怎么能如同刀切割过那样边角分明？

许暖从未如此不安，拿着糖果在院子里来来回回地走。突然，她拿起手机，想跟林欣说点儿什么，却最终什么也没说。

日子，就这么继续。

庄毅从墨西哥工厂回来的，下了飞机，迅速结束了两场采访。记者们走后，他见到顺子，问起许暖。

顺子如实相告："她待在家里。"

庄毅问："都干了些什么？"

顺子说："学习。"

庄毅笑笑："还真刻苦。"

顺子说："哦，哦，我忘记了，她也去做家教。"

庄毅冷笑："误人子弟。"

顺子说："小区里有个外国帅哥……好像教她外语，不过我听不懂……"

庄毅说："朝三暮四。"

顺子内心偷笑，却强忍着，说："那帅哥是某商报的记者，她不是一直想毕业后做记者嘛……"

庄毅一愣，她要毕业了？

就这么四年过去了……

他看着不远处前来接他的吴衍，吩咐顺子："这段日子，公司事儿多，她那里，你多去看看吧。"

顺子想说"老板，你不是不敢去了吧"，但又觉得，还是算了，自己还是别这么多嘴了。加薪、年终奖什么的，不能让自己的嘴给毁了。

于是，顺子就多去看着了。

许暖的态度依然不冷不热。

有时候，赵小熊也会疯疯癫癫地跑过来找许暖，手里牵着蹦蹦跳跳的许蝶。

看到顺子在这里，赵小熊就会抢他的烟，因为许暖一直不让他抽烟。他也就听她的话。即使是傻了，潜意识里他也总觉得她与其他人不同。

顺子就为了捍卫烟，跟赵小熊展开殊死搏斗。有时候，赵小熊会没轻没重，伤到他。他就嗷嗷地叫："许暖，你不来管管你的赵小熊。"

这时候，许暖就会恍惚，看着他们俩发呆。赵小熊不记得四年前顺子他们给他造成的伤害了。而顺子，也一定是忘记了四年前的风雪夜，才会和赵小熊这么厮混成一团。

时间难道真的是这世界上最好的药？连伤害都可以治疗？

许暖回过神来，为了制止赵小熊对顺子的摧残，给他拿出好吃的来。他见到吃的，就抛开顺子，傻笑着，吧唧吧唧、毫不客气地吃得那叫一个欢畅。

他现在的样子总让许暖想起孟谨诚来。

如果当初孟谨诚不失踪，自己不逃离桃花寨子，在荒唐的奶奶的安排下，会有一场荒唐的“婚姻”，而现在的自己是他的妻子了吧。而自己，或许会一辈子都忘不掉孟古——而他，也是这个世界上，自己最不该惦记的人。

赵小熊常常会对许暖说这样一句话：“我……我感觉……我……我总是在……在想一个……个人。”

其实，他想说：“许暖，我感觉我以前一定有一个很爱的女孩。可是，我把她忘记了。但是她一直在我的脑子里出现，虽然我记不得她是谁。”

只是，他的脑袋不再灵光，再多的心事只能心里清楚，永远再难用语言来准确无误地表达出来。

许暖就愣愣地看着赵小熊，满心酸涩地看着他脸上已经被岁月隐去了的伤疤，笑笑，说：“你感觉错了。”

许蝶现在已经五岁了，在读幼儿园中班，会跟在赵小熊屁股后面喊“小叔”。

许蝶一直跟在庄毅身边，所以，许蝶也极爱她的庄叔叔。

庄毅的理由是，一个十七岁的未成年人，不能做一个幼儿的监护人。

对庄毅来说，许蝶是个神奇的存在。

他一个大男人，看着这个小家伙从一个小奶娃变成了蹦蹦跳跳的小女孩，家里从满院的尿布，变成了满院的城堡、秋千，从海绵宝宝、巧虎再到小猪佩奇……一种奇妙的亲情在日渐滋生，挡不住，斩不断。

每逢周末，庄毅都会安排顺子或者马路陪同他来看许暖。

在许暖看来，这大约是想显示他的人情味吧。

许暖看着许蝶和赵小熊就会发呆，想起当初的自己，在山明水秀的桃花寨子里，也是这样跟在孟谨诚的屁股后面喊“小叔”。

生命总会在某一处有着惊人的相似。

许蝶的名字也是庄毅取的。庄毅不喜欢她以前的名字，叫什么“细细”，她们一个“阮阮”，一个“细细”，真不好听。于是，在送许暖名字时，他顺口送了许蝶一个名字。

顺子说，这是春节大酬宾，欢乐大派送，买一赠一啊。

搞春节大酬宾的庄毅，唯独没有给赵小熊更换名字。当然，如果赵小熊的名字是“赵熊熊”的话，他一定会给改掉的。

这辈子，他最痛恨的就是叠字。他身边的人，除了那个叫“赵赵”的女人，没有一个人的名字是叠字的。

赵赵是春兰街纽斯塔会所的人，是个八面玲珑的女子。

纽斯塔的台前老板姓冯，至于背后的老板……有人说是某栾姓太子爷，也有人说是庄毅。

这种生意，有这么一类人，不希望别人提起自己时，总想起情色。所以，他们所涉足的此等生意，都有人在台前幕后替他们操劳，而他们干干净净、体体面面。

赵赵喜欢庄毅。

这种喜欢，用赵赵的话说，就像是命中注定。当第一次在春兰街看到这个男人的时候，只那么一眼，她就喜欢上他了——那么纯粹，那么不可理喻。

那时，她只不过初到纽斯塔，早已忘记了世间情爱，更不知晓，眼前的男子在这个城市里是何等人物。

那天的庄毅，闲来无事，一个人出来走走路，散散心，走着走着就来到了春兰街的纽斯塔会所外。黄昏之后，纵使这座城市是醉生梦死的娱乐航母，纽斯塔的墙壁上也斑驳着日光的苍凉，那些属于夜里的狂欢和疯狂，似乎与这种苍凉无关。

不同于往日的鲜衣怒马，那天，庄毅穿着象牙白的衬衫——优良的质地，上面翻腾着淡淡的云纹，苍白而寂寞，让他看起来如同从时空罅隙中走来，白云舒卷在他的衣衫上，他空灵得像一个古人。

而赵赵那天正走在上班的路上，海藻一样绵密的卷发，精致而灵秀的脸庞，宽松的衣摆，如同江南水乡温柔的流水一样。

他们擦肩而过，庄毅对她微微一笑。

那天，庄毅一定心情很好，他笑起来，眼底仿佛盛满了明媚光影的海，像一个小孩。那一刻，在他纯白的一笑里，赵赵仿佛听到了天使在歌唱的声音。

那感觉就像一个千帆过尽的女子，终于在这茫茫红尘辗转之中，遇到了自己几生几世之前的命中注定，然后，一眼千年。

后来，赵赵才知道，这个男人不是常人，而是这座城市里最年轻的富豪，和他的名字连在一起的女人，不是名媛，就是女明星。

他来得极其少，与此处显得格格不入。

每个人都看到他在纽斯塔里的游刃有余，却只有赵赵看得出，他礼貌自持中提着的那口气，而每次离开，就像是松了一口气一般，与他的风流名声完全不同。

再后来，她知道了，这个与此显得格格不入的男人竟极有可能是他们的幕后大老板……

赵赵很是惶惑，她突然不知道，哪一个才是真实的他。

可是，她依然爱上了他，爱得唐突，爱得沉痛，爱得毫无道理。

他仿佛是上苍赐予她的毒药，她明知道是致命的，可偏偏要含笑吞下。

开始，庄毅并不知晓这个叫赵赵的女子对自己爱到了五脏六腑俱沸腾，他以为她不过是一个耍着小手段的女子而已。

所以，每一次，当赵赵对着他笑得如春天里的海棠时，他如果心情好的话，也会配合一下，同她逢场作戏，就像是给整个世界看他情场浪子的模样。

直到有一天，赵赵从身后抱住他，卷曲妩媚的长发贴在他坚实的后背上，她说："庄毅，怎么办？我好像喜欢上你了。"她说这话的时候，一滴眼泪落了下来，落在了他的肩膀上，沾湿了他的衬衫。

那一刻，他才知道，眼前的女人似乎真的对自己动了真心。

那一天，他推开了她扣在自己胸前的双手，笑笑，分寸拿捏得让赵赵心碎不已，他不看她，说："赵赵，你是聪明的。"

赵赵一愣。

是啊，赵赵，你是聪明的，就应该知道，爱情这东西，太奢侈了，他们这些人，玩得起赛车，玩得起游艇，玩得起飞机，唯独玩不起爱情。

赵赵愣愣地看着他，失望、心疼，可是转瞬，她又大笑，说："庄总，你可真经不住开玩笑啊，逗你呢。"

庄毅笑，说："那就好。"

是不是真的好，赵赵自己心里清楚。

庄毅的心里也清楚。

那条叫阿诺的忠诚的狼犬曾给他挡过子弹，而这个叫赵赵的女人也在一个风雨如晦的夜里，挺身挡住了一把刺向他的利刃——没有一丝犹豫，如同赴一场甜蜜的约会一样，那般从容。

当时的她，倒在血泊里，直到昏厥，那双黝黑的眸子都不曾闭上，一直深深地望着他。那眼神里有太多的悲哀和眷恋，让他不敢细看。

赵赵被抬上救护车的时候，庄毅陪在她身边。医生在救护车里给她做了简单的抢救，她的肺部严重穿孔。她在疼痛的刺激下偶尔清醒的那一刹那，突然握住了他的手，声音含在喉咙中，但是他听得懂。

她在说："庄毅，我没骗你，我也不能……再骗自己了……我是真的喜欢你，我怕我……死了，就再也没机会告诉你了……我喜欢你……是真的喜欢你……"

庄毅轻轻捂住了她的嘴巴。他的衬衫上沾满了她的血，他没办法冷漠。对着这个为了自己连命都不要的女子，他虽然难以动心，可是不能不动容。

赵赵这次受伤，让庄毅深为感动，自此待她异于别人，但非男女之情。

而赵赵康复了之后，却再也不提那天她在救护车里对庄毅说过的话。

赵赵很聪明，其实，从最初知晓了庄毅的身份，她就知道，自己爱上这个男人，本身就是一件很无望的事。于是，每次在他面前，她都笑得春风千里，风情万种，也会放肆地开一些玩笑，但是绝口不提爱情。

庄毅也会常常赠送她豪车、美宅、名钻、华服，却从不和她言情。

暗夜里，赵赵常常会将庄毅送给她的锦衣华服堆在床上，然后将自己整个人深深地埋进去。那些锦衣华服如同浩渺的海，让她难以呼吸。很多次，她挣扎着起来，想要拨打电话给他，只说一句，只一句——我真的很爱你。

可是，无数次按下了那串熟稔于心的数字，她却按不下那个接通的按键。

这世间，注定了懂得分寸的人，将会失去那种不管不顾的勇气。

那种不管不顾的勇气，只有像梁小爽那种天不怕地不怕、视爱情为信仰的小孩才会有，她赵赵早已经没有了。

赵赵知道许暖的存在，这是庄毅告诉她的。

庄毅说这件事的时候，云淡风轻，他说："我找到那个女孩了。"

赵赵就笑，说："恭喜啊。"说完，她点上一支烟，玫红色的指甲如同花瓣，拥住了她的唇。

她有些奇怪，庄毅居然用了"女孩"这个词来形容许暖。

那一刻，她的心像被针尖给扎了似的，有着说不出的不痛快，却又暗怪自己太较真儿。

其实，早在庄毅告诉她之前，她已经知道了有关他的身边有"许暖"存在的消息了，是顺子说的。

顺子也没有多说，只说，老板的狼犬阿诺，昨天找到了，不过被人煮着吃了。

顺子是庄毅的亲信，说话一向有分寸。

赵赵一听，心下一哆嗦，那庄毅还不疯了？她问顺子："他没事吧？"

顺子也没多啰唆，只是说："没事！"然后他又跟赵赵讲，"说起来啊，那吃狗肉的姑娘命大，正是老板要找的人，你说巧不巧？现在她被老板收留了，取了个名儿叫许暖。"

赵赵虽然很想知道事情的来龙去脉，毕竟每个人都有好奇心，不过像她这样的女人，懂得做人应该收敛。好奇不仅能害死猫，更能害死人。如果庄毅想要自己知道，自然会告诉自己；不想让自己知道，自己知道了也无益。

结果，如她所料，庄毅告诉了她许暖的存在，不咸不淡。

赵赵看着他笑，只是说"恭喜啊"。然后，她告诉自己：一颗小棋子而已。

这就是赵赵和梁小爽的不同。

她们两个人虽然都爱庄毅爱得浓烈，但是赵赵懂得进退，不像梁小爽那样任性的千金小姐，为了爱，天不怕地不怕的。

而且，赵赵明白，甭管庄毅和谁在拍拖，甭管他收留了哪个女子，甭管他给她取名许暖还是李暖，她都不会是他想要的女人。

这世上，庄毅想要的女人只有一个，那就是陈寂。

陈寂，是个画家，模样平常，性格平常，据说有些自闭倾向。

不过，陈寂的身世可不平常，用"富可倾城"来形容她家族的实力都不够恰当。他们集团的触角遍布全国的各个行业，更重要的是，他们深不可测的人际关系网。这种无形的资源令陈家企业在各个方面都能得到莫大的支持。这也是陈氏有别于上康、盛世和风及梁佳丽达等财团最重要的一点。

就如俗语所说，大丈夫不可一日无权，小丈夫不可一日无钱。如果庄毅同陈家的这门亲事结成了，无疑会让他的地位与势力更加稳固，让他不再单纯是一个风光的商人，或者说，一个风光的青年才俊。将来两大企业联合后，他就是这个城市经济命脉的NO.1。

或许有人会说，像庄毅这样的万人迷，直接拿着玫瑰花和钻戒去跟陈寂求婚就是，他既然能迷倒梁佳丽达的千金梁小爽，那么陈寂也自然不在话下。

如果事情可以这么简单，庄毅这么聪明的人肯定很快就去做了。关键是，陈寂不是梁小爽。同是千金，两人性格却完全不同。

陈寂的父母早在很多年前就去世了。刚刚七岁的她，目睹了自己父母的死亡。虽然后来陈老爷子将这唯一的血脉给救了回来，但是，她从此变得孤僻了，严重到只活在自己的世界里，而这个世界里只有绘画。也就是说，在她的世界里，除了颜料和画笔，基本没有别的。

爷爷便是她唯一的亲人。

所以，庄毅明白，要得到陈寂，首先需要俘获的不是陈寂那颗死去的芳心，而是陈老爷子陈子庚这个老狐狸的心。

陈子庚原来很赏识庄毅，认他做了干儿子。但当他一意孤行，并购了和风后，陈子庚开始重新审视他。

陈子庚突然感觉到了来自这个年轻人身上的某种危险信号，觉得他的内心绝非如他的表象那样云淡风轻——他的内心，像是豢养着一头饥饿了很久的猛兽，就等着破笼而出。

其实，庄毅也并非一定要娶到陈寂。他这般清高自持，还是不屑于拿自己的一生去换一场婚姻的捆绑的，而且，还是和一个自己不喜欢的女人。如果只是单纯为了求得家大业大，他完全可以接受梁小爽的爱情。

他之所以对陈寂抱有想法，是为了防止陈子庚将她许配给他叔叔庄绅的义子——那个讨厌至极的家伙。在他看来，她嫁给任何人都可以，但唯独不能嫁给那个人。

因为一旦这家伙和陈家联姻了，那么他必然会在势力壮大的时候，对盛世和风进行一场反扑。而那时庄毅肯定难于应付，最终怕是会如同以前的和风集团一样，消失在这世界上。

商场上的战争，虽无硝烟，却依旧是你死我活。更何况，他同这个男人，且不说他们身后背负着鲜为人知的家族宿怨，单单就是他们俩本身，也是商场上的死对头。

阻止这家伙与陈寂联姻，这也就是庄毅千辛万苦、不惜一切代价寻找并收留许暖的原因。

许暖，在未来这场决定了盛世和风命运的“陈寂争夺战”中，或许会是一枚最好的棋子。当落子的时候，胜利一定会属于庄毅。

就这样，许暖待在家里写论文、找工作、做家教、学语言，一样都不落。

毕竟庄毅警告过她，梁小爽、李乐出事了，媒体正四处抓小辫子，她必须在家里安静地待着。她当然别无选择。

棋子嘛，得有棋子的职业操守，不然把年纪轻轻的棋手气死怎么办？

当然，还有一个人也在满世界地找她，那就是康复出院了的梁小爽。

虽然，梁宗泰几次三番警告过他这个宝贝孙女，让她珍爱生命，远离庄毅。但她梁小爽是何等人物啊，她是那种不到黄河心不死的人。

她觉得自己就是爱庄毅，没救了，也不想被救了。所以，她一定要将许暖这棵大毒草从他身边铲除，之后自己和他的爱情自然会枝繁叶茂。

尤其是，还有李琥珀之流的小姐妹在一旁冷眼旁观，让她面上极度无光。

李琥珀很嫌弃地揶揄梁小爽，说："喂！你平日不也人五人六的，多牛啊，至于吗！一个叫许暖的女人就把你折腾歇菜了？算了，至于庄毅，姐劝你还是放手吧。"

梁小爽瞪了李琥珀一眼，气鼓鼓地说："我就不信邪了，这世上还有我梁小爽得不到的东西！"

于是，她出院后，就满世界找许暖"决一死战"。

但是庄毅将许暖保护得太好了，而她又很长一段时间没去学校，所以梁小爽寻人无门，百爪挠心。

百爪挠心之后，梁小爽就去挠庄毅。

她每天去盛世大厦的办公楼里和庄毅闹。

庄毅疲于应付，干脆就让秘书去应付她。

每次梁小爽来，秘书都摆出甜美至极的职业微笑对她说："梁小姐，对不起，庄总他不在。"

最初，梁小爽还信以为真。后来，她发觉了他在故意躲她，于是遇神杀神，遇佛杀佛。在一个阳光明媚的早晨，这位大小姐三下五除二将他的秘书甩掉，然后娇躯一扭，扑进去，见到了正在办公的他。

她哭着问庄毅，眼泪落在她满是胶原蛋白的皮肤上，她说："庄毅哥哥，你告诉我，我到底哪儿不好，你这样对我、这样躲着我！”

庄毅看着这个女孩，年轻、美丽、可爱，家世良好，除了有点儿小任性，真没有什么不好。可是，他不是幼儿园，也不是慈善机构，他不想和梁小爽谈恋爱，不想伤害她，更不想利用她。他没办法说服自己去爱她，更没办法让自己昧着良心同她逢场作戏。他低头看着桌上的文件，对她说：“你哪里都好，是我不好。”

梁小爽就哭了，说：“你哪里不好？！你怎么不好了？！你说啊！”

庄毅抬头看看她，半天后为自己想了个惊天动地的理由。他痛心疾首，说：“我……不行。”

梁小爽先是一愣，继而哭得更厉害了。她跑到办公桌前抱住庄毅，号啕大哭：“我不管！我不在乎！我不需要！我一样爱你！爱你，爱你，爱你！你听到了没有，庄毅，我爱你啊！”

庄毅觉得自己快窒息了，他连自己这张面如冠玉赛潘安的老脸都不要了，结果，梁小爽一句“我不在乎”就给打发了。

所以，他哭笑不得，忍了又忍，说：“可是，我在乎。”

梁小爽抬头，眼里突然闪过了一丝希望，说：“你在乎？这说明你是爱我的。庄毅，你终于承认了，你是爱我的。否则，你不会在乎的。”

庄毅的脑袋都大了，见过自作多情的，没见过这么自作多情的。

梁小爽哭着伸出小手，抚摸着庄毅细长的手指，双眸含泪，满脸绯红，说：“阿毅，我一定会治好你的……病的。”

一声“阿毅”叫得庄毅觉得自己快窒息了。最后他以有要务在身为由，从梁小爽的身边逃离了。

隔日，许暖在网上看到了梁小爽大闹庄毅办公室的照片。庄毅的女秘书眼睛红红的，许暖不禁腹诽，谁吃饱了撑的，去关注一个商界人物的绯闻。

网站还煞费苦心，对庄毅的感情史进行了大总结——某年某月和某某女星恋情曝光；某年某月千万元的钻饰赠给某某佳人；某年某月与某某千金传婚讯将至；某年某月与某某模特包机前往伯利兹城附近的私人岛屿同游……

许暖大体浏览了一遍，呵呵，资本家庄毅的糜烂感情史几乎占据了各大网站头版。

她不禁想，有个美男做总裁真不错，广告费节省一大笔。只要任性，闹点儿绯闻，就满世界“城中富豪”“盛世和风”。

下午，顺子来的时候，把梁小爽大闹庄毅办公室的事跟许暖说了。

许暖很淡然，说：“我在网上看过了。”

顺子嘿嘿地笑，说：“网上？网上哪有现场热闹啊。”

许暖想起网站总结的庄毅那跟过年般热闹的恋爱史，不禁冷笑：“都那样了，还不热闹？”

顺子说：“当然！”然后，他就将庄毅和梁小爽的对话给许暖学了一遍。

说完，他笑得快抽过去了，又说：“你想啊，小爽那丫头都逼得老大说自己不行了，你说好笑不好笑，哈哈哈。”

许暖脸一红，终于忍不住笑了一下。

他们还没笑完，就发现庄毅已经像幽灵一样出现在他们眼前，深深地看着他们，眼眸里有小火苗乱蹿。

“老、老板？”庄毅的突然出现，让顺子结结巴巴起来，是哪个说自己最近事儿多，怎么又出现了？

好在顺子领悟力高，立刻说："老板，我懂了！您让我少在你面前出现，我、我这就走。"说完，他撒腿就跑，留下了可怜的许暖。

房子里只剩下许暖和庄毅两个人，她尴尬地看了看他，竟也结巴起来，说："你……怎么来了？"

"我来自己的房子，需要跟你请示吗？"庄毅冷着脸，看着许暖。

许暖不说话了。

庄毅双臂环抱，看着她，挑眉，说："刚才不是讨论得挺热闹的吗，怎么哑巴了？"说完，他渐渐向她逼近。

许暖慌忙躲开，庄毅一把抓住她，将她扯了过来，紧紧地盯着她，说："你到底是有多随便？！"

庄毅觉得自己说不出口。

许暖的脸却早已一阵红一阵白，她没有想到庄毅会这般恶言相向。告诉自己忍耐，忍耐，不能和他争吵，他是她的上帝，是她的债主，是她的黄世仁黄老板，可眼泪在眼眶里不停打转。

庄毅突然有些不忍，不过，他依然冷冷地看着许暖，说："收起你的眼泪！你的眼泪就这么不值钱吗？我的地毯可很值钱。"

这莫名其妙的折辱。

许暖再也忍不住了，冲庄毅喊道："你不能总是这么对我，我是人，我会难过，会痛苦。我不是布偶，不是木头，不是行尸走肉，我是人。庄毅，我是人！"

说完，她蹲到地上，抱着脑袋哭了起来。

十多年的委屈，席卷而来。

是的，她是人，可是，从来没有为自己的命运做主过。

当青梅竹马的孟古违背誓言时，她不能追；当庄毅像暗夜幽灵一般，将她的生活改变时，她不能拒绝。

谁不是妈生父母养的？就因为她从小是弃婴吗？

庄毅看着蹲在地上哭泣的许暖，觉得自己有些残忍。可是，他也不清楚自己为什么要对她这样残忍——完全不是那个温和、有礼貌的自己。

她是他的棋子，他应该好生对待才是。只有那样，这颗棋子才会为他赴汤蹈火、万死不辞的。

突然，庄毅很想拉起她来，轻轻拥抱她。可是，当这个念头在他脑海中浮现时，他几乎惊慌失措，他强迫自己收起想要触碰她的手。

于是，他看了许暖一眼，硬起心肠，转身离去。

背影冰冷如铁。

此后一段时间，庄毅再也没到许暖住的公寓来过。

其实，那天晚上，他之所以会突然出现在许暖和顺子面前，是因为他刚从赵赵那里出来。最近他很少到纽斯塔，因为避开集团内争风头，他和吴衍专注时尚百货大业 TOP PLAZA，却不想有一桩商业建筑用地的交易要谈，对方指定要去纽斯塔。

吴衍当时都快哭了，做顶级百货这几年，吴衍以为不会再去灯红酒绿的地方应酬了，狠狠地说：“这群土老帽。”

庄毅笑笑，拍拍他的肩膀，安慰道：“是土地爷。”

土地爷们心满意足地离开后，庄毅也离开了。他离开时，赵赵风情万种地将他送到会所门口，哧哧地笑，说：“今晚又要流浪到哪儿去，我的庄公子？”

庄毅没说话，冲她笑了笑，然后开车离开。

他开车的时候，还在想，赵赵为什么用“流浪”这个词呢？突然，他有些明白了，对于一个心中无所系的男子，还只能用“流浪”，因为流浪的人所到的地方，永远不是家。

可是，哪里是家呢？

哪里可以终结流浪呢？

庄毅想着想着，人就恍惚了。恍恍惚惚地停车时，他才发觉自己竟到了许暖住的公寓。其实，自从他将她抱上床，为她倒水，送她糖果的那个夜晚，他已经开始刻意避免见她了。

庄毅停下车，看着手里新买的糖果，自嘲地一笑，但还是不自觉地下了车，走了进去，结果，看到许暖和顺子在说笑。

他本来只是想打个招呼，却没想到话出口，刻薄依旧。

其实，他也不想让她总是哭泣、害怕、沉默。

其实，他也不想总是对她那样冷漠、偏执、独断。

可是，他怕自己不坚硬的话，心会更容易变柔软——十年前，他也是一个心怀柔软的少年，但是经历了自己至亲叔叔、父亲至亲胞弟庄绅为了霸占财产，而对自己一家造成的伤害——他还记得父亲的挚友吴伯光猜测着告诉自己这一切的时候，自己血红的眼，从此，他已无法再让自己变回当初那个心怀柔软的少年了。

是不是，这世间，有些残忍只是为了掩饰自己内心那份深深的不忍？

那份自己也不想承认的垂怜和不忍。

他是庄毅，大仇未报的庄毅，他怎么可以有软肋？

从许暖那里离开后，在跑步机上跑了两小时，庄毅依旧辗转难以入睡。他重新回到赵赵那里，找了一间包房，落座。

他自诩有情感洁癖，讨厌灯红酒绿，今夜却只想沉迷于此。

赵赵很吃惊，然后笑了，娇娇媚媚地走上前来，攀住庄毅的胳膊，说："哎呀，我的庄大公子，流浪回来了？"

庄毅没吭声。

赵赵美眸流转，小心翼翼地打趣他，说："咦，谁惹你生气了？"

庄毅依然不吭声，双眸冷冽，俊颜凝重。

这时，侍者端来了两瓶酒，庄毅一句话不说，只闷头喝酒。

不久，酒瓶就见底了。透明的酒瓶闪烁着邪异的光，在酒吧的灯红酒绿中，不知拘禁着谁的灵魂。

赵赵媚眼如丝，赔着笑，小心翼翼地试探着询问，说："这是谁这么不省心，惹了我们家大公子呀？"

赵赵试探着问："许暖？"

庄毅不说话。

是了。

这个答案吓了赵赵一跳。不过，她仍赔着笑，明眸流转，说："哎呀，你该不会为她这么生气吧？借酒消愁？"

庄毅看了赵赵一眼，冷笑，予以了坚决的否认："为她？笑话！"

赵赵就媚媚地笑了，其实，她突然不知道是该相信庄毅，还是该相信自己的直觉。

这天晚上，赵赵对许暖产生了巨大的兴趣，但是忍不住心里有些痛——自己喜欢了庄毅这么多年，何曾见他因自己皱过眉头、喝过闷酒呢？

直到午夜场散去，庄毅也没离开。赵赵也没去招呼客人，就一直陪着他喝酒。他喝一小杯，她就喝一大杯。

庄毅看她如此折腾自己，说：“发什么疯！”

赵赵微醺，笑笑，摆了摆手，说：“你要心疼我，就别喝。”

庄毅明白她的心，却无法接受这颗心，叹息道：“赵赵，我说过的，你是个好女人……”

赵赵打断了他的话，醉眼迷蒙地看看他，说：“得了，你就知道这么说，‘赵赵，其实，你是个好女人’，可惜啊，我没这个福气……”说到这里，她突然停住，哈哈大笑起来，笑声中却透着凄凉。

她从庄毅手里夺过酒瓶，说：“别喝了！我看着难受。”

赵赵的话音刚落，就见一个高高瘦瘦、容颜清冷如同临江月一样的男孩走了过来。那男孩，赵赵认识，叫马路，新安城的小霸王。

确切地说，他不应该被称作男孩了，不过，因为他总是一副清清冷冷的模样，透着一种带着稚气的煞气，所以，特别像小男生。

赵赵对这个年龄段的男孩子甚为注意，因为她一直在寻找一个人。当然，马路不是她要寻找的人。她要寻找的人，已经不知道流落到这个世界的哪一处了。

有传闻，十年前，马路救过庄毅一命。

半真半假的说辞里，那时候，庄毅十九岁，归国奔丧，莫名遭人黑手，后来吴伯光沉痛地告诉他，下此狠手的可能是庄绅。

当时，马路正从巷子里出来，准备为他的姐姐马小袖报仇雪恨。

结果，他还没来得及跑到仇家那里，就撞见了一个凶狠的中年男人追着一个比自己大不了几岁的漂亮男孩。

当时的马路，要不就是被庄毅的少年美色所迷惑了，要不就是觉得，哇，这天下居然真的有和自己一样美艳无敌、艳光四射的美少年存在，所以，他一时冲动，也没问问谁是好人，谁是坏人，就对庄毅出手相救了。

结果，他刚要上前，就被那个中年男人一脚给踹开了。

马路倒在庄毅身前，他刚爬起来，准备安慰庄毅，诸如“你别怕，咱俩联手，定能击退这江湖败类”。

结果，他话还没出口，少年庄毅已从地上拾起一块砖头，以迅雷不及掩耳之势扔向中年人。

中年男子惨叫着，马路傻了眼。

庄毅冷着小脸，拉起马路的小手就跑，说：“还不快跑！！”

马路跑了几步，就想回头去捡两颗核桃——那是他刚去小朋友家，别人送他的两颗核桃。都说核桃补脑，他将它们带回去给老年痴呆的奶奶，一定会有作用。

庄毅一看马路要往回跑，大喊：“你干吗？！”

马路说：“核、核桃！

庄毅一把拉住他，不管他怎么挣扎，扛起他就离开了现场，一边跑，一边喊：“快走，以后我送你一卡车！”

后来，庄毅果然兑现了诺言，当他成为盛世和风集团的主席之后，给马路送去了一卡车的核桃。

马路一直没有说，现在，自己有了很多核桃，可奶奶已经不在了。

之后很长一段时间，马路闲着无事还会在新安城夜市上摆摊卖核桃，重温年少落魄江湖的时光，也是思念奶奶。庄毅偶尔兴致来了，就陪他一起蹲在那里卖核桃。

马路笑，说："难为你还记得啊。"

庄毅笑笑，不说话。

他当然记得了。别人对他的好，别人对他的坏，他都记得清清楚楚。因为记得，所以，遭遇了这场追杀之后，他流落他乡，在父亲旧日老友吴伯伯的帮助下，辗转几番才得以继承了父亲留在海外银行的巨额财产，韬光养晦，卷土重来，向他的叔叔庄绅索取原本就应该属于他的一切。

庄毅当时还聘请了业内有名的律师和他的律师团，决定如果其他方式无果，只能靠法律来解决时，他就用这支法律界的精英团队，为自己打这场官司。

虽然，他并不想诉诸法律。

庄毅不想走到那一步，让往事曝光在世人眼前。他已然不是那个只知报复的少年了，他不想自己和家族被媒体添油加醋，说成是"中国版哈姆雷特"——多年前哥哥遭遇弟弟黑手，多年后侄儿东山再起终雪耻。那只会让他和他的家族，永远成为世人的谈资和笑柄。

所幸的是，庄绅身边的一个亲信倒戈，带来他财务亏空以及挪用董事会基金等致命的证据。

最后，庄毅拿着这一沓证据，在庄绅的暴怒和心惊下，微笑着收回了自己该有的一切。父亲辛苦创办的旭日集团从此一分为二——庄毅的盛世和庄绅的上康。

举办交接仪式那天，媒体前，叔侄两人抱头痛哭，热泪涟涟，就差将鼻涕相互涂抹到彼此昂贵的西装上了。

庄绅表示"自己好开心，终于找到了失踪多年的侄儿，这下无愧于哥哥的在天之灵了”，并声称自己膝下无子，侄儿就是儿子，将来庄毅就是自己的继承人。

其实，他心里恨不得将庄毅生剥了。

庄毅也抱着庄绅痛哭，说叔叔是自己在这人世间唯一的亲人了，自己一定要赡养他百年，为他养老送终。

其实，他好想立刻将庄绅送去西天。

吴衍当时还在国外求学，放暑假归国，在一边看着，嘴角一扯，轻笑。他知道，庄毅和庄绅的这场战役才刚刚拉开，好戏都在后头。

庄毅终于演完了戏，走过来，看了看吴衍，说：“怎么样？你是不是觉得我当初就该留在国外做个演员？”

他之所以这么说，是因为留法期间，他们兄弟排演过话剧《哈姆雷特》，当时他扮演的就是复仇王子，如今竟然成真。

年轻的吴衍看了看他，没作声。可是，谁活在这个世界上不是演戏？就如吴衍自己，明明有那么喜欢那么喜欢的女孩，却从不能说喜欢。

那天，交接仪式结束，庄毅就告别了叔叔庄绅。两人在闪光灯前再次紧紧拥抱，其实内心里互骂了对方一万遍。

吴伯光远远地看看他们叔侄俩，又看看身边的吴衍，说：“看到了吧？这叔侄俩，表面上，把手言欢；私下里，大约谁都没打算给对方活路。”他嘱咐吴衍，“庄家这摊子事，你离得远一些。”

吴衍有些疑惑地看着父亲。

依旧是那句旧话，当一个人拥有足够的财富和地位，他的心病，就是大家的心病——很多事，不需要去安排和交代，太多人想鞍前马后地急你之所急。

那时的顺子刚刚跟了马路，听到了这件事，自愿出头，替庄毅了结这桩恩怨，唯一的要求是，让他身患重病的妹妹得到治疗。

马路看着他，说："你随便。我什么也没听到。"

不过，顺子的行动并没有成功。就在他准备给庄绅最后一击的时候，一个眉目如画的陌生男子冲了上来，推开了顺子，救下了哀号不止的庄绅。

救下庄绅的男子姓孟，后来，他被庄绅认作了义子，经过精心培养，被庄绅推上了上康集团的主席之位。

那人是个奇才，终成了庄毅的心头大患——于是，才有了许暖这颗棋子。

顺子最后是被庄毅派去阻止他的人给救了回来，庄毅训斥马路："你这不是帮我，你这是害我！"

那天，凌乱的出租屋里，庄毅看了看顺子的伤势，长长地叹了口气，说："为我舍命的人，是我兄弟。"

就这样，庄毅留下了顺子。

马路对顺子说："我们这条道，是走不到头的。我已经回不了头，但你还可以。跟他走吧。给他去做个司机，工资不会太高，也不会太低，至少从此能清清白白地做人。"

虽然顺子是擅自行动，庄毅却出钱为他妹妹进行了治疗。

所以，顺子对庄毅充满感激。在他看来，庄毅对他有着再造之恩，对自己的妹妹有救命之恩……尽管最终，他的妹妹还是因救治无效而去世了。

经历了这些事，顺子变成了庄毅的心腹，对他死心塌地。

后来，庄毅带着顺子，去探望庄绅。

庄绅正眼疾复发，庄毅很惋惜地看着，安慰的话无非是：“叔叔，咱俩果然是血亲，打断骨头连着筋。我当初遭人黑手，现在叔叔也如此，真是……唉，你说，到底是谁这么无耻？”

庄绅气得血液逆转，差点儿吐血而亡。他怀疑庄毅，但又没有证据，只能在苦心栽培的干儿子成长起来之前，暂避锋芒，不去探究。

不过，庄毅临去时，庄绅犹豫了一下，突然开口，说：“我的好侄儿，你不怕寻仇寻错了人吗？我们叔侄俩成仇，怕是‘螳螂捕蝉，黄雀在后’呢。”

庄毅看着他，良久，离开。

这些鬼话，庄毅听过太多了，现在不想听了。

那天，庄毅也注意到了庄绅身边的男子，眉眼摇曳着花儿一样的气质，肤色白皙，眼神清澈，温柔得如同徐徐暖风，总之，可以用四个字形容：讨厌得很。

他姓孟。

赵赵看到马路走过来，连忙起身让座。她虽然喝了很多酒，但是她清楚，这个人和庄毅的关系特别。

这是庄毅最喜欢赵赵的地方，她足够善解人意。

马路坐下之后的第一句话就是：“你可以用其他方式对付姓孟的，何苦一而再，再而三地为难她？”

庄毅看着他，不说话，或许，比起抓到猎物，他更喜欢享受这种筹划的过程。

半晌，庄毅眼睛微微一眯：“这么关心她？喜欢？”

马路很无所谓的表情，说：“喜欢的话，你送我吗？”

赵赵远远地听着，直接傻掉了。

庄毅也愣了，马路不是顺子，对自己恭恭敬敬，他要么不说话，要么怎么想就怎么说。

马路看庄毅不说话，问他：“如果她完成使命了，你打算怎样处理她？”

庄毅看着马路，意味深长。

第二章
荼蘼今生

这世间，

有没有一个人，

给你一场爱情，

就让你肯为他不管不顾，病入膏肓？

一

此后的两个月，许暖虽然没去学校，但是她很积极地在为毕业后找工作，在网上投了许多简历。

广电，《财经新报》《维度人物》两家报刊，甚至梁佳丽达、上康的内刊……只要是有机会的，她都将自己的简历投了过去。

做记者最好不过，这是她崭新的梦想，也是跟她专业对口的职业。她希望能成为吴楠那样的记者，帮更多身处底层的人发出声音，让这个群体得到社会更多的关注。

当然，这一切都是背着庄毅偷偷进行的。

她往上康投简历时，有些忐忑，隐约间耳闻过庄毅和上康的不和……想到去庄毅对手那里写他的小黑料，她居然有种莫名的兴奋感。

那次车祸，李乐没有死。这是许暖所不知道的。

车祸让李乐严重伤到了脊椎，大概要一辈子坐在轮椅上了。不过，李家正在联系美国那边的医院，听说很有希望康复。

梁小爽一直为此很内疚，她觉得是自己害惨了李乐。她又觉得，这一切都怪许暖，若不是她抢走庄毅，自己就不会这么偏执，而李乐也不会受到这样的伤害。

她还记得那天，电视新闻上，李乐车祸现场的视频一遍一遍地播放着，手术室的灯一直亮着，李乐生死未卜。

她当时决定，如果李乐死了，她一定要和许暖同归于尽。

好在李乐命大，或者应该说，许暖命大。

但一辈子坐轮椅和死去又有什么区别呢？

梁小爽在李乐的病床前哭了很久，抹着眼泪，说："李乐，你要是再也站不起来了怎么办？"

李琥珀就在边上直翻白眼。她觉得梁小爽太能折腾了，我堂哥就算不够一米八五，也有一米八三，虽然不如庄毅，但也玉树临风。你梁小爽就那么鬼迷心窍，非庄毅不可啊？

李乐安静地看着梁小爽，不说话，可是，眼神是那样温柔。最后，他虚弱地抬起手，给她擦掉眼泪，说："哭啥呢，我还没死呢。美国那边的医生不是说了吗，还有很大的希望。"

梁小爽见李乐不怪她，就哭得更凶了。

在她看来，李乐应该狠狠抽她几十个大嘴巴，并狠狠地臭骂她一顿，她才能心安。

当然，在边上的李琥珀也是这么想的，她无比希望她堂哥能示意她一下，然后她就狠狠地给梁小爽几十个大嘴巴。

不过，当看到梁小爽抱着李乐哭的时候，她就觉得自己像一盏电灯泡，于是连忙表示要离开。她对梁小爽说："喂！大姐，你慢慢哭啊。"然后，她又向李乐做了个鬼脸，说，"大哥，你慢慢哄啊。"

李乐无奈地看了李琥珀一眼，他这妹妹，和梁小爽从小就是一对任性的主儿，凑到一起，飞沙走石啊。

梁小爽一直哭，李乐看着她，这个和自己从小一起长大的女孩。其实，他真的不怨她。他当时都想过了，她就是将天折腾出窟窿来，他也得找五彩石练习补天啊。何况，她只是将他的脊椎给折腾断了而已。

李乐舔了舔干裂的嘴巴，弹了一下梁小爽的脑袋，说："得了，别哭了，死不了。为了给你做好备胎，我也得长命百岁不是。"

梁小爽终于破涕而笑，说："还这么贫嘴，你活该。"

李乐看到梁小爽笑了，心情突然明媚起来，说："对，我活该，活该喜欢你这么个烦人精。"

原来，爱一个人，就是永远心疼她，永远不舍得责备她。看到她哭，自己的心就跟针扎一样；看到她笑，自己的心就跟开了花儿一样。李乐觉得自己大学就不该读什么经济学，应该去读爱情学，自己真是天生的情圣。

爱情之中，每个人都有自己致命的软肋。

有人拼此一生，在寻找自己的软肋；而有人拼此一生，逃避着自己的软肋。

这段日子里，吴楠又在学校组织"关爱走失儿童"的活动，喊许暖去。

许暖虽然极想去，却只能推托，好在吴楠不问缘由。

倒是林欣，打她电话都打疯了。

许暖解释，说："嗯，我去实习了……"

林欣说："啊，你这个小白眼狼，不早告诉我。下周我也要去实习了，在广电，吴楠帮我介绍的。你在哪儿？我去找你。"

许暖忙说："好啊，好啊！"她顿了一下，说，"不过我正在外地出差，我刚飞过来，恐怕要等我回去再说……"

"哦。好吧。"林欣撇撇嘴，说，"那暖暖，注意安全。"

许暖挂掉电话，松了口气。她摸摸鼻子，说谎了，鼻子会不会变长？

谁知当天下午她在小区外的花园广场散步的时候，却跟撞鬼似的撞到了林欣，她正在帮吴楠发宣传单。

林欣看到她的时候，以为自己眼花了，说："许暖？！"

她快步上前，说："你不是在外地出差吗？！"

许暖一时不知道该怎么解释。

林欣像是发现了新大陆一般，说："好啊，许暖！你有事瞒我。"

其实，许暖没有对林欣解释什么，因为她不想再撒谎了。

她只是反复地说"林欣，你别生气""别生气，好吗""你得相信，我真不想骗你""但是，你也别问，好吗"……

既然许暖都这么说了，林欣还能再说什么？确认她安全之后，毒舌如林欣，也只能递给她一瓶酸奶。

不过，林欣还是抱怨："许暖，两个月啊，两个月！我还以为你移居火星了，是发生什么事了吗？"

许暖叹了口气，抱着林欣递来的酸奶："我也想是移居火星了。"

……

那天，许暖把林欣送到公交车站。

两人有一搭没一搭地聊着，关于毕业，关于未来，关于最红的那个"小鲜肉"。

林欣突然想起了个什么事儿，很神秘地跟许暖说："欸，许暖，以前咱们不是总抱怨租来的小说每到了关键地方，嗯……就不知道被谁给撕去了吗？"

许暖愣了愣："怎么？"

林欣说："我终于找到罪魁祸首了。"说完，她神秘一笑，"我帮李晓整理铺盖时，从她床底翻出一堆书页，我还以为是专业书，结果一看……我当时就蒙了。许暖，你知道的，多纯洁的一个孩子。"

许暖："……"

说完，林欣就从背包里掏出一堆书页，递给许暖，笑："喏，前几天我就靠它们才顺利地大学毕业了。现在交给你，可怜你这个还没毕业的。”

许暖来不及反应，林欣已经上公交车了。她在公交车上冲许暖摆手再见，说：“好好复习，这门功课可是落下了四年啊。”

街上行人纷纷好奇地看向许暖，她低头，看着手里那堆纸，唉，这个让人无奈的林欣啊。

电子阅读流行的年代，慧珍书屋是学校里为数不多还存在的小书屋，几乎很少人问津，只知道老板夫妇守着书屋小三十年，后来老板娘去了，老板就自己守着这一切，一切保留着老板娘离开那天的样子，一晃十年。

他每天做的最精细的事情，就是擦拭书屋的牌匾——擦得太轻，怕拭不了灰尘，擦得太重，怕擦去了姓名——慧珍是老板娘的名字。

然后，老板再去喂养老板娘生前照顾的那些流浪猫，每每总说，照顾完最后一只就走，结果，又来了新成员……

“是慧珍啊，不让我走。”有人曾在黄昏梧桐树下，听到老人抱起猫轻声细语。

快速消费年代，人们羡慕从前车马很慢，一生只够爱一人的生活，不知何时，这个深情的故事，在校园内流传开了。又不知何时，这里变成了网红书屋，格格不入的年代感，竟又成了潮流所在——一群人围着拍照，然后离开。

老板常常挤不进自己的店，只能和流浪猫们蹲在门外等。梧桐树下，热闹是人群的，孤单是自己的。

不过，小书屋还是拥有一小众忠实的拥趸——诸如许暖和林欣她们。古早味的言情又如何，它也描摹了很多女孩爱情最初的模样。

就这样，许暖抱着那堆纸回到家，还没来得及换鞋子，抬头，却见庄毅正端坐在沙发上，似乎是等了她很久的样子。

黑云压城城欲摧。

许暖心里咯噔一下，完蛋了！

自从上次庄毅狠狠地羞辱了许暖之后，他就没有再踏进过她住的公寓，这次也不知道是被东南西北风中的哪阵风给吹来了。

庄毅这个男人很奇特，笑和不笑时，完全是两个人。他笑时，春暖花开；他不笑时，霜冷长河。

许暖看着他阴沉的脸——没笑，不由得心里直发毛。她低下头，虽不情愿，却仍要解释，道："我舍友……我去送她……"

庄毅冷笑："我看你不是去见你舍友了，你是满世界地去找这个姓孟的男人了吧。"说着，他将一本日记本扔在许暖的面前。

许暖一看地上的日记本，先是一惊，瞬间又羞又恼，慌忙把它从地上捡起来，不可思议地望着庄毅，说："你……偷看我的日记？"

庄毅冷笑道："我没想看。"

他确实没想看，写日记这么"古董"的行为也只有许暖干得出吧，要不是赵小熊和小蝶翻出来，差点儿撕掉用来折飞机，他才懒得理。

许暖气得直发抖。

她想，庄毅一定将日记里的全部内容看光了，看光了她所有的心思，看光了她所有的隐私。这四年时光里，最初她对孟古的思念，对孟谨诚的愧疚，还有对赵小熊的怜悯……当然，也包括了对他——庄毅的痛恨、惶恐……甚至悸动。

那一刻，许暖觉得自己在他面前，像被剥掉了衣衫。

庄毅看着脸色苍白的许暖，并不以为意。

他压根儿就没看到许暖日记里提到他的部分，更不知道她会在日记里提起他。开头那一页她对孟古的思念已经让他失去了读下去的兴致。

想到这儿，他不知道从哪里来的怒气，对许暖说："我花钱让你去读书，不是为了让你给其他男人写情书的。"他顿了顿，用食指和中指夹起一堆信笺扔到许暖的脚下，说，"当然，也不是为了让那些毛头小子给你写情书的。"

一张发黄的旧纸飘落在他们之间，上面小楷清俊，透着时光流逝之韵——阮，古乐器，有月琴之形，珠玉之声。

许暖迅速上前，捡起，抱在怀里。

庄毅冷冷一笑，轻蔑至极地看着她，一字一顿地说："珠玉之声？月琴之形？真是声形具备、交情匪浅！"

本是情深义重之言，在他意味深长之下，却有了淫词艳曲之嫌。

许暖看着眼前的男子，他凌厉，他霸道，他不可理喻，他让她想发疯。突然，她不知道从哪里借来了勇气，反诘他："那你让我读书干吗？难道是为了让我感谢你拿我当棋子，感激你对我的伤害，还是给你这个魔鬼写情书？"

庄毅看了看许暖，哟，她居然会激动？她终于激动了，激动起来的样子似乎还蛮可爱。不过，她这是要造反吗？这太值得严惩了。

庄毅看着她，说："我是魔鬼？多谢赞美！给我写情书？你永远都不配！"

不配！

永远都不配！

这几个字，针一样扎在许暖的心里。她此生低微，却也不是她的错。谁希望离开父母如珠似宝的珍爱，流落他乡遍尝辛酸？

父母何人，家在何方，她都不知。

唯一知道的是——“不配”，“不配”这人间最好的爱情，“不配”这世界最好的情郎——收养自己的奶奶也曾说过这两个字，因为孟古。

很多时候，她真的想找到孟古，不为纠缠，不为爱恋，只为问一句，多年前，说好一起离开的夜晚，到底发生了什么，让他对自己食了言。

就像现在她也很想问问庄毅，到底是什么原因，让他这么憎恨她，让他在她面前铁石心肠，并且百般折辱她？

许暖的眼泪落了下来。

庄毅在旁，冷冷地看着，说：“至于吗？何时何地，都为那个男人哭。”

许暖看了看庄毅，那俊美到可憎的脸，泪眼模糊中，她似乎看到了孟古的容颜。她突然很想去触碰，可手最终停在空中，画了一个弧线，坠落了。

这么多年了，那个曾经的少年，如今是怎样的发型、怎样的笑、怎样的容颜？

她本是不去想了，本是遗忘了，是庄毅硬生生地一次又一次提起，让她无法同以前那些伤自己伤到体无完肤的伤害，彻底说再见。

又是该死的眼泪和沉默。

庄毅看着许暖流泪，突然心有不忍，可他痛恨自己的心生柔软，于是，他硬起心肠，冷冷地看着她。突然，他发现她手里拿着一沓厚厚的书页。

许暖触及他的目光时，一惊，擦掉眼泪，下意识地后退，将书页放到身后。

庄毅就缓缓地绕到她的身后，说：“是什么？”

许暖猛然想起这少儿不宜的东西，一边后退，一边擦着眼泪，结结巴巴地说：“大、大学最后的……课业。”

“哦？”庄毅冷笑，说，“我看看。”

许暖摇头，掩饰道：“都，都撕……撕坏了。”

庄毅语气变得幽冷，说：“你是在反抗我？”

许暖连忙摇头，她看得出庄毅开始生气了。她不想，也不敢惹他生气，可是她更不想他觉得她是一个“女色魔”。

庄毅说：“我数到三！”

许暖看着庄毅，她自然是知道反抗他的代价，不由得内心激烈交战——

啊啊，林欣，你害死我了。给他？脸会丢尽。不给他，那么苦头会吃尽。吞下去吧，可实在太多。许暖啊许暖，让你贼心不死地带它们回家。

庄毅看了许暖一眼，直接数道：“三！”

说完，他掠走了她手里的纸，猎豹一般。

许暖“啊”了一声，企图将那些书页夺回来，庄毅却已经闪到了一边。

他的目光扫了扫许暖所谓的“大学最后的课业”，愣了，随后，嘴角微微一扯，产生了一个恶作剧的念头。

他说：“真遗憾，我大学就没有这种‘课业’，今天，我可得好好补习一下。”说完，他就装作懵懂地念了起来，声音很轻，带着挑逗的意味……

许暖快崩溃了。

她发疯似的尖叫，企图阻止他继续“朗读”。

那一刻，她真想抱着庄毅这个禽兽同归于尽。

庄毅像看穿了她似的，说：“你一定特想抱着我同归于尽吧？”

许暖猛点头。

庄毅眉毛轻挑，说：“那你抱啊。”

“啊？”许暖看着他，慌乱地低下了头。

庄毅看了看她羞涩如芙蓉般的脸蛋，不由得心旌摇曳。一种绒绒细细的感觉在他的心脏上撩拨着，如同复苏的草、欲绽放的花。

他愣了愣，为掩饰自己的失神，故作严肃地说：“你们学校的功课不错嘛。”

许暖明知道他是在恶作剧，却只好哀求：“你还给我。”

庄毅就笑，说：“还给你复习吗？”

许暖的脸更红了。

这种暧昧的气氛快要将她折磨疯了。她趁庄毅不注意，踮起脚向他手里的那些纸张扑去。他胳膊一抬，她整个人就跌入了他的怀里。

跌入他怀中的那一瞬间，许暖觉得自己的心脏都要爆炸了。

庄毅也愣住了，当许暖纤巧的身体跌入自己的怀里时，他觉得自己的胸口突然温柔地长出了一条藤，慢慢地开出了花儿。

时间在那一瞬间停顿了。

两人之间的距离，只是两层薄薄的衣衫。皮肤的温度，心跳的速度，彼此之间感觉得那样清晰。

庄毅看着许暖，她的眼窝里还有刚才的泪痕，眼泪如同钻石，点缀在她星辰一样的眼眸里。就在她想从他的怀里挣脱出来的那一瞬间，他一把拉住了她——她这次彻底跌入了他怀里。

庄毅低头，俊颜渐渐逼近。许暖呆住了，如同中了魔咒一样，不知道该如何躲闪。

他那带着香气的嘴唇，带着绵密的眷顾，吻向了她饱满的额头。

细细碎碎的温柔，如同潺潺的溪水一样。他的吻一路向下，滑过她美丽的眼睛，她精巧的鼻梁，然后是她玫瑰花瓣一样的嘴唇……

许暖的眼泪掉了下来。

不知道为什么，在这意外之吻降临那一刻，她突然感到了一种巨大的绝望感升腾在胸口。这种悲哀的绝望，让她的心生生被撕裂。

就在庄毅的吻落在许暖的唇上时，赵小熊突然冲了进来，将硕大的脑袋搁在了庄毅和许暖的面前，一脸观摩学习的表情。

庄毅当下就愣住了，他和许暖两人如同触电一样迅速分开，迅速地清醒过来。

庄毅迅速地摆脱了这场意乱情迷，冷漠地将书页扔给许暖，眼里是嘲弄，说："不要男人一招手，你就扑上去。"

许暖惊愕地看着他。

其实，她觉得自己不应该惊愕，他不是一直都这样吗，一直都是这样冷漠，这样魔鬼，这样以践踏别人的尊严为乐，自己该麻木了才对。

几天之后，许暖接到了四份面试通知，广电、《财经新报》《维度人物》，还有上康。这真是好消息，她却不知该与谁分享。

她看了看花园里的赵小熊和许蝶，念头默默地在心里滋长——总有一天，我会有足够的能力照顾你们的。她暗暗地给自己打气加油。

许蝶喜欢抱着她的胳膊喊她"姐姐"，大眼萌童的童声里带着几分稚嫩。

她就这么长大了，如今已经五岁了。

原来，自己和孟古分别这么久了。

许暖在心底深深叹息，回头，却见赵小熊正在折纸鹤。他笨手笨脚，折成了鸵鸟。她忍不住走上去帮助他。

她低头折着纸鹤，头发垂了下来。赵小熊迟疑着，看了看自己的手，很好、很干净，于是，他抬手，帮她把头发别到耳后，然后心满意足地继续吃饼干了。

许暖愣愣地看着赵小熊。

怎样来定义她和他之间的关系呢？

许暖和赵小熊最初的关联是一个叫老七的人。当时，她只有六岁，被老七带回家，那时候，她还叫阮阮，而赵小熊，是老七的宝贝儿子。

那时，赵小熊也就五六岁的样子，跟一个小地主崽子似的，横行霸道。

倒是老七那八岁的闺女赵吉祥，一副好心肠，会不时爬屋顶，偷一些地瓜条下来给她和其他孩子。

有一次，赵吉祥偷食物给他们时，被地主崽子赵小熊看到了。他就像个报警器似的哇哇作响，喊来了老七。

自己闺女居然如此败家，老七很生气，于是愤怒中，他冲了进来。

赵小熊就在他身后滴溜滴溜地跑，一脸的幸灾乐祸。

赵吉祥没有来得及跑，就被老七拎小鸡似的拎到了院里："你这败家玩意儿，家里都吃不上饭了，你给我乐善好施。"

当时他们吓坏了，以为老七收拾完赵吉祥，会转头收拾他们。

所以，当老七冲进来时，他们都吓傻了。

后来证明，老七不是对付他们的，而是对付赵吉祥的。

老七将赵吉祥胖揍了一顿后，薅起她打小留起的长发，一镰刀下去，她立刻变成了散毛鸡，坐在地上一直哭。

老七似乎是完成了一件预谋了很久的事情一样，将镰刀扔到一边，用手掂量掂量赵吉祥的长发。

赵小熊就冲上来拉住父亲的衣角，理都不理在地上哭泣的姐姐，踮着脚喊着："阿爸，阿爸，给我换钱买糖吃，换钱买糖吃。"

阮阮看着倒在地上痛哭的赵吉祥，手心里紧紧地握着她给自己偷来的地瓜条，越握越紧。

这时的阮阮，感觉到了一种叫作善良的东西，因为赵吉祥。

老七很坏，他的老婆曹翠花也好不到哪儿去。那时的赵小熊，似乎也遗传了赵氏夫妻的刻薄德行，但是好在吉祥没有。

吉祥是阮阮在黑夜里遇到的一丝光亮，善良的光亮。

不久，老七遇上车祸死了。

再后来，阮阮被孟古的奶奶收养了。

再再后来，曹翠花改嫁了，扔下了年幼的赵吉祥和赵小熊。听说曹翠花走的那天，赵小熊赤着脚在冰天雪地中哭喊着"妈妈"。

再后来是什么呢？

阮阮记得不真切了，似乎周围人的闲言碎语中说的是，赵小熊和赵吉祥被人带走了，不知道带到哪儿去了。

后来，赵小熊辗转又回到了桃花寨子，被李慕白给收养了。李慕白听起来像个教书先生吧，其实他是杀猪的。

……

就这样，两个原本有着仇隙的人，在很多年后的今天，却是这个世界上彼此唯一可以抱着取暖的人。

这就是生活，其戏剧性远远要高于文学创作，因为它可以霸道到完全不讲逻辑，蛮横不讲道理。

庄毅再次来找许暖时，手里拿着两张刘若英的演唱会门票，他正在想如何遣词造句。

上次又伤害了她，他内疚无比，不，只是有些内疚，算是一点儿小小的道歉？对棋子好一些，棋子才能更好地卖命？至于她日记本上说，她很想去看刘若英的演唱会，因为名字叫“梦游”，而她这一生，就像是在梦游……他根本就没为这句话心酸，嗯，半点儿都没有。

至于为什么是两张？嗯，庄毅觉得许暖去看演唱会，总得有个伴吧？有同学的话，就和同学一起去，不过，看她总是离群索居的样子，估计没什么交心的同学……或者自己也可以顺道去听听，也算是监视棋子……

可他一进门，碰见许暖正在给赵小熊擦嘴巴。不知道为什么，这一幕在他看来特别别扭。

手里的票被攥得紧紧的。

“真够贤妻良母的。”他忍不住冷冷地嘲讽。

许暖整个人一激灵，回头，却见庄毅站在对面——又是这个男人，又是这个暴君，又是这个庄扒皮。

赵小熊不说话，依旧吧唧吧唧地吃东西。倒是许蝶像一只飞舞的蝴蝶，奔到庄毅的怀里，用稚嫩的童音喊他：“庄叔叔，庄叔叔。”

庄毅一把抱起许蝶，笑意满眼，说：“小蝶真乖。”

这四年来，他对许暖虽然冷如冰霜，但和许蝶还是相处得极好的，就像一个年轻的父亲宠溺着一个小女儿。

毕竟许蝶从一个小奶娃开始，就被他带在身边了。

许蝶窝在庄毅的怀里撒娇。许暖忙上前来，说：“许蝶，不要缠着叔叔，快下来！”

其实，她担心的是，庄毅这恶霸万一将许蝶给摔着了怎么办。

庄毅有些不爽地看着许暖，他能感觉到，她身上的层层戒备，如同防贼。他低下头，装作无意般问许蝶：“小蝶，想妈妈吗？”

许蝶淡淡的眉毛皱成了一团，声音很小、很细：“想……可是……妈妈不知道小蝶很想她的……幼儿园的小朋友都有妈妈，小蝶没有……”

许暖告诉小蝶，她们的妈妈很早就去世了。

庄毅看了许暖一眼，嘴角轻轻一撇，拍拍许蝶的脑袋说：“别难过，姐姐也会像妈妈那样疼你的。”

说完，他看了许暖一眼，意味深长。

小蝶离开后，庄毅将脸轻轻地靠到许暖的耳边，说：“你是不是特恨我？觉得我十恶不赦，觉得我是魔鬼，总是让你痛苦，让你难堪啊？”

许暖不说话。

庄毅就笑笑，看了看已经跑去院子里找赵小熊玩耍的许蝶，转头对许暖说：“你痛苦，你难堪，你内疚，那都是因为你做错过。”

许暖转脸看着庄毅，说：“你要我说多少次，她是我的妹妹，不是我的……女儿！”

庄毅看着许暖，一脸嘲讽的表情，说：“敢做，就得敢认。”

许暖说：“你为什么就是不相信我？”

庄毅突然说了一句：“宁辞镜的事和我无关。”

许暖愣了，不知道他怎么会扯出这么一句。

庄毅看着她，说：“你看，你不是也一样不相信吗？”

许暖不再说话，转身沉默着。

庄毅看了看许暖沉默的样子，说：“我知道，你从来就没有对我真正低头过，更没有真心地想听我的话过。没关系，我告诉你，不止十年，你这辈子都别想从我身边离开。就算是我一辈子都不走你这步棋，我也不会让你离开。”

庄毅不知道为什么要对许暖说这样的狠话，自从他看过她的日记，“孟古”这个名字，让他胸口像被巨石堵住了一样。这些愤怒似乎只有宣泄到她的身上，他才会好受一些。

当然，庄毅今天之所以来到这里，并不是为了告诉许暖，自己“一辈子都不走她这步棋子”，恰恰相反，他来，正是因为，她这步棋子终于可以走到台面上了。

终于——

对！什么演唱会门票，他来，才不是为了送什么门票。他也并没有在今夜带她去看演唱会，还是让她去舞会做棋子之间痛苦挣扎，一点儿都没有。他来，只是为了过来告诉这颗棋子——你该登场了。

庄毅看了看许暖，迅速调整自己的情绪，说：“今晚，有个舞会。你陪我参加。”

今天是陈寂二十二岁的生日聚会，陈子庚在自家弄海园别墅里为宝贝孙女举办庆生舞会，当然，也是为她的婚姻铺路。因为这天晚上，圈子内，上至豪门子弟，下至金领精英，都会出席。

陈寂虽然不美，但是她身后的巨大财富和滔天势力还是诱惑难挡的。

这一天，庄毅等了足足四年，虽然差点儿毁于一场演唱会。

许暖似乎没有听到庄毅的话，只是恹恹地看着前方，眼神中透着巨大的厌世感和绝望。她突然说："那么，我死了呢？死了总可以彻底离开你了吧？"

庄毅看了看许暖，一愣，他没料到她会说出这样的话。不过，他笑笑，手里的演唱会门票已经握成了团，赌气一般，说："可以。有人会陪你。"

许暖猛然转头，不敢相信地看着他。

庄毅并不看她，他看着花园里玩耍的许蝶和赵小熊，将演唱会门票铺开，用力压平，轻轻地将它们折成纸飞机，扔了出去，引得小蝶开心地尖叫。

他说："我喜欢小蝶，但不想被要挟。"他转身，背影如铁。

突生的倔强，终于再次在许暖的心底偃旗息鼓。

庄毅带许暖离开时，顺子也将小蝶带走了，说是去电视塔的旋转餐厅看星星。

分别时，庄毅给小蝶把帽子戴好，整理好围巾，像一个真正的父亲那样。

小蝶在他的脸上亲了一口，他摸摸她的小脑袋，是厚重的温柔，说："注意安全，早点儿回家。"

许暖紧张地看着这一切，却无从阻止。

她眼睁睁地看着小蝶被顺子带走，小家伙丝毫不觉得危险，一跳一跳雀跃地离开。

许暖却深感恐惧，女人的直觉告诉她，今天的舞会，是一场鸿门宴——说什么去电视塔看星星，他明明是在用许蝶要挟自己。

庄毅却像是什么都没发生一样，看了看许暖，说："还记得四年前，我说，我需要你帮我一个忙吗？今天，我需要你帮我这个忙了。”

许暖怎么会忘呢？

她十八岁那年，他还和她确认过，在许蝶做手术前夜……他要她明白，她是个成年人，要对得起她承诺的每个字。

她看着庄毅，说：“我帮了你这个忙，然后我们就两清？”

庄毅看着她，有些恨恨，说：“两清。”

良久，庄毅对许暖说：“我先带你去见一个人。”

这是许暖第一次见到赵赵。

当这个妆容精致、面容娇美的女子出现在许暖面前时，她突然感觉到一种久违的亲切感，可是，她又说不出来为什么亲切，眼前的这个女子，明明是陌生人。

赵赵含笑，海藻一样的卷发下，是她小狐狸一样妩媚的脸。她一面打量着许暖，一面对庄毅笑得眉飞色舞，她腰肢款摆地走到他面前，故作风尘，说：“哎呀呀，庄大爷，这是哪里来的大美妞啊？”

庄毅看了赵赵一眼，说：“这是许暖。”

“许暖”两个字落入赵赵的耳朵里，她的心猛然揪了一下，她上下打量了一番这个天生丽质、眼底萧瑟的女子，喃喃：“原来，她就是许暖啊。”

她看了看庄毅，似乎终于明白那天晚上，他为什么会因为去了一次许暖的住所，就回来喝闷酒了。眼前的女子，就像寂寥的湖，这份寂寥，如同魔咒一样，吸引着别人试图潜入深处，一探究竟。

之前，赵赵觉得梁小爽太孩子气，现在她似乎有些明白了，如果她是梁小爽的话，估计也会为了许暖，和庄毅闹得狗血淋漓、满城风雨。

赵赵愣了一下，立刻笑得花枝招展，她拉过许暖的手，埋怨庄毅道："这仙女似的人，你今天才给我带来啊。顺子说得没错，你啊，就是金屋藏娇。"

赵赵这番话，显然真假参半。顺子自然没有跟她说过"金屋藏娇"这话，顺子只是说，许暖是个很漂亮的女孩。

赵赵当初就想啊，自己是什么人，是什么职业，什么漂亮姑娘没见过。再说了，她相信以自己对庄毅的了解，他是不会对陈寂之外的任何女人动心的。可是，今天，当许暖如同一朵安静的云，落在她眼前的时候，她的心突然就这么隐隐一动。眼前这对外表登对的年轻男女，在任何人看来都是一对神仙美眷。

所以，她忍不住说出了"金屋藏娇"这样的话，算是试探吧。很显然，她想听到庄毅否定，比如说："赵赵，别胡说，我和许暖只是普通交情。"

在一旁的庄毅，显然听出了赵赵半含酸意的试探，但是很显然，他没打算回答她的问题，只是说："今晚，许小姐要陪我参加陈寂家的舞会。"

"啊？"赵赵嘴巴张得老大，她无法理解庄毅葫芦里面卖的什么药——人人都往单身打扮，他为什么反其道而行呢？不过，她知道，男人不喜欢打破砂锅——问到底的女人。他更不喜欢。

于是，赵赵敛着笑，试探地问："你是想让我帮许小姐挑礼服？"

庄毅笑笑。

赵赵也笑了，她将手攀上庄毅的肩膀，说："老板，你希望我怎么打扮咱们家许暖姑娘呢？"

庄毅想了想，在赵赵的掌心写下几个字，她仔细辨认，最终，喃喃："惊为天人，艳压全场。"

许暖没想到庄毅这个恶魔居然舍得将这么美好的词汇用在自己身上，多么难得。

赵赵的手像是被烫了一下，紧紧地握着，这一刻，她的心是如此难受，这八个字，不知道是对许暖外表的赞美呢，还是对自己挑礼服眼光的赞美。不过，她面上仍然笑得艳若桃李，说："许小姐这般神仙人物，就是这样走出来，也是艳压群芳的。"

许暖看着赵赵，她能感觉到，赵赵的每一句话，都带着万千的小心，小心翼翼地取悦着眼前这个叫庄毅的男子。

庄毅看了看许暖，说："你在想什么？"

许暖眼神清冷地看了庄毅一眼，沉默——你不是不想我有思想吗？那我就永远像影子一样。

她冰冷的沉默，让庄毅有些恼，他突然觉得自己这四年也真的不容易，如果事事同她怄气，自己早就英年早逝了。

不过，好在他今夜终于可以将这四年的等待敲开冰山一角了。

舞会，陈寂，许暖，还有孟……

庄毅笑了笑，眼眸沉沉，如同时刻蓄势以待的豹子一般。

赵赵走的时候，看了庄毅一眼，偷偷问道："有一件事情，我很好奇……但不知道该不该问……"

庄毅皱皱眉头，说："那就别问了。"

赵赵一怔，随即娇笑着化解尴尬，说："你这是要幽默死啊。"她不等庄毅反应，妙目流转，"如果今晚陈老爷子没有将陈寂许配给上康姓孟的，而是许配给你，你压根就不需要许小姐这颗棋子了。那么，你打算怎么处置她？"

庄毅愣了愣，上次马路也问过他类似的问题。

“你不觉得你今天的问题有些多吗。”庄毅看着赵赵，有些不悦。

赵赵也不生气，只是笑笑，说：“庄毅，你可别逃避。我啊，只不过在替你问一个你从来不敢去问自己的问题而已。”

说完，赵赵就摇曳多姿地向许暖走去了。

她冲许暖笑得如同花儿一样，可是内心无比酸涩。

她也不知道庄毅是不是真的如自己猜测那样，对许暖和对别人不一样，是不是真的如自己所说的那样，一直在逃避，不敢去问自己这个问题。

她之所以发狠地问出来，并不是想听到庄毅如何处置许暖的答案，而只是想听到他的否定——他真的没有喜欢上许暖。

——真的没有。

离开庄毅之后，许暖上了赵赵的车。

赵赵冲许暖笑了笑，说：“他们都说，开沃尔沃的人都怕死。我不怕死，而且，我喜欢这车。”然后她又补上一句，“庄毅送的。”

为什么要补上这句话，赵赵也说不清楚。

许暖正在担忧被顺子带走的许蝶。可是，赵赵最后那一句，让她的心里荡漾起一种说不出的感觉，她看着赵赵：“你是……庄毅的女朋友？”

赵赵转头看看许暖：“我？女朋友？”她哈哈大笑，说，“我倒是想。可是你看，我有这福气吗？”然后，她瞥了许暖一眼，叹气，说，“这世界上啊，并非只要是个女人，都可以做庄毅的女朋友的。这也太痴人说梦了。”

许暖看了看赵赵，不确定她的话是不是刻意说给自己听的，提醒自己不要对庄毅有什么不切实际的想法……

许暖心想，我怎么会对一个魔鬼有想法。

不过，她依旧礼貌地笑笑，只是表情有些不自然。

赵赵似乎看出来了，也笑，说："你别往心里去，我刚才那话不是说你啊，你和庄毅挺配的。不过，他身边的每个女人都和他很登对，只是都没有什么好结局。"说到这里，她又笑，说，"哎呀，你看我这张嘴，我真不是说你。"

许暖笑笑，但是她能感觉到，赵赵对她隐约的戒心，尽管赵赵一直很热情的样子，但说的每句话都暗含杀伤力——似乎是在告诉她，她和庄毅之间纵然此刻千般好，将来也只能归于一个零。

零就零吧。许暖想，她和庄毅现在的关系，何止是零，简直就是负无穷。

赵赵抽了一口烟，一边开车，一边转脸对许暖笑笑，有点儿八卦地问道："你和庄毅……呃……"

许暖疑惑地看着赵赵。

赵赵重重地吸了一口烟，说："你们在恋爱？"

许暖很显然没有想到赵赵会问这样的话。

她不知道该怎么跟赵赵说，全天下的人都在传，庄毅交往了一个神秘女人，难怪赵赵会胡思乱想。

赵赵看了看许暖，笑了笑，说："你看，我真够八卦，第一次见面就问你这样的问题。不过，我也就是问问啊，你也知道，男人嘛……"说完，她冲许暖意味深长地笑了笑。

许暖知道，不管出于什么目的，赵赵都是在告诫自己，无论庄毅和自己发展到什么程度，都不过是逢场作戏而已。

遗憾的是，这些话对于自己来说，根本没用。

因为庄毅和她之间，清白得就跟肯德基的原味甜筒似的，惨白惨白的，就连接吻，都被赵小熊给搞砸了……呃……想到这儿，许暖觉得自己真可耻，居然还去想那个未竟的吻。

她暗暗骂自己。

赵赵说了一路。

车停在一家叫作 JOE 的私人会所前，她还在跟许暖说庄毅的那些绯闻艳史，那些传闻的尺度太大，弄得许暖挺不好意思的。

赵赵抬手，看了看手表，嗯，两点一刻，离她要等的那个重量级人物到会所，还差一点儿时间。

虽然庄毅一再嘱咐她，要她尽快带许暖挑好衣服，可是她还是忍不住违背了他的意思。

她对着许暖笑了笑，看了看手表，说："嗯……时间还早，我们先去喝杯咖啡吧。"

许暖点点头。

咖啡厅里，赵赵和许暖聊了很多乱七八糟的事情，许暖间或回答一些，也是字节很少的那种。

赵赵问许暖："你不会觉得我的话题太凶猛了吧，真难为你这清纯的小姑娘了。"

许暖有些不好意思，她能感觉到赵赵一直在努力寻找共同话题，企图和她拉近关系。这种好意让她有些内疚，于是，她也尽力回应赵赵的好，只是……

她有些羞涩地笑了笑，说："其实……我和朋友私底下一起，也比较八卦。基本上，看言情小说时，我也会看一些比较激情……"

说到"激情"的时候，许暖被咖啡呛到了，喷了一桌子。

她尴尬极了，跟赵赵说："对不起啊。"

赵赵笑，连忙给她递餐巾，说："就你还激情呢，说瞎话呛到了吧。"

许暖想要辩白，可是嗓子被咖啡呛得有些说不出话来，只好笑了笑。

梁小爽和李琥珀出现在这个咖啡厅里，完全是个意外。

李琥珀说她渴了，中午的料理太咸。她说那个厨子一定是被她的美色所迷惑，以至于手一抖，盐放多了。

梁小爽说："走，前面有个咖啡厅。"

李琥珀走进咖啡厅时，一眼就看到了和赵赵坐在一起的许暖。她猛踹了梁小爽一脚，说："爽啊，快看，你的情敌们。"

梁小爽本来正在看手机，李琥珀的话，就跟那十万伏的高压电似的，让她跟被雷击了一样，连忙抬头——许暖。

梁小爽的心里那个爽啊，踏破铁鞋无觅处，得来全不费功夫，瞬间就冲到了许暖的面前。

许暖看到梁小爽的时候，愣了一下，然后她的感觉就是，完蛋了，自己肯定要上明天的报纸了。

梁小爽还没来得及开口，李琥珀就先上来了，她攀在梁小爽的肩膀上，笑得异常明媚，说："哎呀，这不是许暖和赵赵吗？怎么？庄毅的人处得挺和谐嘛。"然后，她转头看看梁小爽，说，"爽啊，快来见过两位姐姐啊。"

梁小爽本来准备对着许暖劈头盖脸大骂一顿，结果被李琥珀给抢了先。抢先就抢先吧，李琥珀这个立场不清、敌我不分的家伙，连自己也给骂了进去，让她觉得脸上有些挂不住了。

赵赵最初被吓了一跳，当她瞥见是梁小爽和李琥珀时，不禁冷笑。这对小姐妹的功力，她不是没见识过，当初，梁小爽还是个小屁孩，只因为看到她靠在庄毅的怀里，就去纽斯塔砸场子。当时李琥珀也跟去了，在一旁煽风点火。

最开始，是梁小爽动手的，她拎起一瓶人头马路易十三，将正在和客人谈笑风生的赵赵给砸了。

被砸破脑袋的赵赵差点儿昏死过去，可是还没等她昏死，她就闻出这酒不一般，再仔细一闻，这不是路易十三吗？

于是，为了路易十三，赵赵强忍着没昏死，和梁小爽展开殊死搏斗。

赵赵知道，庄毅会收拾一切烂摊子。

而且，她和梁宗泰之间也有着非一般的秘密。

赵赵知道，只要庄毅带领自己，主动去梁宗泰那里哭诉一番，自己的“无心”之过，大水冲了龙王庙，梁宗泰因为忌惮那些隐私被曝光，自然不会对自己怎样。

就这样，梁宗泰虽然因为梁小爽被打而愤怒，但是并没有迁怒赵赵。

庄毅带着赵赵从梁宗泰家负荆请罪出来，上车后，他对她说：“我劝你，以后别打这些擦边球了。梁老爹现在不对付你，不等于他将来不对付你。老狐狸的为人，不是你一个女人说把握就能把握的，你不要太自信了。”

赵赵就冲庄毅笑，千娇百媚，说：“你这么关心我啊。”

庄毅很无奈。

……

就这样，赵赵和梁小爽之间，也算是结下了梁子，只是因为之间横着梁宗泰和庄毅，所以只能不了了之。

但是，即使抛去那场纠纷，在许暖出现之前，赵赵一直是梁小爽最忌恨的女人。每次，她和朋友去纽斯塔，看到赵赵扭着水蛇腰的样子，就恨不得用雄黄酒将她泼出原形。

此次，她们在咖啡厅相遇，可谓冤家路窄。

赵赵冷笑，看着沉默的梁小爽和李琥珀，说："这里，可不欢迎你们。"

"这店是你开的啊？"李琥珀一听，立刻恼了，反问道。

梁小爽看了看李琥珀，有些不满，她非常不满李琥珀总是和她抢台词，通常李琥珀也会将自己要说的台词抢光，让自己只能站在原地当木头。

梁小爽看了看赵赵，说："我今天不找你，你也别掺和，我找的是她。"

梁小爽指了指许暖。

赵赵就笑，说："哎呀，小妹妹啊，不是姐姐不给你面子。自己喜欢的男人自己管不住，关别人什么事啊。"

梁小爽的脸唰的一下沉了下来，说："赵赵，你别欺人太甚。今天我教训许暖不关你的事。你要是掺和，我和李琥珀连你也不放过。"

赵赵就笑得开心极了，说："哎呀，连我也不放过？你们俩还有这本事？那你赵赵姐我还混什么混。"说完，她就从椅子上慢吞吞地站了起来。

在一旁的许暖生怕将麻烦惹到赵赵的身上，于是，她连忙拉住了赵赵，有些尴尬，说："我和梁小姐的事情，还是我自己解决吧。"

李琥珀最擅长的就是狐假虎威，当然梁小爽也是。总之，她们两个人凑到一起就是一对“是非精”，也分不清到底谁是狐狸，谁是老虎，到底谁“假”了谁的威。

许暖的话音刚落，李琥珀就一杯水泼到她的脸上，骂了一句：“浑蛋，抢人家男朋友！”

赵赵一看许暖被人欺负了，当下就不爽极了——欺负人居然欺负到我面前来，这不就等于欺负我吗？

所以，赵赵直接双手拿起两杯咖啡，双管齐下，哗啦啦泼向梁小爽和李琥珀。

梁小爽和李琥珀傻了眼，她们没想到赵赵会再次和她们正面叫板。两个人发呆过后，瞬间爆发，齐刷刷地扑向赵赵。

赵赵秀眉一挑，以迅雷不及掩耳之势地从口袋里掏出一把小刀——拍在咖啡桌上。她的手也按在上面，冷笑，说：“你们俩要敢上前一步，我今天就告诉你们什么叫六亲不认！”

赵赵的厉害，她们不是没见识过，李琥珀两眼发黑，撒腿就撤，一同撤去的还有梁小爽。俩人一路狂奔。

旁边的许暖看得目瞪口呆，一同目瞪口呆的还有咖啡店的店员们。

许暖直勾勾地看着赵赵，有些迟疑地问：“你……还随身带……这种东西？”

赵赵就笑，还带一点儿羞涩，将手挪开，给许暖看，说：“是钢笔！”说完，她喊来店员，要了一条毛巾，递给被泼了一脑袋水的许暖。

她看了看手表，时间似乎刚刚好，她等的人估计也到了。可是，当抬头看到许暖擦头发时小鹿般的样子，她突然觉得自己这么做有些残忍。

赵赵勉强对许暖笑了笑，说：“咱们走吧，要去挑选礼服了。”

赵赵走的时候，将一沓钱留在咖啡桌上，算是对刚才损坏桌子的赔偿。

大抵是三点半，赵赵和许暖走进JOE会所，迎面过来的几个女顾问，似乎和赵赵很熟，所以，特别热情地迎上来，谈笑了好一会儿。

一旁的许暖安静地看着，赵赵有着她这个年纪的大部分女孩子所不具备的八面玲珑。她的一颦一笑、举手投足，皆是万种风情。

然后，赵赵向她们郑重地介绍了许暖。

女顾问们一听许暖是庄毅特别安排过来的女客，都对她热情万分，令她一时难以适应。

最后，赵赵带着许暖上了二楼，那里有这个会所的超级买手们从各大秀场扫来的新款时装、鞋子以及配饰。

许暖走进去，看着眼前一排排漂亮得如同钻石一样耀眼的衣服，整个人都愣住了。璀璨明亮的水晶灯，从天花板上垂落，将整个空间映照得如同金碧辉煌的宫殿。

她不是不知道“奢华”这个词，但是，站在这里，她还是愣了一下子。

赵赵看了看许暖微微吃惊的表情，就笑，说：“你可是第一个来看这批货的人，比……”

赵赵的话音还未落，就有个女顾问飞速地走上前来，小声地对赵赵说了一句：“陈小姐来了。”

陈寂。

赵赵的眉毛挑了挑，终于，她等到了陈寂。所以，她悠悠地转身，对许暖笑了笑，补上了前面那句没有说完的话："比陈寂还要先看到这批新衣。"

许暖好奇地看着赵赵，不知道她口中的陈寂到底是何方神圣。

陈寂是在一帮人的簇拥之下走上来的。她人很静默，如果不是众人簇拥的排场和她身上惯有的慵懒气息，很少有人可以将眼前的她和富甲一方的陈家大小姐联系在一起。

赵赵向陈寂微笑，迎着她的面走了过去，打了声招呼："陈小姐好啊。"

陈寂愣了一下，很显然，她没有想到，还会有人在她之前来到这里。不过，她没有表现出任何不悦，只是礼貌地笑笑，说："好久不见。"

陈寂认识赵赵。

早先两个堂兄就曾为了这个叫赵赵的女人反目成仇，大打出手。这件事情，让赵赵这个女人在整个富豪圈子里特别有名。

当然，陈寂开始注意赵赵，并不是单纯因为那两个疯狂的堂兄，而是因为她后来知道了赵赵这个女人前面的那串修饰词——庄毅的人。

陈寂对庄毅还是有留意的，再自闭的少女，也有令其怦然心动的男子。只是，这是个无人知晓的秘密。

后来，在某些场合里，陈寂和赵赵打过照面。

赵赵想接触陈寂，是因为她明白，这是庄毅命中注定的女子，所以，她带着卑微想要靠近。而陈寂之所以留意她，是因为想知道，是怎样一个女子，在庄毅的面前充当忘忧草、解语花。

就这样，两个各怀心事的女子，有了点头之交。

陈寂的目光转到许暖的身上时，愣了很久，她转身问赵赵：“今晚是你和庄先生一起来我的生日舞会吗？”

赵赵就笑，拥着许暖走到陈寂的面前，说：“是许小姐陪庄先生去。我哪有这等福气，只能在这里提前祝陈小姐生日快乐了。”

陈寂暗暗打量了许暖一番，习惯性礼貌地对赵赵说：“谢谢。”

说完，她就在一群人的簇拥下，去挑选衣服了。

许暖很奇怪地看了看赵赵，开口问道：“她是陈寂？”

其实，她想问，陈寂是谁？

赵赵笑了笑，轻轻地在许暖的耳边说：“对啊。这就是陈家大小姐，咱们城中最有钱有势人家的女儿，当然，也是庄毅的未婚妻。”

“未婚妻？”许暖愣了一下。

“是啊。”赵赵笑笑，故作漫不经心地挑衣服，说，“她是庄毅志在必得的女人。所以，迟早的事情，自然是他的未婚妻喽。难道你觉得庄毅这样的男人，会娶我们吗？”说完，她就咯咯地笑。

心里突然像扎进一根刺，许暖不知为何心情沮丧得要命，大概是刚刚咖啡馆里梁小爽给她留下的后遗症。

赵赵看了看许暖走神的模样，就知道自己的预感没错——这对僵持了四年的男女，已不只是单纯的相互憎恶，早已经有了别样的情愫。

于是，赵赵知道，自己今天让许暖见到陈寂的决定太对了——她就是要用这个叫作陈寂的女子的高贵身份，压垮许暖所有不切实际的幻想。

这种结局，对任何人都好。

“你在想什么呢？”赵赵看了许暖一眼。

许暖愣了愣，摇摇头，说：“没想什么。”

赵赵就笑，说：“还是等陈寂挑完礼服，咱们再挑吧。怎么说呢，陈寂和我们是不同的，她能做的事，我们不能做，她能有的东西，我们不一定能有。”

许暖没说话。她突然感觉，今天，这个叫作赵赵的女人说的话、做的事，都非比寻常，似乎每一句话都在暗示着她什么。

难道——她的脸色突然惨白起来，难道是庄毅看了她的日记，看到了自己对他的那些难以言说的感情，所以才会派这个叫赵赵的女人，用无数种暗示，告诫自己不要胡思乱想，不要不切实际。

想到这里，许暖惶恐又难过。

陈寂是什么时候离开的，许暖已经忘记了。

她只记得赵赵开始眉飞色舞地挑礼服，然后对她说：“这庄毅啊，要我帮你做造型，挑衣服，算找对人了。”

许暖对着赵赵笑了笑，她对赵赵有种天生的好感，这很难解释，尤其是她在咖啡厅里对自己的帮助，更让她感激十足。

赵赵继续鼓吹自己的英明，说：“许暖，这可不是吹，我当初要不是家里太穷，上不起学，读不起书，然后又摊上那倒霉事儿，我怎么会混在春兰街？我现在应该是米兰设计师了……”

许暖很想问问赵赵碰上了什么倒霉事儿，可是赵赵一直说个不停，她也就没能插上嘴。

这时，店里的经理匆匆上楼，身后的员工抱着一个大大的礼盒，她先是为自己的迟到道歉，然后说：“许小姐，您的礼服，庄先生早为您准备好了。”

赵赵愣了愣，不敢相信地看着这一切。

许暖也愣了一下。

那天，许暖盛装打扮。经理在一旁，忍不住赞叹，说：“那天啊，庄先生选好了这件衣服，说得改尺寸。我们还说要庄先生带许小姐过来试穿之后再改，庄先生却只是笑笑，顺手就写下了一串数字。现在看看，这不是许小姐的尺寸，而是庄先生对许小姐的爱……”

赵赵走过去，轻轻摸了摸许暖的礼服，那是他为她选的，他口口声声说不爱，却熟知她的一切……赵赵以为他要自己陪她选衣服，依仗自己，其实他只是要自己陪她来取。

自己却还话里有话地想用陈寂教育她，事实上，他早先于陈寂挑选好了……

一时间，赵赵不知该哭还是该笑。突然，她想起了当初那位带自己入行的采青姐。采青姐曾教她们——穿着破旧，人们记住你的衣服，穿着无瑕疵，人们记住衣服里的女人。可这么多年，她在庄毅的身边，衣衫得体，纤秾合度，他却从来都看不见……

赵赵看着许暖的脸蛋，突然开口，笑：“瞧你的脸，跟剥了壳儿的鸡蛋似的，做护理简直是浪费。”她说，“这样吧！你回去好好地睡一个美容觉，今晚的舞会，你一定是最美的女神。”

其实，赵赵是因为等陈寂，没时间带许暖做皮肤护理了，又怕她回去太晚，庄毅询问，只好胡乱编造了这么个说得过去的理由，好让她早点儿回去。

许暖看着镜子中身着华服的自己，很忐忑，今天是陈寂的生日，她如此惹眼，会不会太招摇了？

此时的她，并不知晓，庄毅需要的就是她灿烂夺目，能有多灿烂就要多灿烂，能有多夺目就要多夺目，一定要让全场的人都记住——她的容颜。

回来的路上，赵赵嘱咐了许暖一下，说："对了，千万不要让庄毅知道，你见过陈寂了。"

许暖疑惑地看着赵赵，不知道她为何要这么说。

赵赵看了许暖一眼，带着几分怜惜，叹了口气，说道："你是知道庄毅的，他不会希望一颗棋子和他身边的人有着太多的关联。"

许暖看了看赵赵，心突然沉到了谷底——原来，庄毅身边的人都知道，她许暖只不过是他的一颗棋子。

礼服再华美，也不是为了她；经理的话再动听，也不过是对客人的恭维；衣衫尺寸再合体，也只因他阅人无数，千帆过尽。

她是一颗棋子。

仅此而已。

赵赵将许暖送回住处，看到许蝶，吓了一跳，难不成许暖和庄毅有孩子了？

许暖也愣了，怎么许蝶会突然回来了呢？她急忙拉过许蝶，像看一件失而复得的珍宝一样，紧紧抱住。

不知过了多久，她回头，冲赵赵笑笑："我妹妹。"她对许蝶介绍赵赵，说，"小蝶，这是赵赵姐姐。乖！喊姐姐！"

许蝶手里依旧握着那个纸飞机，歪着脑袋看着赵赵，却不言语。

赵赵不置可否地一笑，她觉得可能是自己太神经质，庄毅认识许暖才不过四年，这孩子看起来至少五岁了。

许暖刚要问小蝶，赵小熊和顺子去哪儿了，怎么就她自己一个人。

可许暖还没来得及开口，赵赵已经戴上墨镜，说："时间不早了，我走啦。"

许暖拉着小蝶，将赵赵送到门口。

赵赵离开时，突然转身，看着许暖，问道："你有没有想过，如果，你帮他完成了这个计划，他会怎么处置你？"

许暖一愣。

赵赵看许暖低着头，拍了拍她的肩膀，飞快地将一张名片塞给她，说："收好这张名片，等到那一天，我帮你离开。"一边说着，赵赵一边偷偷瞥了房间一眼，担心会被安装在角落的摄像头拍下。

许暖错愕地看着赵赵离开。她不知道和她只有一面之缘的赵赵为什么要帮她，她觉得，赵赵是个好女人。

但是，这个好女人不喜欢她。

其实，赵赵这么做的目的只有一个，那就是让许暖从庄毅的世界里消失——在他真的动心之前。

女人真是一种很奇怪的动物，赵赵可以接受庄毅娶陈寂、梁小爽这些与自己的世界完全不搭边儿的豪门千金、名门淑媛，但是，她不能接受他喜欢上和自己一样历尽艰苦、磨难和风霜的许暖。

为什么呢？

谁知道呢。

或者，只是一个女人的直觉告诉她，庄毅娶陈寂，只是一场联姻，而庄毅若和许暖有关联，却一定是交付了自己的心。

赵赵不希望任何人得到庄毅的心。

赵赵离开后，小蝶仰头看着许暖，问："姐姐，她为什么要帮你离开？离开哪儿？"

许暖回过神来，拍拍小蝶的肩膀，说："小蝶乖，没有人要离开。"

许蝶把手里的纸飞机递到许暖的手边，说："庄叔叔要我把它送给你的。"

许暖看着那个纸飞机，笑笑，没有接，说："姐姐是大人了，你玩吧。"

晚上，庄毅来接许暖的时候，她正穿着礼服对着镜子发呆。

宝石蓝的礼服，Elie Saab 的当季高定，摇曳的裙摆，合体至极的剪裁，勾勒出许暖隐约的曲线。在公寓明亮的灯光之下，这件宝蓝色的礼服如钻石一般夺目，而她就是这颗钻石的灵魂。

庄毅想过许暖穿上礼服的样子会很美，但是，他没有想到，她会如此美。

庄毅咳嗽了两声，许暖才发现了他的存在。

他有些异常，看着许暖的手，似乎一直在寻找着什么，或者期待着什么。

年复一年，无休止地被伤害、嘲弄，她已疲惫不堪。

她转身，低头，拘谨而冷淡，同他打招呼："庄先生。"

这句"庄先生"，在她今天下午见过陈寂之后，喊得异常生硬。

庄毅愣了愣，他能感觉到许暖语调中的生硬，但是，他没有想太多，只是点点头"嗯"了一声。

他打量了她一番，说：“挺好。”

许暖尴尬地笑了笑，心想，这算是赞美吗？

突然，庄毅发现许暖没做头发，自然的长发只是简单地披散在身后，锦缎一样的秀发，散发着玫瑰花一样的芳香。

虽然这样也很美，但是他觉得，这样太浪费她美丽的颈项和曲线柔美的肩膀了，于是，他看了看自己手上为陈寂准备的礼物，抬手解下了礼物上那条美丽的蓝丝带。

他走上前，俯身，撩开许暖的长发，修长的手指穿梭在她乌黑的发间，如同一把梳子，将她的头发拢到一处。

许暖吃惊地看着庄毅，这突然的亲昵让她下意识地后退。他的指端温热，触碰过她细瓷般冰凉的皮肤，令她慌乱不已。

眼前的庄毅，低头不语，神情专注如同温柔的恋人，在她的发丝之间系着那条漂亮的蓝丝带。他的气息很热，洒在自己的身上，那么不切实际。

此时此刻，他美好得就像是她的幻觉一样，她突然有种想流泪的冲动。

最终，那条美丽的蓝丝带轻轻地束住了她的秀发，有一截斜垂在许暖一侧的肩膀上，如同一条静静的小河，唱着缠绵的歌。

那一瞬间，许暖莹亮的肌肤展露了出来，她美丽的颈项和背，让她看上去光彩夺目，那是一种收敛的光芒，矜持而高贵。

庄毅的眼眸微微眯着，看着她，在她抬头的瞬间，他立刻转过身去，像是在躲避什么，又像是天生的冷淡，他顺手将拆封的礼物扔在沙发上。

许暖很疑惑地看着他，说：“陈小姐的礼物……”

庄毅看着她，说：“她从不缺礼物，你却缺一根发带。”

许暖低着头，不敢看庄毅。确切地说，她惧怕他的美好，每次都是这样的，那些难得的美好之后，就是变本加厉的残酷。

果然，庄毅没有辜负她的期望。他问她：“你下午见过小蝶了吧？”

许暖看着庄毅，不知道他又要做什么。

他是在暗示她：“许暖，小蝶可是去了电视塔，所以，你今天晚上一定不能做傻事。”

许暖心下无限悲凉，他又是何必？在她的人生字典里，承诺过的每个字，她都会履行的。欠他的，她也会还的。

稚子何辜！他却要拿孩子威胁她。

见许暖如此无动于衷，庄毅的心也瞬间冷了。

那个飞机，他下午让小蝶送给许暖的，是用演唱会的门票折成。

经过一下午的苦苦挣扎，这个别扭的男人再次决定，如果她愿意……那么他就带她盛装去听那场演唱会。

什么计划，什么棋子，什么陈寂的生日，他通通不要了。

可是……似乎，她并不愿意。

她宁可去舞会做一颗棋子，冷冰冰地与他两清。

其实，今天下午吴衍找过庄毅，他听说在今晚陈寂的生日舞会上，庄毅要见那个姓孟的，生怕他去惹事。

办公室里，吴衍见庄毅一身赴宴的行头，抱怨道：“今晚的聚会，求你离孟总远一些，再远一些，行不行？”

庄毅看看他，又看了看玻璃窗外的格子间，笑：“这么幽怨？”他说，“不知道的还以为咱们仨有什么不清不白的奇怪关系呢，吴总。”

吴衍头疼极了，看着庄毅，说："得、得、得，我也算'总'？公关经理都比我过得滋润！"他说，"您老人家每次惹事，我就四处求人摆平，就差牺牲色相了。"

"那你牺牲了吗？"庄毅不紧不慢地反问道。

吴衍脸一绿，说："说什么呢，说什么呢！"

庄毅无辜地看着他，说："你自己说的。"

吴衍说："我那是夸张，夸张懂吗！"

……

最后，庄毅离开的时候，吴衍直叹息："有钱大家赚，真不知道，你怎么就跟孟总过不去啊……"

庄毅笑笑，他在等那个纸飞机给他带来不一样的消息。

赴宴的盛装，有时候不为隆重的舞会，可能只是为了和你去看一场演唱会。

……

许暖一路沉默。

庄毅亦沉默。

那就去舞会吧，那就一切照旧吧。

就这样，一路沉默的庄毅带着一路沉默的许暖，来到陈子庚在海边的弄海园别墅，服务生殷勤地上前，拉开车门。

庄毅下车，回头，看了看许暖。

许暖也看着他。

庄毅知道，她走下车来，自己就再也不能回头了。

回头？好奇怪的词。为什么要回头？有什么要回头？庄毅在心里嘲笑了一下自己，怎么会有这种鬼念头。

心慈手软的下场，不过是和父亲一样。

见鬼的纸飞机，见鬼的演唱会！

庄毅硬下心肠，转头不再看她。

服务生上前，许暖俯身，从车上走了下来。

原本在门前寒暄交谈的客人们都不自觉地将目光投向了她。

生意场上的人见多识广，他们不是没有见过绝色美女，只不过从没见过有谁像眼前这个女子一样，身上散发着月亮般的光芒，温柔而令人惊艳。

原本还走在前面的庄毅，心下有些不爽，突然停了步子，回头看了许暖一眼。她没看他，不过依然上前挽住了他。

庄毅低头，很满意地看着许暖，懂事的人，他喜欢。

许暖依旧沉默。夜里风大，她担心被顺子带去电视塔的小蝶。

庄毅一边和人打招呼，一边对许暖耳语着风凉话，他说："有没有人告诉你，你那万年不变冷漠的脸可真适合这种场合。"

是啊，不需要费什么力气，就可以做到宠辱不惊。

许暖依然不说话。

庄毅心下冷笑，你这么喜欢沉默？

那今晚就一直沉默好了。

庄毅一边向旁边的人点头示意，礼貌地打招呼，一边对着许暖冷冷地说："记好了，今晚无论看到谁，看到什么，你都不能出声。"

许暖依旧不吭声。

庄毅笑笑，似乎也是下定了决心一般，说："现在，我可以告诉你，我让你在我身边待了四年，到底需要你替我做什么。"

许暖抬眼看着他。

她终于给点儿表情了，庄毅很满意。

他说：“我会带你去见一个人。从此以后，你就得听从我的安排，让这个人从这个城市消失。”

让一个人消失？我又不是魔术师。许暖心想。

庄毅看着她，说：“我的话，你听明白了吗？”

许暖看了看他，终于开口，说：“庄先生的意思是让我用美人计？”

美人计？不知为何，这个词听来竟如此扎心。庄毅冷笑，打量了一下许暖，不无嘲讽地说：“凭你？”

许暖的自尊心再次被洗劫一空。

庄毅将许暖带进大厅时，转头，对她说：“从现在起，你就是个哑巴。”

许暖看看他，沉默着——哑巴就哑巴，只要能早点儿离开你，只要能早日两清。

今夜，她喜欢的女歌手在这座城市开唱“梦游”，而她自己这一夜被摆布、被安排，何尝不像是一场梦游。

她曾在日记本里写过这么几句话——

我想要的爱情很简单，每天和喜欢的人一起醒来，一起做早餐，坐地铁奔向城市不同的地方工作，为了共同的明天。我们会同看一部电影，同听一首歌，我们会一起去看演唱会，他会紧紧地握着我的手……

……

她笑笑，可能此生，这样的爱情，这样的生活，她都不会拥有。

果然，如他所愿，她出现的那一刻，全场的人都震惊了，纷纷对这个有着月光女神一般美貌的女子行注目礼。她跟在庄毅的身边，他嘴角笑意盈盈，低声对她说出的却是命令般的话语：“笑一下。”

许暖心里恨得要死，却不得不露出矜持的笑。这种笑如同午夜海上的浪，月光之下，四海潮生。

此时的许暖不知道，当她步入这个舞会大厅时，人群之中，有一双眼睛正在紧紧地盯着她——从错愕，到迟疑，再到震惊，渐渐变成深深的凝望……那些青梅竹马的旧时光，让他湿了眼，红了眼眶，一滴眼泪默默地滑落。

他悄然拭去，几番犹疑，眼神骤然间冷厉起来，转头唤来手下，不动声色地望着许暖和庄毅的方向，吩咐了几句……

庄毅跟在场的各位熟人打着招呼，目光却在搜寻着自己的猎物。

这时，许暖才发现，李乐居然在场。他坐在轮椅上，吊着胳膊，脸上还“打着补丁”。她被吓得差点儿尖叫，问庄毅：“李乐？？”

庄毅看了许暖一眼，冷冷地说：“我说过，今晚你是哑巴。”

许暖心想，那你带我过来干吗？你还不如带一张我的相片挂在胸前呢。

当然，她也只能在心里嘀咕。

原来李乐没有死啊，这两个多月，还让自己揪心了好久。想来李乐福大命大，否则，好端端的一个大好青年……

突然，庄毅紧紧地揽住了许暖的腰，他低头，带着笑，如同午夜罂粟一样，说：“许暖，走，我们去见一个人。”

许暖的目光还定在李乐的奇特造型上，庄毅突来的温柔和亲热让她极度不适应，可当她随着他的步子走向那个人的时候，抬眼间，如遭雷击。

眼前的男子，身着黑色西装，站在舞会场边，静寂得如同沉默的海，眼前的热闹让他整个人显得像一个寂寞的影子。他英俊的脸上挂着淡淡的笑，眉眼安静如画——这是多么熟悉的面容啊，在她十六岁之前的时光里，他一直都在她身边，带着这阳光一样的笑，给她无限的宠溺。

许暖的心如同被生生剁碎了一般。她的脸色苍白，手脚冰凉，若不是庄毅一直在扶着她，她可能已经瘫软在地了。

孟谨诚。

怎么会是孟谨诚？！

怎么会是多年前神秘消失了的孟谨诚。

不！不！不！

一定是认错人了。

一定只是一个和孟谨诚长得很像的人。他不是孟谨诚！他怎么可以、怎么可能是孟谨诚呢？

孟谨诚明明是个傻子，怎么可能会衣着光鲜、集万千宠爱于一身地站在这种场合，身边还带着那么多随从？

许暖只觉得自己的呼吸都停了，她手心的冰凉传递到了庄毅的手里，他睨了她一眼，冷笑：“果然，一日夫妻百日恩。”

许暖的失态，让庄毅心下莫名地恼怒，既恼怒她的失态，又恼怒自己居然心生恼怒，他说：“不妨让我看看你们这恩情到底是如何似海深的。”

许暖怨愤地看着庄毅，那一瞬间，她明白了，他一直所说的，用她来做棋子，要对付的人是孟谨诚。

其实，她早该明白的。

这世间怎么还会有其他男子，像孟谨诚一样对自己顾恋？这世界不可能再有第二个男子，如同曾经的孟谨诚一样，视她如生命。

许暖觉得整个时空都在此停顿了。

那一刻，她疯狂地想要逃离现场。

虽然，她曾经也无数次幻想过能再次见到孟谨诚，但是很显然，此情此景，相见不如不见。

该说些什么呢？说这些年的不堪和遭遇？让这个世界再多一个人见证自己的伤痕？说自己是庄毅的一颗棋子、一颗用来毁掉他的棋子吗？

许暖凄惶地转身，想要逃离。

庄毅的手紧紧地握住了她的手腕，他的眼神幽冷、深沉，颇有威胁的意味。

他轻轻揽着许暖，像摆布一个玩具娃娃，缓缓走上前，握住那个男子的手，说："谨诚兄，好久不见。"

庄毅的话音一落，许暖几乎晕倒，真的是谨诚小叔。狠心的庄毅，终于还是给了她最真切的答案。

她看着孟谨诚，满脸哀伤，不知命运为何如此捉弄自己。

此时此刻，她不能逃走，只能期待眼前的孟谨诚认出自己，从此将自己和许蝶带离这场阴谋。

她不希望许蝶被庄毅伤害，更不希望自己去伤害孟谨诚。

这都是她做不到的事。

她的眼泪缓缓溢出眼眶，看着孟谨诚，等待着他脸上出现的惊讶和错愕，等待着他眼里浮起哀伤，等待他唤她旧时的名字——阮阮。

孟谨诚微笑，目光有些缥缈，跳跃着，越过了许暖的脸。他辨认出了庄毅的声音，也笑笑，说："好久不见。"

庄毅笑，说："谨诚，我看你今天双目无光，纵情伤身啊。"

孟谨诚身边的夏良知道庄毅素日与自己老板不对付，于是连忙上前，解围道："我们少爷近日眼睛旧疾复发，庄老板多包涵。"

许暖如遭雷击，呆呆地立在原地。

庄毅看了看孟谨诚，笑："谨诚兄不愧是叔叔的老来子，难怪叔叔四处说，你比我都像老庄家的人。像！真的像，连眼疾都像！"

其实，他早听闻了这个消息，但他并不相信。他觉得这都是孟谨诚的套路，还不是为了让庄绅开心，让自己更像庄家的人，所以，他带许暖来了。

孟谨诚并不生气。他知道，自己是庄毅心里的刺，心疼，刺不疼。

庄毅说："本来一直都想去探望你的，但公事繁忙。上次广州那单生意，你退出后，我一个人独揽，太辛苦。话说，你不会是因此气急攻心，眼睛出了问题吧？"

孟谨诚笑笑，很礼貌地回他，说："庄兄也不是兜不住财的人吧？"

庄毅笑，说："大财小财还得谨诚兄照顾。"

说完，他转脸对夏良说："你！别整天少爷前、少爷后的，孟谨诚好歹也是上康的风云人物，你这么喊，生怕别人不知道他是靠着干爹上位的是不是？我要是有你这么个倒霉助手，早辞退了，还是谨诚兄好涵养。"他边说，边转脸，安慰孟谨诚，"涵养好，少生气，眼疾恢复得快。"

孟谨诚笑笑，依然保持礼貌，说："承你吉言。"

这时，庄毅转脸看看许暖，眼神充满玩味。他含着笑，将尚在惊愕之中泪眼模糊的她推到了孟谨诚的眼前，将她的手送到孟谨诚的眼前，笑了笑，介绍道："这是我的女伴，许暖。你要不是旧疾复发的话，一定会为她的美貌所倾倒。"

说完，他紧紧地盯着孟谨诚的眼睛。

孟谨诚冲许暖的方向笑了笑，谦谦有礼道："你好，许小姐。"他说，"今晚很多人都在说，庄毅带来了一个月光女神般的美女。"

说完，他俯身，礼节性地轻吻了她的手背。

那么轻浅的一吻，嘴角的温度，如同阳光，点亮了她的眼眸，却最终暗了下去——他看不见她，在这灯火辉煌的夜，他却看不见她。

许暖的嗓子疼痛无比，如同火燎，她终于明白了，庄毅，他是个魔鬼，是个不折不扣的魔鬼。

庄毅却依旧紧紧地盯着孟谨诚的眼睛——难道他真看不见？

庄毅心下狐疑，脸上却笑，他对孟谨诚说："她近日声带损伤，医生不让她说话。"

许暖望着孟谨诚，泪眼泫然，眼神如泣如诉。夏良在一旁看得莫名其妙。

庄毅一看，立刻提高了声音，说："宝贝儿，别使小性子了，不就是五克拉钻戒丢了嘛，我重新给你买。你要方的，还是圆的？就是蝴蝶形的，我也给你买。"

他不露痕迹地向她示威，让她不要玩火。

许暖觉得嗓子如同火烧，虽然这么多年她一直在煎熬，却从没如此煎熬过——一面是许蝶，一面是孟谨诚。

十年生死两茫茫，不思量，自难忘。

千里孤坟，无处话凄凉。

纵使相逢应不识，尘满面，鬓如霜。

夜来幽梦忽还乡，小轩窗，正梳妆，

相顾无言，惟有泪千行。

料得年年肠断处，明月夜，短松冈。

舞会中灯火通明，衣香鬓影，孟谨诚在夏良的陪同下，悄然走开。

露台处，夜风徐徐袭来。只不过是一墙之隔，一群人喧闹，一个人寂寞，不知道为什么，他突然想起了这首词，想起了阮阮。

这么多年，自从他成为上康集团的主席，就一直在找寻阮阮，却一直没有她的任何消息。

唯一知道的就是，那年，自己本为成全她和孟古的青梅竹马，悄悄离开了桃花寨子，不想她却因此吃尽苦头——流言在桃花寨子四起，说是她为了跟侄儿私奔，害死小叔。

听说，后来，流言越来越多。

有人说她怀孕了……这导致了不可磨灭的灾难……再后来，听说她跟一个叫赵小熊的少年私奔了。也有人说，她躲起来了，却难产死掉了……

孟谨诚想到这里，心酸异常。

这么多年了。

阮阮。

现在的你，是如何流浪在这人世间？幸福还是不幸福？有没有人保护你？还是，你真如他们说的那样，已经不在这人世间？

孟谨诚轻轻地叹息了一声。

这时，夏良忍不住插嘴道："孟总，你怎么不进去和陈寂小姐聊聊天？"

孟谨诚笑笑。谁都知道，今天陈老爷子举办这次舞会的目的，自己来之前，庄绅老先生也是一再叮嘱……不过，他即使有心，却已无力，更何况，他无心。

心是一个容器，而不是沙漏，被占据了的位置，就永远被占据了。

来来去去，时光匆匆，真心只有那么多，也只能有那么多。她一直在他心里，从未离席。而他，又怎么能再放一个人到自己心里。

夏良见他沉默，不禁将自己的疑惑和盘托出，说道："孟总，您说庄毅葫芦里卖的什么药？居然在陈小姐的庆生舞会上，带来一个这么漂亮的女伴，他不是很想和陈家联姻吗？"

孟谨诚笑笑，说："可能庄毅有真爱了，借此向陈老先生表明自己的态度。"

"真爱？！"夏良显然没有想到一本正经的孟谨诚会吐出这种搞笑的字眼，他嘟哝道，"孟总，庄毅他就不是会有真爱的人！不过，那姑娘倒真是如天仙般的人物。您要见了，保不齐也会动心。"

动心？孟谨诚笑笑，她不在了，他的心也就不在了，如何动？

夏良突然想起了什么，嘟哝道："不过，孟总啊，说起来奇怪，刚刚那姑娘一直看着您呢，那小眼神幽怨得都能将人给瞧出内伤。"

孟谨诚微微一怔，随即笑，说："是啊！五克拉的钻戒丢了啊，是个女人都会内伤到幽怨吧。"

夏良还想说什么，没等他开口，孟谨诚就摇头，说："夏良，我有些累了，眼睛很疼，想去休息一下。”

其实，孟谨诚心里在笑，夏良此刻一口一个“孟总”，这么多年，自己一直让夏良改称呼，他不听，庄毅只不过夹枪带棒的两三句话，他就从了。

夏良忙去扶孟谨诚，说：“孟总，你小心！”

这时，他却见一个娉婷又孤单的影子，缓缓地上了露台。

许暖之所以会跑到露台，是因为庄毅被陈子庚拉走了，说是陈寂找他。

陈子庚看了看许暖，问庄毅：“这位小姐是谁府上的千金啊？”

庄毅笑笑：“我表妹。”

陈子庚似乎很满意这个答案。

目前，在他看来，能入他法眼的青年才俊只有盛世和风的庄毅和上康的孟谨诚，至于吴家的独子吴衍和李家的李乐，都太年轻。而孟、庄二人，家世相当，各有千秋，与自家陈寂实为佳偶。不过，他们又各有各的优劣。

庄毅出身名门，果敢大气，就是做事不留余地，而且你永远猜不透他想要什么。而孟谨诚虽然出身不佳，且时常眼疾复发，但位居上康主席，前途无量，最重要的是，他宅心仁厚……如何选择，这让陈子庚颇费思量。

今天夜里，一向自闭的孙女陈寂，突然跟他开口问及庄毅，让他似乎明白，她大概对庄毅更有兴趣。

不过，最终将陈氏家业交给谁，不是凭陈寂的兴趣所能决定的，陈子庚打算衡量再三。所以，他虽然很热情地邀请庄毅去和陈寂坐坐，自己却打算单独找孟谨诚聊聊。

就这样，毫无准备的庄毅被陈子庚拉走。离开前，他看了许暖一眼，在她看来，那便是颇具威胁的意味。

许暖悲伤地站在人群之中，寻找着孟谨诚的影子，尽管她知道，自己今晚不能和他相认。

她孤单地站着，在舞会充满了利益交换的谈笑风生之中，她像一只离群的孤雁，突兀而忧伤。

不知过了多久，她离开了喧嚣的人群，漫无目的地来到了露台。

昏黄的灯光下，许暖看到那个墨色影子时，不由得呆了。

她没想到，自己会在此遇见同样憎恶应酬的孟谨诚。他孤单地站在那里，似乎心事重重的样子。

许暖看着他，那么悲伤地看着他，此时的他，距离自己那么近，可是自己无法走到他的面前，一如曾经，喊他一声“谨诚小叔”。

怔怔地，许暖的眼泪流了满脸。

一边是她至亲的孟谨诚，一边是她至爱的许蝶，她不能，也不想伤害任何一个，可是，庄毅却将她推向这个令她两难的悲剧里，无法选择，却要选择。

夏良在一旁，看到泪流满面的许暖时，有些诧异，连忙对孟谨诚说：“孟总，孟总！是庄毅的女伴，她也来了露台，哎哟，哭得那叫一个伤心。还真是，这五克拉的钻戒还真让女人失魂落魄啊……”

孟谨诚愣了愣，转脸面向许暖的方向。良久，他不知是出于好奇，还是出于好意，在夏良的搀扶下，缓缓向许暖走去。

许暖一看，立刻转身，想要逃离，她害怕自己控制不住，哭出声音。

可是，礼服的裙摆被露台上的防腐木板钩住，只听一声裂帛的声音，她重重地摔了下去。

几乎是凭着本能，孟谨诚随着裂帛的声响，辨认方向，迅速上前，扶住了她。

许暖倒在他的怀里，他说："小心。"

——谦谦有礼。

许暖惊魂难定，却连忙从他的怀里挣扎出来，和他拉开距离，不敢回应。

她低头，看着撕裂了的裙摆，无比悲伤，大抵这就是预示着她和孟谨诚，或者说是预示着她和那些曾经，永远只能决裂，不能弥合。

她转身，要离去。

"许小姐？"孟谨诚试探着喊她，这个神秘女子，安静得如同空气。

孟谨诚的一声轻唤，让许暖停住步子。

她回头，怔怔地望着孟谨诚。

夜风吹起他的头发，露出了他饱满的额头，他的目光里充满了探寻，还有隐约的温柔。

许暖的眼泪流得更悲切了。

夏良偷偷低语："孟总啊，那姑娘的泪止不住啊，看样子五克拉钻戒实在太要命了……"

孟谨诚从口袋里掏出一方手帕，默默地递向许暖的方向。他很温柔，说："夜风大，流泪容易伤到皮肤。"

许暖愣愣地接过手帕，喉咙有如被火钳搅动一般。

她转身，想要离开，她怕自己一时克制不住，就会抱着孟谨诚号啕大哭，哭诉这些年来遭遇的不幸。

孟谨诚低头，微微一笑，突然开口，说道："听说，许小姐丢了很重要的钻石？"

许暖回头，望着孟谨诚。

那一夜，她和他，只隔着她开口说一句话的距离，却像隔着一生那么远。

孟谨诚笑了笑，像是在安慰她，又像是在安慰自己，说："我也曾丢过很重要的东西。"他叹了口气，说，"丢了很多年，我一直在找，可是找不到。丢了东西，确实是件很痛苦的事情，因为你永远不知道她在哪里，过得好不好……"

其实他也不知道为什么，居然会对她说这样的话，大概是觉得会在这般热闹时，躲到露台上的人，内心都有着不为人知的孤单，而今夜，他格外孤单。

他心底深深叹息，说："许小姐，你的钻石，庄先生会再买给你，这世间，还有可替代的，而我丢的东西，恐怕再也没有人可替代了……"

他是想安慰她——所以，你不要伤心了，这世界上，永远有比你还过得糟糕的人的……但这些话，他说不出口。

"谨诚，哄女孩子开心，你还真有一套。"

孟谨诚的话音未落，就被庄毅给打断了，他笑着走了过来。

他从陈寂那里离开后，不见许暖，就迅速寻找。后来舞会侍者告诉他，许小姐可能在露台上，于是，他心急火燎地赶了过来，正好撞见了眼前这一幕。

许暖吃惊地看了看庄毅，眸子里盛满惶恐，她生怕他误会她和孟谨诚说过话。

庄毅冲她笑了笑，对于她，他还是了解的，她是不会不顾许蝶的安危的，否则，这四年她不会如此听从自己的安排。

孟谨诚一听庄毅的声音，笑笑，说：“哦，许小姐还在为丢了钻石而难过。”

庄毅笑笑，将许暖揽入怀里，说：“我自会抚慰好佳人的芳心，就不劳孟兄费心。”说完，他脱下外套，披在许暖的身上，故作心疼地埋怨，“天冷，小心着凉。”然后，他回头冲孟谨诚笑笑，“我们走了，再见。”

孟谨诚点点头，说：“再见。”

许暖恋恋不舍地回头，看了孟谨诚一眼。

庄毅有些不悦，脸色顿时阴沉下来。他瞥见了许暖撕裂的裙摆，脸色更加阴沉了，他心下冷笑。

幸亏他只是被你抛弃的孟谨诚。倘若见到孟古，你那青梅竹马的小恋人，还不知你要怎么死去活来。

许暖被庄毅带走后，孟谨诚突然感觉到了一种莫名的空虚感。不知道为什么，他的脑海里又浮现出刚刚的那首词——

十年生死两茫茫，不思量，自难忘。

千里孤坟，无处话凄凉。

纵使相逢应不识，尘满面，鬓如霜。

夜来幽梦忽还乡，小轩窗，正梳妆，

相顾无言，惟有泪千行。

料得年年肠断处，明月夜，短松冈。

这时，身后有个声音喊了一句“小叔”，孟谨诚连忙回头，一个年轻男子走上来，说：“小叔，原来你在这里，我到处找你呢。”

孟谨诚循着声音冲来人笑了笑，他知道，来的人是自己的侄子，孟古。

孟古走上前来，说：“你的眼睛不好，我不放心你单独来舞会。”

孟谨诚就笑，说：“爷爷让你过来的？”

孟古到底年轻，不打就招，说：“是。他老人家担心你会避开，不见陈寂……你知道，他很想上康与陈家联姻，所以，派我来监督你。”

孟谨诚叹了口气，这种家族联姻，他向来是无感的……

在孟谨诚看来，没有感情的婚姻，既伤害了他自己，又伤害了陈寂。

孟古知道孟谨诚的想法，说：“小叔，我知道你想什么。可要是陈家提亲呢？你难道也拒绝？你就是不为自己想，也得为上康和老爷子想想吧。”

孟谨诚叹息，没说话，其实如果陈家有心的话，他肯定不会拒绝，不会让干爹老人家不好做。只是，要他主动去争取不爱的陈寂，他做不到……想到这里，他突然问孟古：“对了，最近有阮阮的消息吗？”

孟古的眼里突然闪过了悲伤之色，犹疑了一下，摇头，说：“没有。”他看着孟谨诚的脸色，小心翼翼地说，“小叔，你说，我们还能找到她吗？”

两个人就这样沉默起来。

这时，夏良看到地上有条蓝丝带，忙上前捡了起来，递给孟谨诚，说：“孟总，你看！”话音刚落，夏良就觉察到自己的措辞不当，好在孟谨诚并不在意。

夏良补充道："刚才许小姐落下的发带。"

孟古迅速接过蓝丝带，端详了一会儿，递给孟谨诚，说："这么素雅的东西。庄毅的女人，什么时候这么节省了？"

孟谨诚接过丝带，问孟古："你过来的时候，庄毅正好和她离开，不知道你有没有碰到他们？"

孟古摇头，说："没看到！怎么，复仇小王子又来惹事了？"

"复仇小王子""哈姆雷特""复仇小哈姆""忧伤小哈姆"等等词汇，都是孟古对庄毅恶意满满的称呼，孟古不喜欢庄毅，孟谨诚知道，他以为是因为自己。

孟谨诚笑笑，将丝带递还给夏良，说："去舞会上看看，把丝带还给许小姐。"

夏良在舞会上转了半天，都没见到庄毅和许暖，只好回到露台上，说："孟总，许小姐和庄先生已经走了。"

"走了？"孟谨诚眉头一皱，接过丝带，轻轻触摸着，掂量了一会儿，自言自语道，"那就以后再说吧。"

孟古就笑，说："小叔，你还收起来了？我劝你，还是扔了吧。你觉得那女人会惦记这根丝带吗？攀上庄毅的人，难道就是为了一根丝带吗？"

孟谨诚笑，不置可否，一个女人，能让庄毅在陈寂生日这天，都带在身边，肯定有过人之处，毕竟庄毅不是傻子。

孟古见他不言语，小心试探说："嗯。小叔，庄毅他今夜为什么要带女伴来参加舞会呢？今天是陈大小姐的生日舞会，所有男人，有老婆没老婆的，一个个都把自己往单身里装，就他庄毅志向高远，视陈家如粪土吗？这里面肯定有问题。”

孟谨诚沉默了一下，叹息，说：“孟古，其实，我特别后悔，我不该将你带到这个名利场里，不该让你陷入这些钩心斗角……”

孟古叹气，说：“小叔，我这都是为了保护你。我不想你总是这么仁厚，我不想有一天你的上康像和风、旭日一样，被庄毅吞并。你也知道，凡是和咱们庄老爷子有渊源的，他都想吞下去。如果我是你，我一定会和陈家联姻，将盛世和风打垮，让他永远没机会向我们伸出魔爪。而且，我相信爷爷也是这么想的。所以，他老人家才会这么殷切地向陈老爷子示好，抛出橄榄枝。”

孟谨诚的眉头紧紧地皱着。如果有可能，他真的想摆脱这种时时刻刻算计别人，也时时刻刻被别人算计的生活。可话说回来，他确实得捍卫好上康，这是毫无疑问的。无论他是否情愿，参与这尔虞我诈的战争，便是他在上康的宿命。

庄绅当初也是看中了孟谨诚的善良和绝顶聪明，当然，如果他只是一个善良的大笨蛋，庄绅就算费尽力气，也无法将他扶持成为上康集团的主席、商界奇才庄毅的死对头。

孟谨诚虽然善良，但他没少让庄毅在商战中吃亏。所以，即使抛却了庄绅，庄毅对他也是无比记恨的，时时刻刻与他争抢。

当然，面对庄毅这般不按常理出牌的对手，孟谨诚也不是没有失手的时候。两个人基本上你捅我一刀，我给你一巴掌，偶尔也有风雨同舟、强颜欢笑之时。

庄毅曾跟孟谨诚说：“其实，把你亲手扔进棺材里是我最大的荣幸。不过，你要是真死了的话，我会寂寞，想喝酒的话，也只能到你的坟头了。”

某些小报也曾调侃过庄毅和孟谨诚这两位青年才俊，说庄毅每晚最好的美梦就是梦见上康集团的孟谨诚驾鹤西去了，而孟谨诚每天早晨醒来的时候，想听到的最美好的消息就是，盛世和风的庄毅撒手人寰了。

这一切无非就是说，他们本可以惺惺相惜，奈何站在了利益的两端，一切由不得自己。命运，让他们两人成了死对头。

很多时候，人活在这个世界上，可以去选择命运，但更多的时候，人活在这个世界上，是被命运所选择。

孟谨诚突然想起在桃花寨子的那段时光，蓝天、白云、绿树、流水，还有阮阮……他的手轻轻握着那根蓝丝带，低下头去，一声叹息。

庄毅将许暖从露台上带走之后，才发现一直束在许暖发上的蓝丝带不见了，而她手里，还多出了一条白色手帕，手帕上绣着一个大写字母“M”。

很显然，这是孟谨诚的姓氏首字母，就像庄毅自己的所有手帕上都绣着他的姓氏首字母“Z”一样。

庄毅一把夺过手帕，脸上露出十分不悦的表情，说：“你的发带呢？送给孟谨诚了？这算什么，交换信物？”

许暖强忍着内心的悲怆，看着庄毅，舞会的灯光照在她的脸上，让她眼中的泪水如同水晶一般闪烁。

庄毅在她身旁，冷冷的，不肯为那些眼泪而心疼。

他将孟谨诚的手帕丢到一个侍者端来的盘子上，看了许暖一眼，讥讽道：“如果我没赶到的话，你是不是今晚就和他共叙旧情了？”

庄毅的话，如淬了毒的无柄利刃，刺伤了自己，也刺伤了许暖。

许暖的眼泪再也忍不住，纷纷坠落，掉落在她美丽的礼服上，绝望、悲伤、痛苦、心碎。

她是人，而不是木偶，无法控制住自己的感情和绝望，不让它们决堤。

她曾想过一万次，庄毅会让她去做什么，但是她从来没有想到，庄毅让她去伤害的人会是孟谨诚。

她一直以为，自己早已经同那段往事说了再见，但是没有想到，庄毅会让她再次卷入过往，永远不得翻身——永远只有痛苦，永远只有羞辱。

羞愤而绝望的许暖，提起裙摆，哭着冲出了舞会现场。

庄毅看着许暖逃离的背影，心突然痛了。

他追出门口的时候，只见一道白色的车灯光芒，如同利剑一样朝奔跑的许暖撞去。

许暖毫无防备，还没来得及尖叫，整个人被撞飞。

午夜的街头，她像一朵艳丽的蓝色花朵，怒放在夜风之中，瞬间枯萎。

庄毅的心，突然碎了一个大窟窿，他大喊了一声——许暖！

肇事车辆迅速逃逸。

后来——

庄毅记得，曾经有一次，赵赵喝醉了酒。

喝醉了的赵赵一直说胡话，她说："庄毅，你知道吗？人这一辈子，都说过谎。其实说的那些谎，不是骗别人，而是骗自己。就像我，骗自己，已经不爱你。就像你，骗自己，对许暖根本不在意。”她还说，“这世界上，只有一个梁小爽从来不骗自己。

“她爱就是爱！恨就是恨！想要一生相守就要一生相守！对于爱情，她真实得就像一个婴儿面对奶瓶，一个孩童面对心爱的玩具。

“可是为什么，我们这些人却都不敢像她一样呢？

“为什么我们总是在逃避自己的心，它明明是爱上那个人的，明明是爱的。

“我们却要硬生生地逼着自己错过。

“庄毅，我爱你！

“我想要嫁给你，我想要和你在一起一辈子，我想给你生一堆孩子，我想给你每天做饭洗衣，我想和你白头到老，活着的时候同盖一床被子，死去的时候同葬一处坟地。”

……

很多年后，马路告诉庄毅：“我从来没听过你如此心疼地呼唤一个人的名字，唯一听过的就是，那一日，陈寂的舞会上，许暖出车祸时，你那声痛呼。

“当时的我，正躲在暗处保护许暖。你的那声呼唤，我能感觉到四个字，那就是——痛彻心扉。”

第三章
苍耳前世

我就像苍耳一样，

想随你到天涯，

你却将我丢失在十六岁的那个夜晚，

于是，我再也找不到家。

那些失眠的日子，庄毅一直都在翻阅关于许暖的资料。

这是很久很久之前，马路给他搜集到的，在他第一次遇到许暖的那个夜里，也是在这样昏黄的灯光下，他翻阅着她的故事。

那些恍惚的悲伤，在他冷漠的眼里，隐藏着垂怜。

顺子走进来的时候，庄毅合上了那些厚重的资料，抬头刚要开口，一旁的马路已经开口询问了：“有消息了吗？”

顺子看看马路，又看看庄毅的脸色，点点头，说：“如您所料，车祸不是意外，但是，您绝对想不到是谁策划制造了这场车祸的。”

“是谁？”庄毅英俊的脸上翻滚起肃穆的煞气，他缓缓地问。

顺子看了看马路，走到庄毅面前，凑到他耳边说出了那个名字。

庄毅错愕，然后冷笑，有些嘲讽的意味，但更多的是心疼。

原来是这个人。

居然是这个人。

庄毅缓缓地闭上眼眸。

关于许暖的那些往事，如同潮汐一样袭来。

那些个守在她病床前的夜晚，他仿佛潜入了她长长的梦——痛苦淋漓的梦。

是天国吗？

还是一场梦？

她的灵魂一直在挣扎着，如同抵在刀刃上，看不见血，却疼痛异常。

十六岁之前的那些往事，就仿佛苏醒了一样，在她的每一个记忆细胞里，在她的每一个毛孔里，在她的每一次呼吸里……

那一刹那，生命仿佛撕开了一个缺口，十六岁之前的那些情境，带着血腥与青草的香气，扑面而来——前世今生，纷至沓来。

孟谨诚，孟古，桃花寨子，苍耳，赵小熊，还有她。

当时的岁月，仿佛一场大梦，一场痛苦淋漓的梦。

梦里的她，被叫作阮阮。

仿佛是一种习惯，阮阮总是在太阳暖暖的午后，将小脑袋靠在孟谨诚的腿上，对他倾诉心事，尽管很多时候都像在自言自语。

她抬起尖尖的下巴，淡烟一样的眉头轻皱，说："小叔，我不喜欢我的名字，很不喜欢。"

孟谨诚就直直地看着她笑。

阮阮看看孟谨诚，认真地说："小叔，你一定想知道我为什么不喜欢，对吧？"

孟谨诚依旧只是看着她笑。

阮阮憋了很久，最终没有告诉孟谨诚，这是因为孟古总是在放学路上，用石灰歪歪斜斜地在墙上写满了有她名字的脏话。

孟古不喜欢她，就如她不喜欢自己的名字一样。

自从六岁那年，春寒料峭中，孟老太太将面黄肌瘦的她带进家门起，她就感觉到了来自孟古深深的敌意。

孟古对她的不喜欢，是源自母亲马莲的教唆。那个刻薄的中年女人似乎并不认为自己的家庭有闲钱收养这个孤儿。

所以，当奶奶把阮阮拉到孟古眼前，还未开口，他就瞪着溜圆的眼睛，扬着脑袋，骄傲地冷哼："阮阮？这名字真恶心！"

第一次见面，九岁的孟古就毫不掩饰对她的厌恶，甚至奶奶责备他时，他依旧趾高气扬地顶嘴：“谁让她有这么恶心的名字。”

那个时候，她不敢痛恨孟古，只能痛恨自己的名字——阮阮。

奶奶看着阮阮被欺负，无奈地叹气，既舍不得责打孙儿，又不得不装出样子，刚作势追打他，他就转身跑到院子里那个少年的身后，喊道“小叔，救命啊，奶奶打我”，脸上却是孩童恶作剧后满足的表情。

阮阮一直记得这个画面，九岁的孟古躲在那个少年身后的画面。

她之所以这样印象深刻，不是因为孟古，而是因为那个被他喊作小叔的傻笑着的少年。

——眉目如画啊。

多年后，阮阮回想起初见孟谨诚的情景，总是会想起这四个字。

那个眉目如画的少年，十几岁的样子，坐在凳子上，病恹恹的，却温暖异常，如同蓄满的春水。

当奶奶将流着眼泪的阮阮拉到少年眼前，少年傻笑着，直着身子，很努力地伸手，因为用力，脸微微泛红，用手擦掉了挂在她脸上的泪。

他的手很软，指尖微凉。

然后，他就张着嘴巴，冲着她笑笑，似乎是安慰，声音虽急切，却很轻，似乎怕惊吓到小鹿一样的她。

这个被孟古喊作“小叔”的少年就是孟谨诚。

六岁那年，阮阮进入孟家感受到的第一份温暖，就是孟谨诚微凉的指端。

那时阮阮并不知晓，她之所以被收养，是因为奶奶想给孟谨诚找个一起长大的伴。她一直以为，奶奶收养她，是因为老人的善良。

而她的身世从小就坎坷、离奇。在孟古妈妈和很多女人闲聊时的碎语里，她对自己的身世，略略知晓。

她从出生就是一个错，是母亲少女时代所犯下的错。

但是，她不相信这些闲言碎语，她深信自己的母亲是个美丽的女人，自己原本有一个很爱自己和母亲的父亲……而她，只是走失了……而他们，是一直一直都在找寻自己的。

她的名字叫阮阮，命却很硬，硬得就像路边的苍耳子一样。

她三岁时，养母溺水身亡；不久之后，养父续娶；平平安安过了三年，不想养父却在她六岁那年死于车祸。后来，她又遇到了老七和曹翠花。

兜兜转转，个中变故。最终，阮阮被孟古的奶奶捡回了家里。

阮阮还记得，当时老七出车祸，她哆哆嗦嗦地在人群里发抖，是一双苍老的手拉住了自己，手不大，却很厚实，如同老人的眼神一样厚实。

那种慈祥犹如暗夜之中温暖的萤火，让她有一种想抱着这个慈祥的奶奶大哭的冲动。

生命这么坎坷啊，坎坷得她无所适从、不知所措，坎坷得她总是试图在黑暗中摸索到那么一双手，永远不放开她的手。

马莲很不乐意婆婆将阮阮收留，在她眼里，病秧子孟谨诚对于这个家庭来说，本身就是拖累，现在反倒又多了一张嘴。

若不是为了孟古，她早就改嫁了，也不会守着寡居的婆婆、弱小的儿子、时刻需要人照顾的小叔子，苦苦煎熬。

所以，她总是撺掇孟古欺负阮阮。

那时，孩子们可玩的玩具很少。阮阮总在院子里玩跳皮筋，皮筋的一头拴在香椿树上，另一头拴在孟谨诚的腿上。

每当这个时候，阮阮总是跳得异常开心：“小皮球，香蕉梨，马兰开花二十一，二五六，二五七……”

“马兰个脑袋！”每当这个时候，马莲就会从屋里跳出来，在院子里指桑骂槐，一会儿说私生子，一会儿说野孩子。

而孟古这个小帮凶，就会拿走她的皮筋，然后用剪刀将她心爱的皮筋剪断，一边剪，一边笑，而她只能躲在孟谨诚的身后抹眼泪。

每当这时，泪眼模糊中，她看着孟谨诚乌黑柔软的头发，都在想：如果、如果谨诚小叔不是一个傻子，会不会带着我，离开这个地方，永远不让别人欺负我？

可能孟古当初笑得太邪恶，以至于看动画片《蓝精灵》的时候，每当看到大鼻子格格巫，阮阮就会想起他剪自己皮筋时的样子。

他也曾在她的饭里拌上沙子，然后看着她用那只碗吃饭时，就像个得逞的小人，趴在饭桌上哈哈大笑，差点儿被饭粒呛死。等他平息了咳嗽，看到她抿着嘴偷笑，他恼怒地将整只饭碗都摔到了她脸上……

那一年，她七岁，十岁的孟古在她的额角留下了一处伤，凌厉的疤痕那样张扬地盛开在她的左额，以至于后来，她总是将漂亮的额头用刘海遮住，试图遮住这道疤。

十六岁之前，遮掩是为了漂亮，是出于女孩子的爱美之心；十六岁之后，遮掩是为了忘记，抹掉那个叫孟古的男孩在自己身上留下的印迹。

他还做过什么呢？

哦，对了。

他还曾在她到井边打水的时候，将她推到井里。那一年她九岁，村里的人将她救上来的时候，她几乎变成了一个水肿了的娃娃，昏迷不醒。

……

还有一次——

那天，阮阮在跳皮筋，孟谨诚和那棵香椿树忠于职守。而放学回来的孟古溜了过来，神出鬼没地在那条绷紧的皮筋上来了一剪刀，橡皮筋断裂，荡起沙尘，迅速收缩，飞沙走石一样，溅到了她的眼睛里，那一刻，世界一片漆黑。

那一年，阮阮十二岁，孟古十五岁。

就这样，她瑟缩在黑暗之中，就好像她出生那天，甫见光明，尚未睁开眼睛却又跌入了黑暗之中。

黑暗之中，有奶奶的叹息，有孟谨诚"啊啊"的焦灼声……似乎还有孟古的呼吸声，他小小的胸膛起伏着。

没有人责备他，奶奶不舍得，母亲幸灾乐祸还来不及，而小叔孟谨诚，他从不会指责，可孟古依然感觉到眼睛里有一种液体在流淌，弄得他的鼻腔酸酸的。

奶奶那句"没事"的话，让阮阮突然害怕，难道自己真的会瞎掉？再也看不到眉目如画的孟谨诚，再也看不到慈祥的奶奶，也看不到令人痛恨的孟古……那一刻，眼泪哗啦流了下来，浸湿了棉纱。

奶奶抱住她，说："别哭，阮阮，奶奶能拉扯得了谨诚，就能拉扯得了你。"

这时，马莲进来了，她催孟古回屋写作业。听到了婆婆的话，她忍不住冷笑，说："啧啧，瞎了不正好合你的意，再也不怕煮熟的鸭子飞了。"说完，她拉住孟古，说，"傻待着干吗，还不回屋写作业？"

孟古却死活不肯回去，马莲一边拉扯他，一边用手拍他的脑袋，说：“你跟这群要进棺材的人搅和在一起干吗？啊呀……”她突然惨叫了一声，一巴掌甩在了他的脸上，说，“你咬我？你也跟这个野孩子似的，瞎眼了吗！”

孟古捂着腮，红着眼，瞪着母亲，说：“她不会瞎的。”

孟古的母亲扯着他的耳朵，拼命往外扯，一边扯，一边叫：“给我回屋写作业去！”

那天夜里，孟古被母亲强扯回了自己屋，而阮阮在奶奶的房间里，度过了一个不眠之夜。

眼前是黑黑的，什么都看不见，而窗外，月光安静地穿过树梢，洒在她白瓷一样细致的脸上。

孟谨诚一直守在她的身边，无言之中，似乎在告诉这个小孩：别怕，小叔在。

这个月光流转的晚上，孟古哭了一夜，没人知道。

同样，也没人知道，一大清早，那个叫孟古的少年，背着书包，连早饭也没吃，就冲出了家门，在那些墙上，用力地涂抹着他写过的那些骂她的话。可他怎么也涂抹不去、遮盖不全，哪怕他的双手被粗粝的墙壁磨破……

有些东西是擦不净的，比如，他留在墙上的字，比如，他留在她额角的疤。

然后，他就靠在墙角，抱着书包号啕大哭——她再也看不见了。

六年的时光，他做过的最持久的事情，恐怕就是——坚持不懈地欺负一个叫作阮阮的小女孩，从她六岁开始，到她十二岁为止。

眼睛受伤后的夜晚，她总是做噩梦。

梦境里，有个男子温柔而低沉的声音，那么缥缈却又那么清晰地呼唤着她的名字——阮阮、阮阮。

她就跟着魔了一样，循着那个声音奔跑，奔跑着，奔跑着，就停不下来，于是头发散了，鞋子丢了，脚步却停不了，而前面就是万丈悬崖。她呼吸困难，极度恐惧，可唯一能做的只是在奔跑中号啕大哭。

“阮——阮——别——怕！”

黑暗之中，一双温暖的手落在她小小的肩膀上，不过几个简单的音节，但这几个音节如果是从孟谨诚的口中发出的话，一切就变得不一样了。

阮阮还没来得及应声，从门外突然走进来的奶奶几乎是惊喜地尖叫：“谨诚，谨诚，是你在说话吗？”

阮阮看不见，但是她能感觉到老人的惊喜。奶奶踉跄着走到孟谨诚的面前，抓着他的手问，似乎有泪从她眼里滴落，流淌在她满脸沧桑的皱纹上。

奇怪的是，无论奶奶如何和孟谨诚说话，他都不再吭声，似乎那句“阮——阮——别——怕”是某种来自天外的神明之音。

隔日，孟古放学后，揣着几块花生牛轧糖跑到奶奶屋子里找阮阮。他飞快地撕开糖衣，在她毫无准备的时候，将糖块塞到她的嘴里。

阮阮先是被这突然的“袭击”吓得“啊”了一声，没来得及尖叫，舌尖已经舔到了一丝甜意，而且也嗅到了特殊的薄荷清香。

那种薄荷香是孟古臭美时给自己定义的，其实，不过是爱干净的小男孩身上淡淡的洗衣粉的清香。

孟古问阮阮："好吃吗？"

阮阮点点头，冲着孟古吐吐舌头，但是眉心依然因为眼睛的疼痛而轻轻皱着。

她默默地收下孟古的糖，小手翻转在口袋里，小心地数着，心里非常美：居然有七块糖啊！

然后，她想起了孟谨诚昨夜突然而出的"话语"，就问孟古："小叔他从小就这样吗？"

孟古刚摇了摇头，还没有来得及开口，就被风一样闯进来的母亲马莲给扯着耳朵拎走了。

马莲说："孟古，你每天放学不进来看看这个野孩子，你是不是就心痒痒啊？"

半夜，孟古爬到窗边，他告诉阮阮，小叔以前很正常，是远近有名的小神童，后来不知道怎的，突然傻了……

因为没有得到更好的治疗，阮阮的眼睛就这样被耽误了。

当村头郎中给阮阮换下纱布之后，她的眼睛只是能看到光，却看不清楚，能看到人影晃动，却只是白茫茫中分辨不清的晃动。

孟古在她面前摇晃着自己的手，然后，她茫然地摇摇头，最后眼泪滚落。

一滴一滴都落在孟古的掌心，滚烫，滚烫。

孟古在她面前，像个做错了事的孩子，也哭了起来，说："对不起啊，阮阮，对不起啊，阮阮……”他哭得那么伤心。

阮阮就抱着他一起哭。

孟谨诚在旁边，眉间轻轻拢着，看着这两个抱头痛哭的小孩，眼底突然悄无声息地多了一份湿漉漉的氤氲。

孟古已经记不得阮阮具体是从什么时候开始喊他——孟古哥哥。

他只是记得，有一次，他放学回来，手里拿着一捧薄荷，然后原本靠在孟谨诚身边的阮阮似乎是闻到了气息，眼神一亮，脆着声音，喊了一句：“孟古哥哥，是你吗？”

一声“哥哥”落入奶奶的耳朵里，就像惊雷。老人突然愣住了，看着眼前的孟古和阮阮。

她的脸色铁青，对着阮阮说：“以后不许乱喊！”

奶奶不允许阮阮喊孟古哥哥，就像她不允许阮阮喊谨诚小叔一样。她指了指阮阮身后的谨诚，对阮阮说：“丫头，以后喊谨诚哥哥。”

阮阮还没有理解为什么，只是觉得身后孟谨诚的身体突然间有些僵硬。

孟古看着奶奶，拉着阮阮走开。

阮阮私底下盘算了半天，眉眼闪过一丝狡黠，得意地对孟古说：“我喊谨诚哥哥的话，你就得喊我姑姑了。哈哈，孟古，快喊我姑姑。”

恰巧马莲买菜归来，瞥了一眼阮阮，又瞥了一眼婆婆，哂笑：“还姑姑呢？”

阮阮就是在那一刻，感觉到了她和孟谨诚之间有一丝不寻常的关系。

大概也是从那一天开始，这个世界上，再也不会有一个纯净如水的女孩和一个心底纯白的傻子。

一个人叽叽喳喳地说着各种事情，一个在一边安安静静地傻笑着。

美好总是脆弱的，转瞬流逝。

对于孟谨诚来说，阮阮的疏远，似乎早已注定。

只是，每次他走在街上的时候，开始有人调笑他，说："欸——孟二，想不想有个玩伴呀？"他傻笑着，似有口水悄然落在衣裳上，如同泪痕。

这个时候，不知道是谁家的小孩手贱了一下，冲着孟谨诚扔了一块大石头，石头正中他的后脑勺，毫无预兆。

风吹起他乌黑的发，露出了被石头击中出现的伤口，温热的鲜血汩汩涌出，顺着他的后脑勺缓缓流下。

孟谨诚如同纸片一样，折叠，倒地，然后铺了开来……这时才有人大叫："快去马莲家，孟二被打死了！"

然后整条街道混乱起来，有人飞奔，有人呼喊，有人议论，更多的人在看热闹。孟谨诚眼睛闭上那一刻，眉目依然如画。

算一算，时光流转，他傻了已经十年。

一个人一生有多少个十年呢？

十年，可以让一个秘密烂在心间，也可以让一个秘密开成一朵花，日日夜夜醒在心里，日日夜夜。

你们说，一个傻子会不会有秘密呢？

奶奶在孟谨诚的床前，老泪纵横，不住地抚摸着孟谨诚微凉的手，喃喃自语："我苦命的儿啊。"

夜深后，奶奶才离开孟谨诚的床边。

她回到炕上后，阮阮在她身边装睡，直到感觉到她入睡之后均匀的呼吸声，阮阮才在黑暗中摸索着，蹑手蹑脚地爬下床。

因为担心声响，她没有穿鞋子，偶有尖利的石子，刺中她柔嫩的脚底，她也只能闭闭眼睛，小心吸一口气，继续摸索着向前。

孟谨诚已经昏迷很久了，当阮阮摸索着来到他床边，她的小手触碰到他冰冷的、不复温暖的手指那一瞬间，眼泪哗地流了下来。

他是个傻子，却给了她人世间最大的温暖。

这么多年，她一直在他的膝下嬉戏，接受他的善待和宠爱，她喜欢将自己毛茸茸的小脑袋靠在他的腿上，她已然习惯了他的好和他的存在。

她轻轻哭泣着低声唤："谨诚小叔……你不要死啊……你不要丢下阮阮啊……谨诚小叔……"

温柔的月光，轻盈如练，在缥缈的轻雾里，穿过屋前大树的枝叶，透过窗户，洒在她清秀的小脸蛋上。眼泪在月光下，莹莹点点，如同一条源于心脏的小溪，蜿蜒到她的眼角，滑过她小猫一样的脸庞，一滴、一滴。

眼泪由滚烫瞬间变得冰凉，掉落在床单上，掉落在她与身量不符、短小的衣袖上，掉落在孟谨诚微温的手背上。

暗夜里，他的手紧紧一缩，像是做了噩梦，毫无征兆。梦境夹杂着往事，似乎要将他年轻的心脏生吞活剥了一般——

梦里，他回到了十年前，桃花溪水飞流直下，漫过了草甸，跌下了山谷，碎裂的水珠，晶莹剔透，犹如一条小小的瀑布。

那时的他，还是一个身影孤单的小小少年，浆洗过的白衬衫，粗布纺织的质地，衣角在风中翻飞。

他执拗地同固执的哥哥孟谨安辩解着——那个犯错的男生不是他，

真不是他，他却成了倒霉的替死鬼，百口莫辩。

可是，孟谨安不肯相信他，只是一味地训斥他，要他去学校承认错误，请求学校不要开除他。

后来，后来他只是执拗地不肯离开，然后，他只是推了一把，孟谨安就重重地摔下山去。他伸手却触碰不及，无可救赎，只能在悬崖上放声大哭。

他不是故意的，真不是故意的。

后来，就这样，他开始了装疯卖傻，他担心警察发现，是自己害死了亲哥哥。从此以后，他变成了一个傻子，一个永远只能傻傻地活在人世间的人。

人们都以为，他是受不了别人的非议而变傻的，无人知晓，曾经悬崖上那碎裂的一幕——

碎裂的水珠，碎裂的梦境，无人知晓的秘密。

……

阮阮努力地睁大眼睛，妄图可以看到他，看到他是否醒来。可是，一切努力都是白费，始终是茫茫然，她看不到床上的他，看不到那夜的月光。

于是，黑暗中，她的小手，小心翼翼、小心翼翼地摸向他的脸，试图知晓，他是否已从昏迷中清醒。

手指在摸索中摸过他温热的胸膛，摸过他轻轻蠕动的喉结，摸过他雕塑一样精致的下巴，摸过他因为病痛干燥的嘴唇，然后是他高挺的鼻梁——当她的小手摸向他的眼睛时，她多么希望他的眼睛是睁开的啊，如同清泉，在暗夜里望着自己，如同上次的奇迹一样，告诉她：

“阮——阮——别——怕。”

声音如同雪化。

可是，他的眼睛紧闭着，如同归巢的鸽子一样，安静地收拢了羽翼，沉睡在他的眼窝里。

她的眼泪再次汹涌而至，眼睛如同针扎一般疼痛，异于往昔。

哭到累极，她沉沉睡去。

她抱着膝盖蜷缩在他的身边，小小的身子，微抖的睫毛，带着泪痕的容颜，像一只飞倦的候鸟。而他，是她栖息的巢。

破晓的第一缕晨光洒向屋前的大树，身边的孟谨诚突然一阵微抖，仿佛终于从一场噩梦中醒来。

他身体的抖动传到阮阮的身上，她猛然惊醒，眼睛睁开那一瞬，是刺目的疼痛，黎明的光线依旧昏暗，可刺入她久未见光明的眼睛，惹得她泪眼模糊。

几次努力后，她在泪水模糊里睁开了眼，光明对着她重新张开了怀抱，世界清亮，令她不敢想象。

光影在模糊中渐渐聚焦、清晰。昏暗的晨光中，她看到了床上昏迷的他——

他苍白如纸的脸毫无血色，双眼紧闭，挡住了万里秋波。他的睫毛长而微翘，如同上好的墨染成的一样。他嘴唇干裂，却挡不住他嘴巴原来温润的朱红色，仿佛只需一滴水的滋润，他便是往昔那个唇红齿白的少年，只等一曲箫声，一缕月光，他便可从画中走来。

君子一笑，春风万里。

不知为何，当时的阮阮看得目瞪口呆，居然遗忘了要为自己的眼睛复明而惊喜，只是呆呆地看着美得如同梦一样的孟谨诚，生怕眨眼之下，他又如同梦一样碎裂。

阮阮撒腿就跑，奔向奶奶的屋子喊道：“奶奶，奶奶，快来啊，快来看看谨诚小叔醒了！快来啊！”

孟古几乎是欣喜若狂地跑过来，当时的阮阮往屋里跑，和孟古正好撞了一个正着，他们两人齐齐倒地。

一对懵懂的孩子，十六岁的少年，十三岁的少女。

孟古似乎发现了什么，说：“你能看见了？”

就在这时，马莲回来了。

那无意而就的情景，在成人的眼神里，却极尽缠绵之态。

马莲满眼冒火星，从屋前拿起一根柴条就冲上前去。

孟古和阮阮的所有情生意动，都是在马莲的那顿暴打之下，破土而出的吧。那一天，他为她挡去了所有的责打。

小小的倔强的少年。

这一切，落在了奶奶的眼里，落在了马莲的眼里，也落在了刚从噩梦中醒来的孟谨诚的眼里。

那一年，孟谨诚二十一岁，孟古十六岁，阮阮十三岁。

命运向他们铺开了天罗地网，于是，这是一场他们的在劫难逃。

孟谨诚康复之后，变得更加静默，像一片静寂的海。不过，他不再傻笑，只是永远静默着，目光偶尔落向远方。

孟古读高中后，无法经常回家。

但是，只要回家，他就会给阮阮带很多小零食，还有漂亮的发卡，还有谈不上精致的小贴画——都是他省钱买下来的。

这时，赵小熊出现在阮阮的生活里，他被李慕白收养，改名叫李大熊。不过，赵小熊不喜欢这个新名字，他一直都让阮阮他们喊他的原名。

他依旧是那个调皮的少年，不过，再也不似往日那样像一个地主少爷，毕竟，多年颠沛流离之苦，已让他懂得了善良。

孟古回来的时间也越来越少了。

他多是给阮阮写信——赵小熊成了他们的通讯员，原因是孟古放寒假回来的时候，用一套《灌篮高手》的漫画书成功收买了他。

赵小熊拍着胸脯说："从今儿起，兄弟的事情就是我的事情，兄弟的家就是我的家，兄弟的娘就是我的娘，兄弟的……"

他发现自己差点儿说错话，冲着孟古很尴尬地笑。

阮阮在旁边，脸红了，如同桃花岗上的桃花一样明艳。

就在那一瞬间，刚发过誓言的赵小熊突然觉得心跳加速，然后他偷偷骂了自己一句——禽兽！

赵小熊的主要生活，就是给阮阮送信。由于他经常去孟家，所以孟老太太十分提防——难不成这小子对阮阮有非分之想？

后来，赵小熊干脆和阮阮相约到村头，给她孟古邮来的信；孟古的信总是邮给赵小熊，因为邮给她的话，她是收不到的。

悲剧发生在一个月黑风高的夜晚，赵小熊正在小河边给阮阮送信——

李慕白一个跟头翻了出来，拽过赵小熊，一巴掌将他拍飞了，不无痛心地骂道：“混账，你小子居然做出败坏我老李家门风的事！”

赵小熊愣了，阮阮也愣了。

赵小熊屁滚尿流地爬了起来，说：“哎呀，爸，这不是我写的！”

李慕白吐了他一口唾沫，说：“你这没种的，敢做还不敢认了！”

赵小熊急了，说：“爸，是孟……”“古”字没来得及出口，他看了看阮阮惊恐的眼，于心不忍，说，“爸，是我！”

那一天，赵小熊很悲情地变成了孟古的替死鬼。

阮阮被奶奶带回了家，孟老太太哭着骂：“我这么多年辛辛苦苦把你拉扯大啊，你就给我做出这丢人的事儿啊，你对得起谁？”

老太太从墙角拿起一把扫帚，就冲阮阮抽去。她一边抽打，一边哭骂：“我得让你知道我们老孟家的规矩！”

周围的邻居一看，老太太动手了，一个一个虚情假意地跑上来，拉着老太太，说：“老嫂子，老婶子，别气坏了身体啊。”

可是，阮阮看得出，她们哪里是来劝阻的啊，她们明明是推着老太太往前抽自己啊。

嘈杂声一浪高过一浪，吵醒了睡梦中的孟谨诚，他隐约间听到了阮阮在哭，立刻冲出门去。

当他看到阮阮蜷缩在地上，满身伤痕地哭泣时，他立刻冲了过去，一把挡开了母亲手中的笤帚。

现场的人都惊呆了。

……

孟谨诚一句也听不进去，他回眸，双目带着伤感地看着自己的母亲——看她苍白的发，佝偻的身体。其实，他懂得老人的心，甚至，他也明白，正是因为自己当初失手将兄长害死，才导致了今天家庭破败，才害得孟古小小年纪没了爸爸，害得嫂子马莲这么年轻就开始守寡，更害得老母亲无所依靠……

这都是他的错。

可是，他的这些过错，为什么要让一个小小的女孩来承担呢？

那一天，孟谨诚将阮阮抱回房间。

阮阮就一直像一只小猫一样，抱着他不住地哭泣，直到哭累了，才在他怀里渐渐睡去。

孟谨诚找来清水，小心地擦拭着她脸上、身上的伤口。

那天晚上，赵小熊被李慕白绑回家，一顿暴打。

孟古永远记得那一天，高考后的那一天。

那一天，他从学校回家，马莲去村口的山路上接他，然后，一辆疾驰的渣土车从她身上开过去。从此，在那条山路上，她再也没有起来……

那天晚上，他抱着母亲残破的身体哭得肝肠寸断。他答应过她的，等他考上大学，将来工作了，就赚好多好多钱，让她再也不必辛苦。

可是，这是多么痛苦的诺言啊，永远无法兑现。

虽然，她刻薄、她势利，可是，她一直都是最疼爱他的母亲。

老太太不知道如何安抚孙子，只能跟在旁边一直掉眼泪，看着孟古，嘴巴里念叨着："我可怜的孩子啊。"

孟谨诚看着孟古哭得死去活来的样子，心也痛苦不已。

他走上前去，拍了拍孟古的肩膀，孟古仰起脸，突然抱住了他，像一个无依无靠的孩子一样，号啕大哭："小叔，呜呜。"

阮阮就躲在门后，伤心地看着孟古，不知所措，只能他哭，她也哭。

三天后，马莲下葬了。

孟古变得不爱说话起来，很显然，高考之后豪情满怀的他，没有想到，这么快，自己的母亲就会从自己的生命里消失。

生命无常。

高考成绩下来，孟古高居榜首。

那天夜里，他来到母亲的坟前，洒了点儿薄酒，然后，靠在坟上，不说话，眼泪大颗大颗地掉下。

很多年后，许暖都记得那个场景。

她常常会想，如果有一天，自己死去，又是谁在墓前为自己祭奠，洒下白酒一杯呢？又会是谁，像孩子一样掉下眼泪。

那天夜里，孟古喝了很多酒，跌跌撞撞地回到家中。

然后，他像傻了似的，在阮阮面前跳啊、蹦啊，最后累倒在地上，脑袋重重地撞到地上，饱满的额上渗出了血丝。

孟谨诚刚要从偏房里走出来，将他扶回去睡觉，却见阮阮早已惊慌上前，扶起他，轻轻地掀起衣角，轻轻地擦去他额角不断溢出的鲜血。

孟古就抱着她失声痛哭，说："阮阮，我一直都不听她的话，都不听她的话啊，现在我想听她的话了，可我去哪里能找到她啊？阮阮，呜呜……"

在偏房里的孟谨诚，从门缝里看到这一切，如遭雷击一样，愣在了原地。

天空，突然布满了翻滚的乌云，就像沉痛的心事一样不可触碰，一旦触碰，必然电闪雷鸣。

闪电，终于划破了长空。

最终，孟谨诚痛苦地闭上了眼睛，转身退回了暗处，关上了房门。

孟古的大学录取通知书，终于在暑气正盛的时候被送到了。

全家人都很开心，尤其是奶奶，几乎是挨家挨户地报喜，告诉他们，自己的孙子考上了名牌大学，然后听那些多年没有听到的盛赞。

然后，村支书就在边上惋惜，说："要不是当年谨诚遇到那档子事情，你们家可是两代大学生啊。可惜了，孟谨诚从小是神童啊。"

老太太有些黯然，却还是去李慕白那里预订了一头猪，用来明天招待客人。

赵小熊当时正在孟家，看着孟古收拾行李，阮阮在旁边，帮他仔细地擦拭行李箱，生怕有一点儿灰尘——这是属于他的崭新人生。

赵小熊看着这一切，对于孟古，他是羡慕的。

不知何故，他突然提出，想跟着孟古去外面的世界看看。反正，他也是要到外面找工作的。

然后，赵小熊就很激动，说："对！去看看！阮阮，我们一起送孟古去。我们一起去看看他大学的样子，然后我们就留在那里。孟古学习，我们找工作。"

阮阮眼里也闪过了一丝光，突然又黯然，说："奶奶不会同意的……我得帮她照顾小叔……"

赵小熊嗤笑了一下："你奶奶当然不会同意，她巴不得你在这里，一辈子照顾孟谨诚呢。”然后，他戳了一下孟古，说，“你忍心让她在这里一辈子？”

孟古皱眉，说：“谁要她在这里一辈子了，我大学毕业以后会带她离开的。”

赵小熊就笑：“可能吗？”他看了院子里的孟谨诚一眼，对着孟古说，“我们都知道不可能。”

那些心知肚明的秘密，彻底扰乱了孟古的心。

那天夜里，孟古对阮阮说：“我会带你离开，我不会让你受到伤害。”

少年誓言铮铮。

那天，他和她约定了分头去桃花岗，一起去孟古所就读的大学所在的城市。

他在那里读大学，而她和赵小熊在那里找工作，见世面，三个人一同闯荡，改变自己的命运，不困于这小小的山村，不屈服于命运的安排。

遗憾的是，第二天，阮阮跑到了桃花岗，却没有等来孟古，也没等来赵小熊，等来的是奶奶带着的一群人。他们不由分说地将她绑回家，将她关进了房间。

她就一直在拍门，哭喊。

可是，没有人肯给她打开那扇门。孟谨诚试图安慰她，她却避他如洪水猛兽，仿佛正是他的存在，将她的人生变成了困局一样。

那天晚上的月光很好，苍白得如同她的脸。

半夜，孟谨诚走到她面前，深深地看了她一眼，说：“门打开后，你跑，一路向南，去找孟古。”

阮阮吃惊地看着孟谨诚，她没有想到，他居然会这样流利地说话。

突然，孟谨诚似乎想起了什么，将一张纸递给了她。

他用斧头劈开了房门，对阮阮说：“还愣着干什么！快走！”

在奶奶发现之前，阮阮飞快地奔出了院门，头也不回地向火车站奔去。

可是，冰冷的站台上，没有孟古，也没有赵小熊，更没有他们要去追梦的未来。

——没有。

而那天夜里，在南下的火车上，有一个十八九岁的少年，一直沉默着，直到眼泪滑落，他才忍不住抱头痛哭。

奶奶将他逼上火车。他跪下求她，要她成全，成全他带着阮阮去外面看看这个世界的决心。赵小熊说得对，没人该被命运困在原地，虽然赵小熊被李慕白捆在家里。

阮阮应该去看看外面的世界。

他喊她奶奶，哀求的语气就像小时候索要冰棒一样。

奶奶老泪纵横，说：“孟古啊，你前程似锦，属于外面的世界，可是，你小叔他需要她照顾，他们俩不属于外面的世界。”

孟古的心都纠成了一团，他不知道该怎么办，但是他知道，他不能妥协，他如果妥协，阮阮这一生都将沉沦在这里，永生永世，万劫不复。

于是，他抱着奶奶哭，说：“我不能丢下她啊，我们仨都约好了，去外面闯荡出一片世界……”

……

老人愣了，突然天旋地转，晕了过去。

孟古吓蒙了，李慕白上前，帮老人掐人中。

不知多久，老人才幽幽醒来，说：“奶奶老了，奶奶说话，你也不听了，你带着她走吧。走吧，就让你小叔孤单一辈子吧，就让他孤单着死掉吧……”

奶奶有气无力的模样，彻底毁灭了孟古的希望。

他抱着老人痛哭，说：“奶奶，我不带她走了，我不带她走了，我答应你，我答应你还不行吗？呜呜……”

……

最终，孟古被李慕白押上了南下的火车。

火车上，流着眼泪的少年，无可回头的青春，一路向南。

那一夜，孟谨诚放走了阮阮，自己也离开了桃花寨子。如果继续在这个压抑着他所有秘密的村落里生活，他一定会疯掉。

只是，他并不知道，阮阮没有找到孟古。

火车站的道边，她一路奔跑，突然不知道该去往那里，原本对未来燃起的一点儿点儿火苗，突然被浇灭。

世界那么大，何以为家？

未来那么远，梦在何方？

就在她绝望的时候，赵小熊灰头土脸地出现了。月光之下，他慢慢地走来，看着她，露出了两排大白牙。

赵小熊给饿了一整天的阮阮递了一个馒头和一捧花生米。

阮阮一边哭，一边小口小口地啃那个馒头，转脸，问他："你没事吧？"

赵小熊将手揣在口袋里，摇头："没事，能有啥事。"

是的，除了李慕白希望他留在身边，继承自己的杀猪大业，他会有啥事？

赵小熊看着月光之下凄楚可怜的阮阮，半天后，将花生米全部塞到嘴巴里，狠下决心，说："别哭了，我带你去找孟古。"

阮阮哇的一声就又哭了。

于是，那一夜，阮阮跟着赵小熊，悄悄地离开了桃花寨子，从此，辗转在不同的城市。

她唯一带走的，是孟谨诚留给她的那一张纸——

阮，古乐器，有月琴之形，珠玉之声。

这是他十年来一直都想告诉她的话，那也是回答她从六岁起一直都有的懊恼——

其实，你有一个很漂亮的名字——阮阮，只是你不知道。

遗憾的是，一张字条，救不了两个迷路的小孩。

从此，阮阮和赵小熊就像两个迷路的小孩，流浪在一座又一座的城，走在寻找孟古的路上。

混沌未开的青春，愚蠢又苍白。

文过饰非，也掩不住来时路的狼狈。

其实，后来的赵小熊一直都很内疚，因为他骗了阮阮。

其实，他根本就没有找到过孟古，他甚至不清楚，孟古在哪座城市读大学。那么，孟古身边自然没有什么又高又瘦又漂亮的女孩，还像个洋娃娃。

一切都是他编的谎言。

后来，赵小熊一直为自己的谎言内疚不已，但他安慰自己，找个机会，一定要告诉阮阮真相，一定要告诉她，其实自己根本没有找到过孟古。

遗憾的是，有些事情，永远没有后来。

那夜，风雪连天。

庄毅像一个冰冷的影子，出现在她的眼前。

他说，从此以后，你就叫许暖。

他说，从此，你就是我的棋子，棋子是不需要思想的。

他说，你的任务就是让孟谨诚从这个城市中消失。

……

上康集团的总裁办公室里，视力渐渐恢复的孟谨诚，皱着眉头，看着手上的那条蓝丝带，发呆。

这是舞会上那个叫许暖的女子落下的。

他将这条丝带放到了案前的一摞纸上，最上面的纸张上写着一行字，墨痕淡淡——

阮，古乐器，有月琴之形，珠玉之声。

他看着这些年里不知被自己写过多少遍的那行字，长长地叹了一口气，转脸，目光飘向了窗外。

这么多年过去了。

阮阮，你在哪儿？

这么多年过去了。

他从来没有放弃过寻找她。

第四章
沧海月明

去年今日此门中，
人面桃花相映红。
人面不知何处去，
桃花依旧笑春风。

许暖遭遇车祸的消息，是李乐告诉梁小爽的。

梁小爽没去陈寂的生日舞会，她对这个抢了自己很多风头的陈姓女子无感，逢场作戏，她目前还没学会。

她在咖啡厅里遇见过许暖，却被赵赵震慑到，害得她和李琥珀落荒而逃。

她跟李乐说了这事。李乐却教育她，说："梁小爽，你以后少跟李琥珀来往。"

李乐看得明白，她本身就是一个爆竹，李琥珀就是引信，她俩混在一起，迟早出事儿。

梁小爽噘起嘴巴，不理李乐。

"对了，"李乐似乎想起了什么，对梁小爽说，"你听说了没有？许暖从舞会出来的时候遭遇车祸……"

梁小爽一听许暖的噩耗，怔了怔，原本给李乐剥香蕉的手突然停了下来，问："现在呢？"

李乐躺在床上，眼巴巴地等着梁小爽手里那根香蕉，一字一顿，说："全力救治中。"

梁小爽愤恨，说："死庄毅，还敢说不喜欢许暖，还敢说是普通朋友，居然全力抢救。"

说完，她恨恨地将香蕉扔到地上，踩了两脚。

等香蕉吃的李乐快哭了。

梁小爽发现可怜的李乐正在眼巴巴地看着自己，抱歉地耸耸肩，说："我重新给你剥。"说完，她拿起一根香蕉，又问，"她毁容了吗？"

李乐说："梁小爽，有你这么道德沦丧的吗，好歹是人命。"

“得了！”梁小爽轻蔑地看了李乐一眼，说，“如果是庄毅出车祸，你现在估计比我还乐吧？你一定想放礼炮、扎气球，锣鼓喧天地庆祝吧。”

李乐白了她一眼，说：“我可没你那么狭隘，咱们三个那点儿破事儿，我可一直都是祝福你和庄毅白头到老的。你就是明天跟他结婚，我李乐都给他当伴郎，我还给你封两个红包，一个送给你结婚，一个送给你离婚。”

梁小爽白了李乐一眼，狡黠地一笑，说：“你放心，我这辈子都不会离婚。我梁小爽发过毒誓的，我这辈子一定要让庄毅爱上我，让他非我不娶。”

李乐撇嘴，说：“非你不娶？”

梁小爽说：“怎么了？”

李乐说：“等他瞎了吧。”

梁小爽一冲动，就忘记了李乐是一个病号，脊椎正伤着呢，她一边拍打他，一边骂：“李乐，你浑蛋！”

李乐感觉身体传来刺骨的疼痛，却依然对梁小爽笑着，像纵容一个孩子一样纵容她在自己身上折腾。

梁小爽从李乐隐忍的皱眉中，突然想到，他的脊椎完蛋了，于是连忙跳开，说：“李乐，对不起，你没事吧？”

李乐摇摇头，叹气，说：“没事，我习惯了。”

梁小爽看了看李乐，心里有些酸，她不是一个坏女孩，她知道他对她好，宠着她，纵容她，在这世界上绝对没有第二个对她这么好的人。

她端详了李乐半天，说：“李乐，你真是好兄弟。”

李乐忍着腰部传来的疼痛，皱着眉头贫嘴，说：“谁要跟你做兄弟，惹祸精。”

两个人又你来我往地斗了一会儿嘴，最后，梁小爽将脑袋搁在李乐的身上，紧紧地靠着他的胳膊，一脸哀怨，说：“怎么办？李乐，我真的喜欢庄毅，怎么办？”

李乐有些心酸，嘴上却逞强，说：“还能怎么办？‘娶’他，然后对他负责。”

梁小爽哈哈大笑，说：“你真懂我。”她说，“李乐，还是你好。”然后，她仰起脸，有些伤感地看了看他，说，“你什么时候去美国做手术啊？”

李乐叹了口气，说：“还没定下来。”

梁小爽说：“听说手术风险很大，如果不成功，你就废了……”

李乐看着梁小爽，笑笑，默默地应了一声“嗯”。

梁小爽就说：“要不，李乐，咱不做这个手术了。你就是这样子，也很帅。我不想看到你手术不成功……”说着，她就开始哭，眼泪吧嗒吧嗒地掉。

李乐最见不得梁小爽哭，他心疼地揉了揉她的脑袋，说：“只要有一线希望，我也得尝试一下啊。毕竟我这么玉树临风的人物，不帅回来，怎么给你做备胎。”

梁小爽就一直看着他，发呆。

——其实，自己对庄毅有多爱呢？

其实也不多，就是刚刚够“想和他在一起一辈子”那么多。

很想很想和他在一起。

很想很想。

许暖出车祸后，庄毅一直沉默着，他惊惧于自己的心，他从医院里离开，像是逃亡，灯火辉煌的城市像一座巨大的迷宫，再也看不到天上的星星。

他想起了母亲，想起自己六岁时问她的问题——王子为什么会喜欢灰姑娘？

他该喜欢的是公主啊。

高端百货 TOP PLAZA 在这个城市里闪着光，重奢、时尚，是崭新的城市名片。

盛世和风旗下产品的广告牌，四处可见。

这一切，驱赶不了他的恐惧。

于是，今夜，纽斯塔就像一个充满迷障的温柔乡，包裹着他的不安。他的到来，让赵赵惊讶，却不多言。

自律的是他，失态的也是他。

那一夜，赵赵陪着庄毅喝了很多酒。

庄毅头疼欲裂。

他内心纷乱极了。

从许暖在他面前被车撞倒开始，他的人生彻底矛盾起来。那些他不愿意面对的情感纠结，就在这个女人昏倒在地、血流如注那一刻全面爆发。

他不明白自己为什么会这么心烦意乱，或者，他根本就不想去明白。

不对吗？

他应该是冷血的，他应该是不会心动、不会心疼的。从吴伯光告诉他，他叔叔害死他的父亲、谋夺旭日集团的那一天起，从他叔叔派人要将他赶尽杀绝的那一天起，从他落魄人间，尝尽苦头起，那个软萌的六岁孩童就死掉了。他早已经血冷如冰，心硬如铁，无坚不摧了。

而且，他应该是永远懂得自己想要什么，永远目标分明的，永远不会为了其他事情而停驻的。

红酒在灯光之下变得妖冶，就像是许暖的身体流出的血液。它们如同欢悦的吸血蝙蝠，在他抱起她的那一刻，纷纷沾上他的衣衫——

午夜的街头，他痛苦地呼喊着她的名字——许暖！

这是他没有预料过的结局。

那一刻，他真的很疼，疼得不知如何发泄，只能拼命呼唤着她的名字。

那天，她的鲜血沾满了他的车。

他一直握着她的手，一直握着。

……

庄毅看了看酒杯中的红酒，笑笑，他想，或许当时他心疼，是因为自己的大好计划会破产吧，应该是的，肯定是的。演唱会门票？她许暖算什么？不过是一枚棋子而已。

想到这里，庄毅将红酒一饮而尽。

暗夜里，似乎有个声音在他的耳边，轻轻地说："你看，人总是这样傻，这样自负，编造那么多的借口，只是为了骗过自己。"

庄毅笑，说："你才傻。"

一杯又一杯的红酒下肚，这个夜晚变得越加迷乱，赵赵的双手不知何时放在他的胸口。

最终，庄毅还是让她失望了。

他捉住了她的手腕，眼眸深沉，是她恨极了的自律模样，他说："赵赵，别闹。"

赵赵愣了愣，她没有想到庄毅会拒绝自己，要知道，这一次，她是鼓足了勇气。这么多年，她虽然敢和庄毅调笑、暧昧，可是，她不敢，也不能逾越界限。

对于她来说，庄毅是神。

虽然他食尽人间烟火，但那些都是烟火，而不是烟花，不是她这种烟花女子。

她看着庄毅，眼底是悲伤。

庄毅看了看赵赵，他想跟她说，自己不是传闻之中那样万花丛中过的蝶。他还想说，赵赵，你是个好女人，我不想对你随便……但是涌动在喉咙间的话，最终变成了冷漠的三个字："我累了。"

"我累了？"赵赵愣了一下。

她不信！

于是，借着酒劲儿，赵赵的手不自觉地伸向他。

庄毅一把握住了她的手，他望着她，眸子里是坚持、是拒绝。

他说："赵赵，你真的醉了。"

那天夜里，庄毅离开了纽斯塔，离开了赵赵，一个人走在街上，唯一陪伴自己的，是被月光拉长的影子。

一阵风吹走他的醉意，他才发现自己又站在了医院门前。

身后，满城霓虹，车水马龙。

几番迟疑，最终庄毅还是去了许暖的病房，守在门外的手下似乎没料到大半夜他会出现，纷纷站到一旁。

他推开门，月光正好洒满她的脸，像雪一样，就像他们初见的那个晚上。

那天夜里，她沉睡着，身上插满管子，他站在她的床边，风月场中见遍旖旎的人，竟像个木头人。

似乎有一种他自己无法掌控的心乱如麻。

似乎是一种令他恐惧的情绪所在。

或者说，从遇见她的那个风雪开始，他的内心就已经在惧怕着什么、抗拒着什么，生怕被一种说不出的东西给拉下万丈深渊……

这些年来，似乎只有对她冷漠、残忍，他才能支撑自己的清醒……

……

庄毅深深地叹息。

他转身，离开，抬头，却见赵赵。她就这么站在他的眼前，望着他，泪水流满脸。

时间或许会让所有的伤口结痂。

两个月后。

许暖康复出院前一天，庄毅来到她的住处，带了一束雏菊，本想放到她卧室的床边，走到门边，又转身随意地插到客厅的花瓶里。

见状，马路和顺子面面相觑。

赵赵不作声，随即笑笑，说："你们走吧，我来打扫卫生。"

顺子本来要喊家政帮忙打扫，不想赵赵自告奋勇地过来帮忙，说都是女人，更懂得彼此，也恰好可以帮忙布置一下。

顺子无奈地同意了，告诉了庄毅，他没有作声。

庄毅没有离开，一直坐在花园里。

公司经营层的人事动荡告一段落，还不是管理层角力，董事会里却一个个装聋作哑，庄毅只好装作更聋更哑，反正新王牌TOP PLAZA和盛世地产都争气。

温暖的风，吹过他的脸，他低头，看着手中，空空的。是有多久了，他习惯于孤单，又有多久了，他渴望陪伴。

他突然想，可不可以就这样活着，卸下面具，卸下心上那层壳儿，就像接纳这阳光，这风来，这雨下，接纳一切会自然而然发生的事情……

如果那一天，自己握着那两张票，坦然地约她去看那场演唱会，在拥挤的黑暗中，自然地牵了她的手。

现在大约是，他们简简单单地生活，看同一部电影，听同一首歌，从同一张大床上醒来，亲吻对方的眼，一起刷牙，一起洗脸，一起为对方做早餐……

或许从现在开始，也为时……不晚？

许暖……

这个名字，在他微翘的唇线上，突如阳光一般。

突然，赵赵慌慌张张跑出来，抱着笔记本电脑说：“怎么办？我刚刚打扫卫生，不小心将许暖的笔记本电脑给摔了，你们快帮我看看有没有坏掉。”

顺子说：“我来看看。”

虽然跟了庄毅，顺子身上依旧带着江湖气，尤其在外人看来，他像个保镖，不过他常自嘲，说自己其实是个手艺人，啥都能修。

顺子将许暖电脑中的资料导进备用硬盘，以防丢失，包括论文、聊天记录以及投递求职简历的邮箱记录。

庄毅在一旁，无意间，他的目光扫到“上康集团”四个字时，原本平静的脸一瞬间沉了下来，问道：“她给孟谨诚公司投过简历？！”

顺子没在意，点点头，说：“她一直在找工作。”

他跟庄毅提过的。

庄毅冷笑，怕是余情未了吧。

看到庄毅的脸色变得阴沉，顺子才意识到事情的严重性，他突然很想替许暖辩解一下，毕竟自己吃了她不少点心。

庄毅却根本不容他开口，说：“简历上的所有联系方式都办理暂停，住址更换掉。”

顺子说：“好。我不会让孟谨诚见到她的。”

庄毅眼里是外人觉察不到的冰冷，那是生生压制住的嫉妒，他唇齿生冷——

“见！为什么不见！”

既然她这么想见他，我怎么能不成全。

赵赵连忙款款走上来，笑，说：“庄毅，你会不会太敏感了？许暖也不是如此工于心计的人，她不会傻到以为一个大老板会去管人事招聘这等琐碎的小事吧？所以，你放心，孟谨诚不会看到她的简历的，不会认出她就是自己失踪了多年的‘小阮阮’。”

“小阮阮？！”庄毅的脸色更难看了。

她刻意在前面加一个“小”，他如何不知道。所以，他没接她的话茬，转脸问在一旁跟个没事人似的马路：“小蝶是她和谁的孩子？”

马路一愣，什么时候燃起的战火烧到了自己身上？我只想安静地玩手机啊。

顺子看到庄毅的脸色如此难看，忙说：“我会尽快取得孟古、孟谨诚的头发做 DNA 检测的。”

马路在一旁看着庄毅，终于开口，说：“这个孩子是谁的，很重要吗？”

庄毅不说话。

马路说：“你不会真的想拿着孩子做筹码吧？”之前你装腔作势，吓唬吓唬许暖，就当是你们“别扭夫妇”的小情趣了，他说，“庄毅，许蝶这孩子可是你一手带大的……”

庄毅不说话。

要他如何说呢？难道要他承认：我只是发疯、发神经了，我精神不正常了，我失去理智了，我只是想知道许蝶到底是许暖和谁生的孩子。……

我嫉妒了。

夜色弥漫。

新买的雏菊被他扔到垃圾桶里，整个夜幕仿佛是降临到他瞳孔中一般。他望着垃圾桶里沉默的雏菊，嘴角勾起冰冷的弧线——本该如此。

既然你费尽心思想见他，我成全。

时间：第二天中午工作餐时间。

地点：上康公司一楼电梯口。

孟谨诚从电梯里出来，引得一帮女职员纷纷注目。

她们的老板是个美男子，这是不争的事实。每天她们的梦想就是能在电梯口或者咖啡间里遇到他。

他总是面带着笑意，眉眼如画，混迹商界已久，谋利、谋权、谋人，还能气质干净到笑起来隐隐带着孩子气，那般纯粹，很是难得。

孟谨诚刚走出电梯，人事部的Ammy就风风火火地跑过来，大概有急事，忙着进电梯，于是也没顾得上眼前是否有人，一下子撞到了他的身上。

文件散落一地。

Ammy悻悻，慌忙去捡那些资料，嘴里喃喃着，说："完了，完了，要死了。"当抬头，发现眼前男子居然是自己的大老板，她立刻呆住了，说，"孟、孟、孟总……"

孟谨诚笑了笑，俯下身来，帮她一起捡文件。

他说："我认识你，人事部的Ammy，公司的优秀员工。"

Ammy突然激动得不知道该说什么了，是的，年会时，孟谨诚为她颁过奖，只是没想到他居然记得。

Ammy突然明白，怪不得有些老板让员工愿意为其赴汤蹈火。

背后有其他员工窃窃私语，说："Ammy真有手段啊。"

另一个也说："可不是吗？不过，孟总好脾气呢。"

然后，一群人做花痴状，说："孟总好亲民呢。"

另外一个人指着孟谨诚身后的年轻男子，说："咦，这个人怎么这么像咱们的孟总啊？"

一个知情人忙说："这么久了，你还不知道啊，他是咱们孟总的侄儿——孟古！"

"是吗？怪不得呢。"

孟古看到小叔俯下身来，连忙上前，笑了笑，说："这些交给他们处理就是了，咱们还有会议。”

Ammy说：“对不起啊，我自己来就好。都是一些新人的资料，她们是来应聘《上康说》的。”

孟谨诚笑笑，说：“没事。”

就在他话音落下那一瞬间，他突然愣住了——

地面上有一份档案，档案相片上的女子，眉眼清绝，如同月光之下的海，动荡着，悲凉着，却让你无法自持。

多么相似的容颜啊，孟谨诚一时之间不能自已——

阮阮？难道是阮阮？！

孟谨诚像触电一样，愣在了原地。

简历上那个女子的名字，叫作许暖，住在这座城市明阳路上的一座公寓里，上面还有她的电话号码和其他联系方式。

孟谨诚的手突然颤抖了起来。

许暖？为什么这个名字这么熟悉？

一时之间，在巨大的激动之下，他突然想不起自己在哪里听过这个名字。

孟古走上前去，当他的目光落在许暖的相片上时，脸色突然苍白，一种莫名的疼痛在他的胸腔爆炸。旧时的爱与伤，潜伏着密密麻麻的悲伤，在他的瞳孔之中吟唱。

他不可思议地看着孟谨诚，嘴巴轻轻地抖动着，说：“小叔，她……她是……”

孟谨诚没应声，直接拨打了简历上面的电话号码。

悦耳的女声顿时在那端响起：“对不起，您所拨打的号码是空号。

对不起，您所拨打的号码是空号……”

孟谨诚愣了愣，又迅速拨打了座机，可是，依然是麻木的机械女声：“对不起，您所拨打的号码是空号。”

孟谨诚的神情愈加凝重，嘴巴抿得紧紧的。

孟古犹豫了一下，眸子里露出淡淡的忧伤，忐忑地问：“小叔，会不会只是模样看起来有些像？”

孟谨诚看了孟古一眼，语气变得生硬，反问道：“难道你只是希望有些像？”

他也不知道自己为什么会如此生气，如此不悦，这两年来，不知道是不是自己的错觉，他总觉得孟古在寻找阮阮这件事上，似乎并不积极。

孟古似乎感知到了孟谨诚的不悦，他低下头，叹气，说：“我也希望她是阮阮。小叔，我和阮阮青梅竹马，两小无猜……可当一个人经历了那么多希望，又经历了那么多失望之后，他就会变得胆小，变得怯弱，变得容易害怕。他害怕一切都是幻想，害怕一切只不过是奢望……”

孟古说这番话的时候，眼睛微微红，他的脑海里不断盘旋着那段往事，奶奶以死相逼，逼走了他和她所有的希望……

孟谨诚看着孟古，或许，真如他所言，他恐惧于未知，所以宁愿选择逃避。

孟谨诚虽然不能理解，却又有什么立场去责备？

孟谨诚叹了一口气，说：“走吧。”

孟古问：“去哪儿？”

孟谨诚说：“她在明阳路上的公寓。”

孟古愣了一下子，点点头。

当孟谨诚和孟古赶到许暖的公寓，却从里面走出来一个胖胖的老太太，大嗓门，操着一口东北话，说："哪儿有什么许暖，只有我一个人住，都十多年了。"

孟谨诚不可思议地看着她，再一次看了看简历上的地址，准确无误。

可是，为什么会是这样？

在一旁的孟古突然警觉了起来，冷静地看着这个屋子，试图寻找一些蛛丝马迹，末了，他说："小叔，我们走吧。"

孟谨诚失落地望着小院，俊美如玉的脸上写满了深深的疑惑和淡淡的感伤。

准备离开时，他和孟古没走几步，却又不约而同地回头，小院里，有两棵枝叶稀少的桃花树，黯然伫立。

一个男子，满脸悲悯，眉目如画。

一个男子，眼神怔怔，心事满满。

此刻，庄毅正坐在对面楼的落地窗前，手里握着一杯清茶，热气袅袅，香气四溢。

他冷漠的嘴角勾起一丝笑，细长的手指悠悠地在桌上敲击着，如此若无其事，一字一顿地念道——

"去年今日此门中，人面桃花相映红。

人面不知何处去，桃花依旧笑春风。"

念完，他望着不远处的孟谨诚和孟古，轻轻呷了一口茶。

昔日的崔护，写这首诗时，大概不会想到，千年之后的今天，会有两个情深如此的孟姓男子，步他的后尘，落得“桃花依旧，人面难寻”的境况吧？

他的对面，坐着的是许暖。

大病初愈的许暖。

泪流满面的许暖。

她不可思议地望着庄毅，窗外是近在咫尺的孟谨诚和孟古。她眼睁睁地看着他们来，此刻，又要眼睁睁地看着他们去……

孟古。

他是孟古吧？

她年少时爱过的孟古吗？

这是一别多年来，她第一次见到他。

他长高了，长大了，更像一个男人了。

这些年来，她想过千万次他们重逢的场景。

她曾想过，他们或许会相遇在人来人往的熙攘街头，或者会相遇在落叶深处的街道，或者会相遇在风雪飘舞的冬夜……她唯独没有想过，会是在如此的境遇下。

此时的他，正是最好的华年，飞扬的眼角，英气的容颜，乌黑的发。

草木春深，人岂无情？

以为不再爱了，以为无恨了，可为什么还会流眼泪？

一面玻璃，一堵墙，一张像恶魔一样的庄毅冷漠的脸。

许暖满眼泪水，她的手触摸在玻璃窗上，试图透过玻璃感知那缺失了多年的温度。她张了张嘴，似乎是想呼唤他的名字，却千言万语无从说起……可是，还没张口，她就被庄毅狠狠地拽了回来，将她狠狠地扔到竹椅上。

庄毅很不满意许暖见到孟古时的样子，在他看来，她为孟古落泪，简直就是在犯贱。

一个男人都抛弃了你这么久，任你漂泊，任你零落，任你悲与欢，不再关心，生与死和他无关，你居然还为他流泪。

在庄毅看来，这简直就是傻瓜。

可是，话出口，变成另一副残忍的腔调，他说："你就是哭，也得坐在我面前哭！"

——完全不似刚刚的气定神闲。

其实，此时此刻，此情此景，许暖都不知道自己是为什么而哭。

庄毅看着许暖满脸的泪水，说："我实在想不出，一个男人能弃你与女儿多年不顾不管，你为什么还要为他哭！"

许暖不看他。

车祸之后，她的身体更加羸弱，模样也更加楚楚可怜。

庄毅不再看她的眼睛，这让他心烦意乱。他起身，冷冷地说："我不管你和孟古曾经有过什么，但是，从今天起，你只能爱一个人，那就是孟谨诚！"

庄毅说完这话，突然觉得有种说不出的别扭。

八点档的肥皂剧，炫酷邪魅的男主们的台词都是——

"我不管你和 ×× 曾经有过什么，但是，从今天起，你只能爱一个人，那就是我！"

人家正常男主说的是"我"，他说的却是"孟谨诚"，他这算什么？他的粉水晶，帮孟谨诚招桃花。

"你就那么希望我和孟谨诚在一起？"许暖突然扬起脸，看着庄毅。

“不然呢？和孟古吗？”庄毅冷笑。

然后，他俯身，冷笑到让人齿寒心冷，说：“如果你再和孟古有任何牵连的话，就别怪我狠心。”

许暖也终于忍无可忍，爆发了，她说：“你为什么不让我撞死？你为什么还要救活我？就是为了继续折磨我吗！”

庄毅冷笑：“对！我救活你，就是为了折磨你。”

许暖不再说话，但目光中的怨恨已经达到了极致。

庄毅回望着她，一把钩住她的下巴，笑了笑，说：“我承认，你很美。不过，比起看你哭，我更想看你笑。”

许暖将头扭到一边，倔强地落泪。

庄毅根本不理睬她的眼泪，说：“笑！”

赵赵在一旁看不下去了，忍不住轻声制止他：“庄毅……”

庄毅看了赵赵一眼，说：“这不就是你想要的吗！”

说罢，他恨恨地收手，拂袖而去。

赵赵愣在那里，庄毅无非是警告她：别以为你多么聪明，别以为我不知道你的小伎俩，打扫卫生，掀翻电脑……

赵赵望着庄毅离去的背影，突然麻木地笑了一下，悲哀、伤心，或者意味更多：是啊，我不聪明，但，你会嫉妒。

夜晚的纽斯塔，灯红酒绿，声色犬马。

赵赵却一直在发呆，她想起今天下午小花园里的那两株桃花树和那两个寻人未竟的男子，不由得也叹了口气。

赵赵能理解许暖相望却不能相见的痛苦，无论怎样，孟古曾是她生命里很重要的人，她在人海颠沛流离，失去了他很多年。

失去等待和找寻的痛苦，赵赵明白。

自己何尝不是这样？

这么多年，她抱着渺茫的希望和巨大的决心，找寻自己失散多年的弟弟。

赵赵其实有些心疼许暖——若不是陷入一场利益的棋局，她应该是被孟谨诚或者孟古甚至是庄毅捧在手心里的女子。

自己居然会加上庄毅……赵赵的眉头紧紧皱起来，她还是不愿意去相信自己的预感啊。

赵赵的心，一寸一寸地乱。

赵赵以为庄毅生她的气，再也不会来了。

可是，庄毅出现了。

她吃惊，但瞬间笑意盈盈，迎了过去。

庄毅将一份包装精美的礼物递给她，说：“生日快乐！”

赵赵一愣，她以为没人会记得今天。

庄毅记得，多年前，也是这一天，她为他挡住了那把刺向自己的刀——所以，无论她做什么，他都尽量包容。

这个世界，不插你刀的人就很好了，何况一个人肯舍命为你挡刀呢。

赵赵笑，笑着笑着，眼里却有了泪。她竭力想世故地去谄媚他，来掩饰自己像个小女孩那样天真，可是此刻她的笑、她的眼，就是那么天真，像个小孩。

她说：“你不是生我的气了吗？不生了？”

庄毅说：“生，可也祝你生日快乐。”

赵赵就笑，那一刻，她觉得前所未有的放松，有些人，纵使不能做情人，却还可以是旧友。

可她偏偏不想做他的旧友。

人想要的太多，就不懂得见好就收。

本来也是，再八面玲珑的女人，也掩不住自己的好奇心，尤其是事关自己的“情敌”。赵赵看着庄毅的脸色，试探着说：“其实，今天下午的事，我到现在还是搞不懂……”

庄毅看着她。

赵赵说：“你这些年的辛苦，就是为了让她俘获孟谨诚，让姓孟的和陈寂彻底无缘，为什么今天孟谨诚找上门来了，你却不让他们见面呢？”

赵赵又摇摇头，自言自语地说：“也不对啊，你明明是想让他们见面的，否则，就不会收买Ammy，让她将许暖的简历掉到孟谨诚的眼前。你费尽心思让他得到这条线索，可为什么又让顺子销了许暖的手机号和住宅电话，让她搬离呢？你到底在搞什么啊？”

庄毅看着她，半天，才开口，说：“你问题真多。”

赵赵笑：“很显然，你不是在赞美我。”

她说：“庄毅啊庄毅，我都看不懂你了。”

庄毅心不在焉，说：“那就别看。”

赵赵一愣，笑，说：“你可真幽默。”

原本此刻，最好的男与女，问与答，是她装不懂，而他得意地解惑，最后她赞美他英明、睿智、攻心，各取所需，皆大欢喜。

是啊，赵赵怎么会真不懂呢？

庄毅无非在赌，男人都是兽，是兽，那么本能就喜欢捕猎。

对于男人，越得不到、越寻不到的东西，越能激发他的欲望。像今天这样，留给孟谨诚线索，让他按图索骥，原以为马到成功，结果却一无所获。

即使孟谨诚这样云淡风轻的人，心里也会燃起火。

庄毅就是要燃起孟谨诚心里的那团火，最终，烧成灰。

只不过是她想扮天真，他却不肯奉陪。

他不想取他所需，他亦不想同她欢喜。

今夜的庄毅，半点儿心思都不在这里，即使他捧着精美的礼物，即使他来祝她生日快乐。

今夜可真冷啊。

赵赵突然想问问他“庄毅，你……是不是喜欢上许暖了”，然后，看这个毫无预兆的问题，在他脑袋上头炸起响雷。

他一定会回头看看她，眼眸冰冷、深沉，说：“开什么玩笑？！”

而她也一定是回以沉默。

庄毅看了看时间，突然开口，说：“赵赵，给我一个包厢，我今晚可能会有一个很重要的客人。”

赵赵一时反应不过来，看着庄毅，说：“啊？”

这时，庄毅的手机响了起来，他看了看上面显示的名字，果然——

是了。

这就是他等了一晚上的人，这就是他要见的人——孟谨诚。

孟谨诚下午寻许暖未果，一直在思考到底是怎么回事儿。他终于还是想起来，自己在陈寂的生日舞会上遇到过一个叫“许暖”的女子，她是庄毅的女伴。

“庄毅……”孟谨诚微微沉吟了一下。

他拿起电话，拨给庄毅。

庄毅笑着接起了电话，一番寒暄。

庄毅感叹说：“大半夜的，谨诚，你想我啦？你可别告诉我上康破产了。”

孟谨诚语调淡淡，笑：“破产还不至于，汕头的工程，庄兄你‘让’给了我，我还可勉强糊口度日。”

孟谨诚一提汕头，庄毅就血液逆流。汕头的工程，他费尽了心思，却被孟谨诚夺标。

开工之日，孟谨诚还特地找了一家旅行社，搞了一个海南五日游，到庄毅的盛世大厦前，让盛世和风的员工免费加入，算是替庄老板向员工发福利。

庄毅当时在大厦里看着旅行社挂在自家门口的横幅，差点儿气绝身亡。

其实，也不能怪人家孟谨诚，他们两人这样你来我往已有多次，当初孟谨诚眼疾发作，他也雇了一群人大半夜戴着墨镜在孟谨诚的公寓外奏《二泉映月》……

有时候，吴衍看着这两个死对头如此折腾，都觉得烦躁。

知道的人会觉得俩人是死对头在相互拆台，不知道的还以为两个大男人这是有不可告人的秘密。

吴衍为此私下约谈过孟古，他对此也愁得不知如何是好，于是两个同病相怜的人，竟成了朋友。

两个人会在某些时刻互通有无，避免上面两位动静太大，伤及无辜。

虽然孟谨诚提起汕头一事让庄毅面上无光，但他心里已料定这个男人今天打来电话是有求于己，也就不计较了。他单刀直入地问：“你给我打电话是有事儿吗？”

孟谨诚愣了愣，说：“不瞒庄总，我是想跟你打听一个人……”

他的话刚说到这里，没来得及问出“许暖”的名字，庄毅直接挂断了，只留下一句：“孟兄，这里出了点儿事儿，回头联系。”

电话里的忙音，让孟谨诚愣了很久。

庄毅收起电话，心情极佳，转脸对赵赵说：“赵赵，我想听首老歌。”

赵赵说：“多老？”

庄毅：“……”

赵赵：“对不起，庄总，什么歌？”

庄毅沉吟了一下，说：“《人面桃花》。”

赵赵就笑：“《人面桃花》？邓丽君的？”她说，“可真够老的，是我奶奶那辈人爱听的吧。”

她故作调侃，掩饰的是内心的空虚。

纽斯塔里驻唱的菲律宾女歌手，衣着清清冷冷，面容也清清冷冷，一直在低低地唱着那首老歌，声线婉转，语调悲伤——

去年今日此门中，

人面桃花相映红。

人面是对人常带三分笑，

桃花也盈盈含笑舞春风。

烽火忽然连天起，

无端惊破鸳鸯梦。

一霎时流亡载道庐舍空，

不见了卖酒人家旧芳容。

一处一处问行踪，

指望着劫后重相逢。

谁知道人面漂泊何处去，

只有那桃花依旧笑春风……

赵赵听得都有些悲切，无心与客人谈笑。

庄毅窝在沙发上，沉默不言。

不知过了多久，赵赵问："你确定孟谨诚今晚会来，为了许暖？"

庄毅说："他会。"

如果孟谨诚不来的话，这四年来，许暖就不值得他费这么多心思，押这么大筹码了。

赵赵看着他，此时的他，像一个自负的孩子。

华灯初上，孟谨诚刚踏入纽斯塔，就听到了这首哀婉缠绵的《人面桃花》。婉丽的歌词，一字一句，击中他的心——

他想起了这么多年，自己去寻找许暖的经历，确切地说是阮阮。这么多年，她就是那不知道漂泊到何处的人面，空留下满城桃花。

想到这里，孟谨诚缓缓地闭上了眼睛。

庄毅迎上来时，孟谨诚正沉浸在悲伤的情绪之中。

一句"烽火忽然连天起，无端惊破鸳鸯梦"，让他想起了很多年前的那个晚上，他用斧头为阮阮劈开了逃往自由之门的那一幕——

遗憾的是，阮阮最终没有幸福。

庄毅看到孟谨诚，故作惊讶，说："孟老板？"

孟谨诚笑笑，说："电话里你说有事，我只能冒昧地来造访了。"

庄毅眉毛轻挑。两人相视一笑，落座。

那天晚上，孟谨诚一直喝闷酒，一首《人面桃花》让他陷入了某种悲伤的情绪里，难以自拔。

每每他要开口问及许暖，庄毅都用不同的话题堵住他的嘴。

孟谨诚决定单刀直入，说："不知道庄兄还记不记得，很多年前，我曾拜托庄兄找一个叫阮阮的女孩？"

庄毅努力地想，说："啊？有吗？"然后他恍然，说，"对、对、对！"他说，"我那时也是年少无知，看叔叔对你疼爱有加，小孩子脾气了，说白了就是嫉妒，跑去找你谈判，非要你离开上康。还要给你多少钱来着？总之，我很肉疼。可谨诚你从年轻时就大气，当然，现在也不老。你视金钱如粪土。你说，你可以和我谈离开上康，但条件就是，我给你找到她——阮阮对吧？"

孟谨诚看着庄毅，他演戏的时候，真是个好演员。

孟谨诚说："所以，你找到她了？"

庄毅叹气，说："没有！"

孟谨诚压着气，说："没有？！"

庄毅斩钉截铁，说："没有！"

他说："我找到能不带给你吗？我巴不得你离开我叔，免得我叔到处说，你孟谨诚才是庄家真血脉，而我不是，非说我妈当年偷龙转凤。说实话，我恨得要死，也怕得要死。我不是庄家血脉，我坐在这位子上能稳吗？这个糟老头子坏得很。"

他半真半假地讲着。孟谨诚努力让自己不掀桌子，单刀直入，说：

"那许……许小姐……"

庄毅笑了笑，说："原来你来问许暖啊……"说这个名字的时候，他的声音故意拉长，想让孟谨诚焦急，随后，他叹了口气，低声说道，"新寡。"

"新寡？！"孟谨诚愣了，庄毅的用词，让他以为自己耳朵出了问题。

庄毅晃了晃手中的酒杯，慢吞吞地说："文君新寡。"他看着孟谨诚，说，"谨诚兄，要么说这人生无常，她先生刚去世不久，所以说——新寡。她一人带着孩子，很辛苦，现在在赵赵这边帮忙。"

虽然庄毅鬼话连篇惯了，但是孟谨诚显然还是受到了刺激，这是他无论如何也没有想到的答案。

原本，他是想质问庄毅，许暖是不是就是阮阮？为什么明明找到了阮阮，却不告诉他？可在这一刻，明知庄毅可能在演戏，他却哑口无言。

庄毅装作没有发现孟谨诚的情绪变化，说："谨诚，你今天屈尊前来，不会就为了跟我打探许暖吧？"

孟谨诚一怔，连忙喝水，否认。

夜色渐深，孟谨诚告辞了庄毅，心事重重地离开了纽斯塔。

赵赵看了看远去的孟谨诚，像一个幽幽的影子似的，从屏风后走到庄毅面前，将身体探到他近前，说："新寡？你可真敢说。"

庄毅不说话。

赵赵就笑，带着一种小妩媚，试探着问："你不怕孟谨诚介怀吗？我现在都怀疑，你根本是不舍得许暖。"

庄毅脸色微微一冷，有些不悦。

赵赵就立刻笑得风情万种，几乎讨好地看着庄毅，说："哎呀，我随口开玩笑，你也就大人大量吧。"

庄毅没说话。

赵赵走了出去，突然又折了回来，问庄毅："对了，那场车祸，到底是谁将许暖撞伤的？你们一直都那么神秘！"

庄毅眉头动了一下，没回答。

一个她永远猜不到的人。

赵赵见庄毅如此，索性就不再纠缠。她刚要离开的时候，庄毅又突然喊住了她，说："赵赵，你等着收支票吧。"

不出两天，孟谨诚肯定会过来送大红包的。

赵赵愣愣地看着庄毅，不知道他为什么会这样说。

庄毅回家，天色已晚。

庄毅住的地方在市中心最繁华的路段上，因在黄金海岸线上，更是寸土寸金，公寓的名字俗气得可怕——铂宫。几乎每个城市里都有这种某某宫名称的所谓高档社区。

在许暖看来，一般像庄毅这种试图统治全宇宙的精神狂人、思想暴君，才会对这种名字的建筑情有独钟。

他买下了顶楼的一整层，复式结构。

他住二十七楼，许暖"借住"在楼上。

今天下午，轩然大波之后，许暖就被顺子送到庄毅的住处，以"借住"的名义，说是避免她流离失所。

毕竟，庄毅是知名企业家，有着巨大的社会责任感。

顺子安慰许暖，说：“毕竟你要给他看护房子、打扫卫生还债，看护哪个房子都无所谓，对吧。”

许暖不想说话。道理，从来都在庄毅那里，只不过，哪一个更冠冕堂皇一些罢了。

好在十年时光，只剩六年，她就可以解放了。

顺子身边的跟班常宽问他，说：“咱们老板是不是脑子有问题？两个人今天下午差点儿打起来，怎么可以相处在同一个屋檐下啊？”

在顺子眼里，常宽就是个傻瓜，还是高配版的。

顺子看了他一眼，说：“老板一向节俭，可能只是为了节省请保姆和保镖的费用。”

常宽信了，叹息，说：“我要是他，我肯定不敢睡觉。你说，你将一个姑娘伤害成那样，人家不找机会报仇才怪呢。”

庄毅回到铂宫。

许暖没有下楼，当然，他也不会上楼。

庄毅觉得很好。两个人，彼此冷漠，互不打扰，相互独立。

庄毅打算从冰箱里找点儿吃的，空腹喝酒让他略感不适，结果发现餐桌上居然有热的粥，盛在保温杯里。

庄毅的第一感觉是：毒药，绝对下了毒药！

是许暖要报今天下午之仇。

这时，他听到了卧室里有窸窸窣窣的声音，好像猫叫。他想，难道许暖为了见孟古，打算对他施展美人计了？

他冷笑了一下，心道：早就知道这个女人水性杨花。

于是，他将外套扔在沙发上，就默默地走向卧室，准备好好教育一下许暖，让她别企图打他的主意。他怎么可能是这么随便的人……

结果，他一推开门，就发现了一个人躺在床上。

他定睛一看，梁小爽！

顿时，他一个头两个大。

梁小爽终于等到了庄毅回家，立刻冲着他故作媚态。

庄毅满头黑线，说："你怎么进来的？！"

他突然有些担心许暖。

一走神，梁小爽已经扑了过来，像八爪鱼一样抱紧了庄毅，说："你猜！"

庄毅不理她，刚要开口呼唤"许暖"，却一个没注意，直接跌倒在地，脑袋撞到了茶几，昏了过去。

庄毅醒来的时候，发现自己已经被梁小爽给结结实实地绑了起来。

庄毅挣扎着，低声呵斥："梁小爽，你放开我！"

梁小爽噘嘴，说："我不放！"

庄毅觉得自己快要窒息了。

不过，更让他窒息的是，他发现二楼楼梯的栏杆后，许暖正看着这一切，目瞪口呆，却又无比冷静。

庄毅只觉得血液逆流。

报应来得似乎有些快。今天下午他刚刚虐得她遍体鳞伤，今晚她就冷眼看自己被梁小爽虐成渣。

梁小爽背对着，没有发现许暖的存在。

庄毅趁着梁小爽不注意，冲楼上的许暖猛使眼色，让她赶紧救自己。

结果许暖似乎并不买账，只是在楼上安静地站着，冷冷的她，甚至有些幸灾乐祸地看着楼下发生的一切。

庄毅狠狠地瞪了她一眼。

梁小爽的小手，带着生涩，落在他的腰上。

庄毅疯了。

可是，梁小爽突然倒在了他身上，他定睛一看，许暖举着拖把，将梁小爽给打晕了。

许暖看着他，面无表情。

庄毅觉得自己的脸都丢尽了，没有看许暖，只是气急败坏地说了一句："快点儿！你给我解开绳子！"他依然不改命令的口吻，生硬异常。

许暖冷冷地看着他，那表情就是——活该你也有今天。

庄毅看了看自己被解开的腰带，脸居然红了一下，硬着声音再次冲许暖吼道："你看够了没有！"

许暖有些不好意思起来，虽然自己是在幸灾乐祸，但是毕竟眼前的庄毅很是引人遐想，想到这里，她的脸也红了起来。

两个人一个是"日出江花红胜火"，一个是"霜叶红于二月花"。

庄毅觉得此时此刻，自己要是再贞烈一些，就该自绝了。

他终于再也忍不住了，说："如果你不想梁小爽起来报复你，你最好将我放开。"

许暖立刻想起了庄毅的女秘书，她看了看目前尚在昏迷的梁小爽，内心开始发抖，唯恐梁小魔王醒来跟自己算账。

于是，她连忙冲上前，想要帮庄毅解开绳子，不想，一不小心被拖把绊倒了，整个人重心不稳，毫无征兆地扑向庄毅——

许暖，伟大的许暖，具有开拓精神的许暖用她不足九十斤的小身板，华丽丽地将庄毅那条弯曲着的腿给弄骨折了。

……

那一夜，庄毅被抬上了救护车，医护人员很敬业，顺手把晕了的梁小爽一同拉走了。

第二天，城中媒体炸开了锅。

高端百货 TOP PLAZA 老板，钻石王老五的绯闻轰动全城。

头版头条的娱乐新闻让市民们兴奋不已，盛世的公关全网出动，各个网站忙着撤热搜，避免事情再度发酵而成为全国网民的笑柄。

梁宗泰是在满城风雨中将梁小爽擒拿回家的，他指着她的鼻子说："你是不是成心要将我这把老骨头折腾死，你才开心啊？你看看！你看看这些报纸！你成什么样子了！像话吗？我们梁家的脸都让你给丢尽了！"

梁小爽脸红了一下，不过，她依然觉得自己很对，难道不对吗？我爱庄毅，难道要别人批准我怎样去追求他，怎样去爱他吗？所以，她撇了撇嘴巴，撒娇道："爷爷，我不就是去他家里嘛……"

梁宗泰瞪了瞪眼睛，说道："我跟你说过多少次，庄毅是什么人，庄毅是在这个商场上能吃人的人，吃人不吐骨头的人！你呢？你一个黄毛丫头。听爷爷的话，庄毅他根本就不适合你。"

梁小爽拉住梁宗泰的手，撒娇道："爷爷啊爷爷，你也说了，庄毅是商业奇才，他将来肯定会成为爷爷的帮手的，所以，我的眼光没错。"

梁宗泰看了梁小爽一眼，直叹息，说：“你怎么就这么执迷不悟啊。孩子，他庄毅，那可不是什么善男信女啊！当年，他吞并和风就是因为和风的老板宁辞镜和他叔叔庄绅来往过密。宁辞镜的死到现在还众说纷纭。他庄毅明明吞并了人家，还去学校里设立什么‘和风’奖学金，说缅怀和风的先辈。这一招做得漂亮啊，全天下人都看到他庄毅的心胸宽广，可他庄毅到底是个什么人，你爷爷我不是没领教过。所以，你别给爷爷招什么帮手了，爷爷可不想半世家业，葬在他手里。”

梁小爽似懂非懂地眨了眨眼睛，说：“爷爷，你这么忌惮庄毅，那更应该让我去施展美人计啦，他如果爱上我，肯定不会打爷爷的主意了。”

梁宗泰直接无语了，说：“你啊，你啊，让我说什么好啊。”

梁小爽笑眯眯地抱着梁宗泰的胳膊，说：“爷爷啊，你就不要说了，我就是喜欢庄毅。”

李乐曾说过，梁小爽挺机灵的一个丫头，就是有点儿死心眼，自己认定的事情、认定的理儿，谁的话都无法听进去。

梁宗泰无奈地看着梁小爽，摇摇头，他转身离开的时候，跟自己的心腹管事何青风吩咐了几句——

这是他最无可奈何的决定，借读书为名，将梁小爽火速送往国外，这是目前唯一可以让她远离庄毅的方式。

梁小爽经历了这次事件，对许暖的仇恨可谓登峰造极，她决定即使是上天入地，也要报复许暖。

如果不是她，自己和庄毅早就比翼双飞了。

你庄毅不是法力通天吗？你不是要藏许暖一辈子吗？那我梁小爽

就跟你杠上了，我让你见见你命中注定的小妻子到底有多么厉害。

马路是从手机上看到庄毅那美妙遭遇的一夜，当时他正在喝豆浆，结果一下子给呛到气管里了，然后一口喷到了顺子脸上。

顺子快疯了，他刚被赵小熊喷了一身水……他摸了摸脸，快哭了，说：“一个赵小熊还不够，你也来掺和……”

他刚说完，赵赵就从远处走了过来。她看到他的滑稽样子，笑得花枝乱颤，从手袋里掏出纸巾，递给了他，说：“你们俩干吗呢？”

她是刚去病房探望庄毅了，和马路一样，她也被拒之门外了，没想到在此碰到了马路和顺子。

马路问顺子：“他昨晚到底发生了什么啊？”

顺子擦了擦脸上的豆浆，将纸巾一下子抛到马路的脸上，说：“不知道，你们俩不是都看到了？他目前不想见人。”

赵赵就笑，说：“看不出！他庄毅居然是这种人。”

马路看了看赵赵，说：“你最近很针对他啊。”

赵赵笑，不过突然发现，是啊，自己最近确实很针对庄毅。自从那天他拒绝自己之后，她觉得自己快发霉了，总觉得心里憋了一口气，时时刻刻想要爆发——他这算是为谁守身？为许暖吗？

马路突然问顺子，说：“那个什么熊去哪儿了？”

顺子说：“什么什么熊！人家叫赵小熊……”

他话未说完，赵赵像屁股坐上了刺刀一样，蹦了起来，眼睛瞪得老大，声音抖着说：“赵小熊？哪里有赵小熊？！”

顺子奇怪地看着赵赵惨白如纸的脸，说：“你激动什么啊，大清早的……”

赵赵却仿佛没听到，跟发了疯似的，拉着顺子不放，音调都变了，说：“快带我去见赵小熊啊，快带我去见赵小熊啊！”

马路一脸警惕，说：“赵赵，你怎么了？”

赵赵仿佛中了魔咒一样，脸色变得有些苍白，念念有词：“赵小熊，我要看赵小熊！我一直在找赵小熊！”

顺子迟疑了一下，看了看马路，说：“老板不让外人见。”

赵赵的眼泪突然掉了下来，仿佛是这些日子里所有情绪的叠加，她说：“对于他，我还是外人吗？我只是外人吗？我处处为他着想、事事为他留心，难道我还是外人吗？一个拿命给了他的外人吗？！”

顺子和马路都愣了，他们真的不理解赵赵为什么情绪变得如此激动。

只因为这个名字赵小熊吗？

那夜，孟谨诚回到家，想起了许暖，心不由得一疼，如果她真的是阮阮……想到这里，他闭上了眼睛，悲伤突然来袭。

如果许暖真的是阮阮的话，这些年，她遭遇了什么，他该如何与她见面，又该如何告诉孟古。

他从纽斯塔出来，脑袋疼了很久。

夜风乍起，灯红酒绿处，那些娇艳如花的女郎，远远地冲着他媚笑，他的心就像被挖了一个大洞。

这一夜，书房之中，他彻底失眠了，反复地把玩着许暖在舞会上留下的蓝丝带。精致、抑郁的蓝色，像寂寞的湖，暗涌的海，还像很多很多年前，那个叫阮阮的小女孩，望向他，带着忧伤的依赖。

一夜无眠。

当黎明破晓之时，蒙蒙的天青色，他起身，室内的窗帘飘然，像一个静默落泪的少女的裙摆。他的心又一次抽痛，这突来的一切，让他不知该如何收场。

回眸处，他却看到昨夜书桌上自己无意识之时反反复复写下的字——阮。

他的眉头轻轻皱了一下。

孟谨诚突然想起了什么，于是立刻给夏良打电话——他让夏良赶紧给赵赵送一张支票，让她好好照顾许暖。

在他彻底想明白之前，他依然还是要保护好许暖的。

这是他亏欠了她多年的保护，来得太迟，但好过永远不会来。

他只是需要一点儿时间，来好好考虑清楚如何接近许暖，不让她的自尊心受到伤害，而且对孟古也能有一个交代。

孟谨诚没有想到他失眠的这一夜，庄毅那边也发生了大事。

一早的新闻推送，让他差点儿笑出声，拿剃须刀的手一抖，弄出一个小小伤口。

当他差点儿想按惯例差人送礼炮到庄毅眼前庆贺时，心下突然难受起来，他想，和庄毅、梁小爽三人成行的神秘人会不会是……许暖？

想到这里，他的胸口猛然刺痛。

纵使是云淡风轻之人，也难免有意乱情迷之事。

下楼吃早餐的时候，孟谨诚才发现，孟古端坐在沙发上。

“这么早？”孟谨诚走上前。

孟古看了看孟谨诚，说：“小叔，我在等你呢。”他欲言又止，最后还是说，“你昨夜去见庄毅了？就为了那个许暖？”

孟谨诚犹豫了一下，他不知道该如何告诉孟古，关于那个极有可能是阮阮的许暖在纽斯塔的事情。

孟古说：“我听夏良说，舞会上，许暖就曾出现在你眼前，当时她一直对着你哭泣。可是，当时的你根本看不见……”

孟古的话，让孟谨诚的心又狠狠地疼了一下。

如果她真的是阮阮的话，那时那地，她对着自己该多么悲伤啊。

因为沦落风尘，她甚至连喊她一声“谨诚小叔”的勇气都没有，更何况面对以后的孟古。

孟谨诚叹了一口气。

孟古看着孟谨诚，说：“其实，小叔，你有没有想过，她也可能不是阮阮……”说到这里，他迟疑了，不知道该如何说下去。

孟谨诚从沉思中回神，很奇怪地望向孟古的方向，说：“怎么？”

孟古想了很久，最后鼓起了勇气，说：“我不知道小叔为什么一定要找到阮阮……”

孟谨诚愣了愣，他显然没有想到孟古会这样说。他迟疑却又直接，问：“难道，你不想找到她？”

“我也不知道……”孟古叹了口气，说，“我只是知道，这么长的分离，拉开了我和她之间太大的距离，这种距离大到我不能衡量。如果不是小叔有这样的人生际遇，遇到贵人，拥有上康，我也只不过是一个大学毕业的穷学生，没有家庭背景，没有父母可依靠，估计整日里为了生存，蝇营狗苟，怕是根本没时间去考虑生命里是否还存在过这么一个青梅竹马的恋人……可能，我在夜深人静的时候会想起她，想到心痛，但我真的不能保证，如果找到她，我是不是还会爱她……这让我很痛苦。更何况，你我现在的身份地位，绝对不能有这样的丑闻出现……”

孟谨诚沉默了，温润如玉的脸上看不出任何表情，半天后，他回过神来，看着孟古，说：“你的意思是……阮阮现在是你的累赘、你的包袱？”

孟古愣了一下，辩白道：“小叔，我不是这个意思。我是说，我不知道该如何面对被找到的阮阮，虽然她一直都在我心里。”

孟谨诚不说话，又是半天的沉默，才缓缓开口，说：“你的意思是，我们……不要再寻找她了？”

孟古点点头，说：“不要再寻找她了！我们该各自有自己的生活。我们再也不是过去穷人家的孩子，而阮阮也未必是当初的阮阮。”

一向温和的孟谨诚勃然大怒。

虽然，孟古说得这样隐晦，说得这样小心翼翼，甚至这般美化，但孟谨诚还是明白了他想表达的意思，那就是撇开类似“她一直在我心里”这般漂亮的说辞，中心思想只有一个，那就是——放弃她。

孟谨诚紧紧地盯着孟古，低沉着声音一字一顿地说：“你有没有想过，她现在可能过得不好？！”

孟古一看一向温文尔雅的小叔生气了，心里有些忐忑，但他依然还是反驳，说：“对！她可能过得不好！可是，小叔，你想过没有，如果你找到了她，她已经嫁人了怎么办？她有孩子了怎么办？或者，她残疾了怎么办？再或者，她根本不希望见到我们怎么办？更或者，她现在是一个女混混……”

孟谨诚彻底被惹怒了，他苍白的脸上再也隐藏不住愤怒——多年前，他的成全，不仅没让她得到幸福，反而让她得到了悲哀。

此时此刻，这个本该给她幸福的男子，却在这里用各种漂亮的理由和借口，说着各种各样的所谓无奈……

孟谨诚挥手，一耳光打在孟古的脸上。

孟古显然没有想到小叔会对自己动手。

他捂住了脸上的红印，对孟谨诚说：“总有一天，你会明白，我是对的。她这次的出现，或许就是庄毅的阴谋，会毁了你，你知道不知道？”

孟谨诚恨恨地指着孟古，说：“你哪里对！以前当你牵着她手的时候，你抱着她的时候，你想过没有，你的这些论调哪里对？”

……

想起曾经，孟古心疼极了，其实，对于阮阮，他不是不爱了，只是，他做不到像孟谨诚那样。在时间和磨难面前，他终究还是败下阵来。

寒门出身，无论在校园，还是在社会上，他都遭遇了太多太多羞辱……这些羞辱是他无法启齿、无法面对的。

所有人都在欢庆山窝里飞出了金凤凰，却不知道这只金凤凰一生都在烈火中煎熬，是被焚毁，而不是涅槃——

——可被嘲笑的穿在脚上不合时宜的胶鞋知道！

——可被嘲笑的蹩脚的英语发音知道！

——可勤工俭学送盒饭迟到，被倒在头上的饭盒流下的菜汁知道！

……

他拉开孟谨诚的手，缓慢而沉重，说：“小叔……我知道自己欠她很多。只是，我无法面对时间拉开的我和她之间的距离，我无法面对这时间、距离里，她所遭遇过的那些乱七八糟、极有可能让我疯掉的事情。”

孟谨诚看了他一眼，冷冷地笑了。

在孟谨诚看来，孟古所有的说辞，只不过是为了让自己的辜负显得不那么残酷。那一刻，带着巨大的愤怒，他说："孟古，你给我听好了！这么多年，我一直都知道，她喜欢你，所以，我成全，可是，现在我收回我的成全。从此，阮阮的一切都与你无关，至于，你刚才那十万个为什么，我回答你——"

孟谨诚平复了一下情绪，一字一顿地说："如果我找到她的时候，她嫁人了，我会给她祝福，并看着她幸福；如果我找到她的时候，她残疾了，我就照顾她一辈子，永远不离开她；如果，我找到她的时候，她根本不想见到我，那我会毫不犹豫地离开她，我尊重她。我找到她的时候，无论她是一个怎样的人——她是一个女混混，那我就看着她耍宝、陪她撒野；如果她命不久矣，我就为她准备好墓地，将她安葬，给她安息，墓碑上写着——阮阮吾妻。"

孟谨诚说完这番话，自己也愣了。

他没想到，这个叫阮阮的女子，可以让自己心甘情愿到这个地步。她是他青春年华里最纯净、最美好的记忆和执着。所以，他心甘情愿地在这些年里等待着她那些几乎渺茫的消息。

孟古愣愣地看着孟谨诚。

他苦笑了一下，说："小叔，你会后悔的。"

孟谨诚不说话。

孟古说："我和她不可能了，是我浑蛋！但你和她也不可能！因为，今天，陈子庚已经向庄爷爷提起你和陈寂的婚事……庄爷爷答应了。"

这个消息像晴天霹雳，让孟谨诚愣在了原地。

第五章
丁香空结

爱情如饮酒，

拼的就是醉生梦死。

病房中。

气氛沉默得诡异。

庄毅一直没有说话，似乎陷在某种深深的沉默之中，他的面容精致、阴郁，美得如同一幅水墨画。

半天，他抬头看了看顺子，声音有些疲惫和无奈，说：“你说赵小熊……是赵赵失散多年的弟弟？”

顺子点点头，脸上的表情很复杂。他能理解庄毅此时的不可思议，就像当时他知道这个消息时，也蒙了。

那天，当听到赵小熊这个名字后，赵赵几乎疯了。

顺子和马路无奈，只能带她去找赵小熊。

门一打开，赵赵就发疯一样地扑向坐在地上的男生，当时，赵小熊正在和许蝶争着吃锅巴，满嘴锅巴屑。

他一看有个陌生的女人披头散发地冲了进来，以为是来打劫他那包锅巴的，于是，整个身体扑在那包锅巴上，尖叫不止。

赵赵也扑了上去，盯着他的脸，抓着他的衣服，问：“你是小熊？你是不是赵小熊？你爸是不是叫赵老七，你姐姐是不是叫赵吉祥啊？你说！你快说啊……”

赵小熊就拼命挣扎，嚷嚷着：“锅……巴……锅、锅巴。”

顺子试图拉开赵赵，他跟她说过的，赵小熊……出了问题，人有些疯癫，不是很正常。

赵赵的眼泪都急出来了。

一别十多年。

幼时姐弟，遭遇分离，多年过去，早已难辨音容。

赵赵难过得要命，她期望他是赵小熊，因为她在人海之中寻找了他那么久；她又惧怕他是赵小熊，因为她承受不了这个昔日作威作福的小霸王突然变成了傻子。

忽然，赵赵想起了什么，一把扯下了赵小熊的裤子，在一旁的顺子大吃一惊，连忙拉过许蝶，捂住了她的眼睛。

赵小熊拼命地护着自己的裤子，他虽然人傻了，但是依旧会害羞。他拽着裤子大叫："牛（流）氓啊！！！"

赵赵不管不顾，最终撕扯之下，赵小熊的屁股露了出来——曾经的咬痕如此清晰地出现在她眼前。

赵赵的眼泪吧嗒一下就落了下来，她抱着赵小熊号啕大哭。

这个咬痕是她留在赵小熊屁股上的——当时，是那么痛恨的一口，因为六岁的赵小熊出卖了她，说她偷东西给那几个小孩吃。父亲为此暴打她，并割断了她的长头发。于是，怀恨在心的她，在一个明媚的午后，用一根甜玉米将他骗了出来，在荒无人烟的小土坡上，狠揍了他一顿。他拼命反抗，撕扯中，她在他屁股上狠狠咬了一口……

后来，赵小熊捂着疼痛的屁股回家号啕大哭，为此，赵赵又被父亲暴打了一顿。

再后来，父亲死去，母亲改嫁，姐弟俩失散。当时她咬着牙安慰赵小熊："别怕，姐姐一定会找到你的。就是十年，几十年，只要你是我弟，只要你屁股上的牙印子还在，姐就一定会找到你！"

赵小熊就哭，说："姐姐，那我找不到你怎么办？你屁股上又没牙印子。"

赵赵想了想，伸出自己的小细胳膊，递到赵小熊的眼前，说："咬吧！以后，就凭着它来找我啊！"

赵小熊大概很怕失去姐姐，于是，下嘴就咬——那是一个小男孩对恐惧的宣泄……

赵赵痛得眼泪鼻涕都流出来了，很显然，她没想到，赵小熊还真下嘴咬，下嘴咬就咬吧，还咬得这么狠，于是，她又将他暴打了一顿。

赵小熊就流着鼻涕大哭，那么委屈，他抽泣着，说："是你要我咬的，是你让我咬的……"

……

很多年后，赵赵总会对着自己腕上赵小熊留下的咬痕想，如果，那一天她不揍他、不闹腾的话……他们被分开得会不会晚一些，再晚一些……

晚到他多当一天弟弟，多喊她一天姐姐。

回忆如钝刀，眼泪如狂潮。

赵赵晃动着自己手腕上的咬痕，给趴在地上的赵小熊看，她满脸泪，说："小熊，看看这里，这是当时我们说好了的，你能凭着它来找我的。小熊，我是吉祥，我是姐姐啊……"

说着，她就抱着赵小熊号啕大哭。

赵小熊拼命挣脱，一边提裤子躲开赵赵，一边垂着眼睛骂她："牛、牛（流）氓……"

……

顺子将小蝶送进卧室，他不想小孩子看到这种场面。他走出来的时候，赵赵一个人坐在地板上，呆呆的。

而赵小熊在拼命地吃锅巴，不时警惕地看着赵赵，嘴里一边吃，一边还嘟哝着："牛（流）氓！"

顺子一直都知道赵赵很漂亮，但是，他一直觉得她的漂亮是那种张扬的、妖媚的、明艳的，不同于许暖美得那么安静、单薄。而此刻，当她像一个惨白的影子，无助地坐在地板上时，他终于明白，其实再风情万种、再妖娆的女人，也有楚楚动人、让人心生怜惜的时刻。

不知道过去了多久。

赵赵胡乱地擦擦眼泪，理了理乱掉的头发，她望着顺子，问得那样直接："谁把他搞成这样的？"

她是一个长了七窍玲珑心的女人，直觉告诉她，赵小熊不可能是自己变成这样子的，尽管，她不愿意相信，这件事情真的和庄毅有关。

顺子愣了愣，低头，他不知道该如何回答。从他知道赵小熊是赵赵的弟弟时起，胸口就像堵了一块石头。怎么说呢？谁会想到是这样！谁又会想到四年前那个夜晚，是需要在四年后有所交代的。

他不是不内疚，他也有过最亲爱的妹妹，有过自己想好好保护的亲情……但是，他不知道该怎样跟赵赵说，因为他不想欺骗她。

赵赵突然笑了，目光凄凉，说："是不是与庄毅有关？"

顺子连忙否认，说："不、不是！"

他知道，自己说假话了。他不是一个不敢承担的男人，只是，这个问题的标准答案在庄毅那里，这关系到庄毅和赵赵之间，关系到很多事情，不是他一个小跟班能随口回答的。

赵赵就笑，她看得出顺子的犹豫，虽然，她那么希望这件事情和庄毅没有任何关系，她多么希望，是在庄毅找到赵小熊的时候，他就已经变成这样了。

她看着赵小熊，心里无比悲痛。

后来，赵赵走的时候，看着顺子，她："你只需要告诉我，'有'还是'没有'，就这么难吗？"

说这话的时候，赵赵的眼眶红了，故作坚强的脸上，全是悲伤。

顺子喉结抖动，最终依然沉默……

病房中，庄毅听完顺子的描述，沉默了很久。

他叹了一口气，说："出院后，我跟赵赵说清楚吧。"

顺子吃惊地抬头，说："你要跟她说是我们伤害了小熊？"

庄毅再次叹气，说："我不想骗她。"

庄毅心里清楚，一旦赵赵知道了真相，肯定会无比痛恨他。可是，他没办法欺骗她——一个一直拿命陪在自己身边的女子。

其实，他不知道，对于赵赵而言，知道了真相后，比"恨他"更多的将是"痛苦"——自己最爱的男子伤害了自己最亲的亲人，还有什么能比这种事情更让人痛苦？

沉默了半天后，庄毅跟顺子说："你去给我办理一下出院手续，我要出院。"

顺子本来想阻拦的，毕竟庄毅还是需要在医院里待一段时间。但是他了解庄毅的性格，知道即使自己阻拦也是白搭。

在家中养病的日子，庄毅一直都在等赵赵到来。

许暖在他身边，依旧拘谨、冷淡。

陈子庚和庄绅定下了孟谨诚和陈寂的婚事，庄毅托吴衍帮忙，送了一份厚礼给陈子庚，表示祝贺。

当时，许暖正在庄毅身边，他冲她笑了笑，略带讥讽地说："你为他哭得死去活来的男人，还是要娶别的女人了？"

他本来还要说——就看你有没有手段，让孟谨诚回到你身边，也不枉我养了你这棋子四年……可这句话硬生生卡在他的嗓子里，无论如何也说不出来。

许暖没理他。

顺子去过赵赵的住所，结果，她一直不肯开门。

顺子只好悻悻地离开。离开时，他说："庄毅提前出院回家了，因为不放心你。"

然后，门里传来女人压抑的哭泣声，那么低沉，那么痛楚。

庄毅常常陷入沉思，赵赵会以一种怎样的姿态到来？气势汹汹，悲伤欲绝，或者是冷漠异常？无论是哪种方式，他都已经准备好了，任她发泄。

遗憾的是，赵赵一直都没出现。

庄毅并没想到，赵赵是在胆怯，她惧怕结果。虽然顺子无数次告诉她，庄毅回到了家里，在等她，并将会给她答案。可是，她的心从最初的怒火万丈变得恐慌、迷茫起来，这让她整个人都卑微起来。

她拼命地酗酒，试图麻痹自己。

她无数次在庄毅家楼下徘徊，痛苦得眼泪横流，却始终鼓不起上楼的勇气。

如果，答案真的是庄毅，那么，以后的日子，她和他又该如何相处？

人如此喜欢逃避。

赵赵想将赵小熊接回身边，可他撕打着她，不肯离开——他怕自己不辞而别的话，就再也见不到许暖了。

赵赵无可奈何，只能由着赵小熊的性子。

天气阴沉的时候，赵小熊就躲在沙发上，抱着零食看电视。马路他们就离他们姐弟俩远远的，不去打扰。

赵赵看到赵小熊的指甲长了，就忍不住走上前想帮他剪掉，他却依旧排斥她，叫喊着，挥舞着手臂，口齿不清地骂她：“女牛、牛（流）氓！”

因为太用力，他尖利的指甲刮花了赵赵的脸，她捂住脸，指缝间是一丝浅浅的殷红，突来的疼痛，让她眼角闪着泪光。

赵小熊很开心，他终于能赶走这个女流氓了，他欢天喜地地拍着手，开心地欢呼……可是，当他发现这个女流氓居然缓缓地蹲在地下，双手抱住膝盖，捂着脸大哭的时候，他也愣住了。

她那披散在肩上的长发，就像午夜之中的海藻，茂密生长在一方记忆的水域里。

记忆中，模模糊糊的，一个细细小小的影子，整日追在他屁股后面，有时候还会被他欺负。那个细细小小的影子，似乎和他经历过生离死别，似乎在茫茫人海中极尽沉浮，却不停地在寻找他……隐秘的空间里，似乎有个声音一直在呼唤着他：“小熊，小熊，我是吉祥，我是姐姐吉祥啊……”

赵小熊歪着脑袋，缓缓地蹲到赵赵身边，他不知道谁是吉祥，不知道什么是姐姐，他只知道自己弄哭了这个女流氓——弄哭女孩子是不好的，哪怕她是个女流氓。

他伸手，轻轻碰了一下赵赵。

赵赵抬头，泪痕未干，脸颊上的伤猩红、鲜艳，她伤心地看着赵小熊。

赵小熊似乎想安抚一下她，将手里的饼干递到赵赵的眼前，“啊啊”了两声，示意她吃。

赵赵愣愣地看着赵小熊。

赵小熊犹豫了一下，就试探着将饼干送到赵赵的嘴边，小心翼翼地放进她的嘴中。

赵赵愣愣地将饼干咬住，愣愣地看着赵小熊，嚼着饼干，嚼着嚼着，眼泪就止不住地流了下来——

饼干那么甜，眼泪那么咸。

……

那天，赵赵给赵小熊剪了指甲。

天灰蒙蒙的，没有阳光，赵赵的脸上，伤口猩红。

她低着头，那么专注地给赵小熊修剪指甲。

赵小熊愣愣地看着她，他突然想到，许暖很久没有来了。

以前，总是在阳光很好的日子，许暖坐在他的身边给他修剪指甲。

他看着眼前的赵赵，觉得这个女流氓其实也不是那么讨厌。她脸上的伤口让他觉得无比内疚，他突然伸手，用手指轻轻触碰她的脸。

不知道为什么，赵小熊突然喊出了一个词语："姐姐。"

赵赵大吃一惊地看着赵小熊，紧紧握住他的手，说："你刚才说什么？"

马路也连忙走了过来，盯着赵小熊，一脸的警惕与审视。

赵小熊茫然地摇摇头，然后又恢复了沉默。

那种沉默，让赵赵绝望。

许暖来看赵小熊的时候，打算给赵小熊修剪指甲，可她看到他的指甲已经被修剪过了，突然明白，赵赵来看过他。

原来赵赵是当年的赵吉祥啊。

一时之间，许暖百感交集，那个曾经给她偷过地瓜条的秀气小女孩，如今却是风情万种的风韵女子。

命运永远是一个轮回，我们曾经经历过的人、做过的事，都将会在我们的生命之中连成一个圈，不可抵抗。

许暖将买来的零食放在赵小熊面前的桌子上，看着他，恬然冷淡的眉目之间是隐隐的忧愁。

走的时候，她对赵小熊说："我见到他们了。"

——他们。

孟古，还有孟谨诚。

她这句话，与其说是讲给赵小熊听的，倒不如说是讲给自己听的——许暖，你见到他们了，可是，你没有半点儿喜悦。

自从她遇到庄毅，人生就不能由自己掌控。

上午，许暖去了一趟学校，参加了毕业典礼，热闹了一场。她脱下学士服，看着手里的毕业证书，突然有种想哭的冲动。

每一个看书几乎要看瞎了眼睛的日子，都与这个小本本有关。

它是她未来的通行证，是她孤单立足于这个世界的原点，她要继续努力，走向她不敢想却就在未来的前方。

她突然觉得，她是该感谢庄毅的，尽管他将她的学费记在了小账本上，而自己又倔强地一笔一笔地靠勤工俭学还上——至少，没有他，她是不可能读大学的，虽然他是如此可恨、讨厌……

她模糊地记得，一切好像是从那场梦开始的——

"为什么不开灯？"

"省电。"

他看了看被她抱在怀里的书，说："你就这么喜欢读书？"

她迷迷糊糊地说："我想上学……"

……

许暖突然有些愣。

不管这些了，一切将是崭新的，每个人都有权利走向她不敢想却就在前方的未来。

她就这样满怀心事地回到庄毅的住处，刚进门，吓了一大跳，他站在眼前。

"你去哪儿了？"他步步逼近。

"学校。"许暖回过神来，紧紧地贴着墙壁，不知道自己是哪里又惹到这个喜怒无常的小人。

极短的距离，温热的气息，许暖突然觉得自己呼吸困难。

庄毅说："我饿了。"

他的背是僵直的，原本想冷硬的语调，却带着一种孩子气的幽怨，像是撒娇，许暖吓了一大跳。

她怔怔地看着庄毅。

庄毅似乎也觉得语调不妥，于是冷冷地说："发什么愣？我饿了！"

嗯，这才是庄毅一贯的风格。

许暖想了想，觉得还是有必要提醒他一下当初的"债务"契约，说："庄先生，我只负责看护房子和打扫卫生，不包括做饭……"

庄毅看着她，说："现在包括了。"

许暖有些气，说："你这是毁约！"

庄毅说："对啊！就是毁约。"

奈我何？

……

许暖决定不理他，做仇人不需要做得那么讲究。

庄毅一把拉住她，声音里充满了蛊惑，说：“甲方还欠乙方六年，看护房子、打扫卫生。如果甲方在乙方腿伤期间，给乙方提供做饭服务，那么六年变成三年。”

许暖决定杀价。

她说：“六年变一天！”

庄毅看着她，像看一个神经病，说：“我点外卖。”

许暖无奈，拉住他，说：“三年就三年。”

许暖虽不情愿，却还是习惯性地走进厨房，然后觉得自己真是犯贱，居然不习惯庄毅温柔，非要等他对自己横挑鼻子竖挑眼才安心。

像是一种天赋，许暖的厨艺很棒，标准的四菜一汤，不一会儿就出来了：香干牛肉、西芹百合、鸡丝竹笋、番茄鸡蛋、高山娃娃菜汤。

就是……除了番茄鸡蛋煳了点儿，其余的还是色香味俱全。

许暖叹了口气，走到阳光房边喊庄毅。

庄毅放下手中的书，看了看许暖，说：“你好慢，饿死了！”然后他用鼻子哼了一声，把手递给她。

许暖茫然，不知道他什么意思。

庄毅说：“扶我！”

“哦。”许暖连忙上前。

庄毅将手搭在许暖纤细的肩膀上，她好瘦，仿佛一只胳膊就可以将她整个人给揽过来。他的心里，突然长出了春天的草，柔柔细细地破土而出。

他低下头，眉眼中是难得的温柔，他看着许暖乌黑的发，嗅到了她发丝间玫瑰花瓣一样的香，那种香带着羞怯又倔强的力量，拨动着他心里的弦。

许暖小心翼翼地扶着他，清冷着小脸，内心却骂了一千遍："魔鬼！禽兽！噩梦！让我扶你！唉……你怎么可以这么重呢。"

她内心嘀咕着，抬头，却见庄毅正将鼻尖凑近她的发梢，轻嗅着，眼角眉间满是温柔，如同雪吻大地。

她愣了，瞬间慌乱，心如擂鼓。

庄毅的视线触及许暖的目光，迅速转开脸，强作镇定，皱了皱眉头，说："看我干吗？花痴！"

这么帅的人，看都是要收费的。

许暖不说话，内心却嘀咕了一千遍——自恋狂！

吃饭时，庄毅皱着眉头指着煳掉的番茄炒鸡蛋，说："吃煳掉的食物会得癌症，你是想我早死吗？"

许暖说："我重新给你做。"说着，她去拿盘子。

庄毅伸手挡住，抬头望着她，神情突然复杂起来，说："这四年来，你一直都想我死对吧？你这么有诚意，我哪能不成全。"

说完，他就捧起碗来，大口大口地扒饭，毫无形象可言。

许暖根本没察觉到他情绪的细微流露，以为他又在没事找事。她暗想，他这种行为放到学校，就是典型的没事找抽，可惜自己只有忍的份儿。

庄毅抬头看看许暖，她正一脸心事，不禁皱了皱眉头，他本想奚落，却觉得自己怎能这么幼稚，跟青春期的少年似的，靠和女生作对来刷存在感。

关心就是关心，在意就是在意，自己到底在别扭什么！

他低头暗叹了一口气，问她："有心事？"

许暖不敢相信地抬头，这个恶魔他……这算是在关心她吗？迟疑了很久，她才慢吞吞地说："我要大学毕业了……"

庄毅直了直身体，说："知道了。"

许暖低下头，小心翼翼地说："林欣在外面租了房子……我可不可以搬出去住，将来工作也方便……"

庄毅面色一沉，将筷子放到桌上，看着她，眼神冷冽，说："出去住？"

为了见孟古方便吧，旧情人果然魅力大。

许暖点点头，说："虽然不能帮你打扫房子、看护房子，但我可以折算成钱还给你。再说，你也不想让别人误会你有同居的女友了吧？您老的清白……您老的一世英名……"

她小心翼翼地想幽默，却无比拙劣。

庄毅点点头，说："感谢你为我的清白想得那么周到，可我们明明就是在同居啊。"

突然，他又莫名地笑了，笑得自恋至极。他正襟危坐，说："你不是怕和我住在一起会情不自禁地爱上我吧？"

许暖直接傻掉了，愣愣地看着庄毅，他、他这是在同自己……开玩笑吗？可好冷，她一点儿也不觉得好笑。

突然间，她怀疑梁小爽来找庄毅的那个晚上，庄毅不是被她踩坏了腿，而是被她踩了脑子。

庄毅说："知道今天为什么让你做饭吗？"

许暖心想：你是庄扒皮呗。但她一脸无害地说："不知道啊。"

庄毅看着她，笑笑："为了庆祝你毕业。"

许暖："……"

你庆祝的方式可真别致。

庄毅突然开口，问许暖："你有没有想过到我公司来工作？"

许暖腿一软，觉得自己差点儿跪下，她想说的只有两个字：没有。

但她还是安安静静、温温柔柔地看着庄毅，说："我想做记者。（而且我已经被《财经新报》录用了。）"

庄毅笑笑，说："那你为什么去上康？"

许暖低头，说："上康有《上康说》，他们的内刊。"

庄毅说："内刊的话，TOP PLAZA 也有。"

许暖连忙说："TOP PLAZA 那么高大上，又是引领时尚的，我现在这点儿阅历，完全做不了，做不了。"说完，她赶紧收拾碗筷离开，妄图结束这场对话。

庄毅看着她离开的背影，喊她："喂！"

许暖回头。

他说："你真想六年变成一天？"

许暖愣了愣，说："当然想……"

庄毅看着她，说："想也白想。"

然后，他就笑得开心极了，像个恶作剧得逞的小孩。

许暖又气又羞又恼，转身走了。

许暖入职《财经新报》之前，恰逢报刊业的小暑假。

HR 通知她十二天后办理入职。

孟谨诚和陈寂要大婚的事情也已经被各大媒体疯狂炒作，而许暖一直安静地窝在庄毅的住处，准备各种资料。

庄毅在她身后，端着一杯咖啡，说："有没有想过，有一天要去采访你的旧情人，关于他盛大的婚礼和他的妻子？"

许暖觉得庄毅又在奚落自己，说："我是有职业素养的，另外，他不是我的旧情人。"

"是吗？"庄毅斜视了她一眼，其实这个答案，他很满意，但是嘴上依然要说，"我记混了，孟古才是。"

许暖不理他。

庄毅端着咖啡不停地挑剔、指导，她冷着脸，却尽职尽责地收拾房子。收拾好东西后，她就准备出门做兼职了。没等他说完话，她直接将他锁在屋里，门砰的一声锁上，她竟有种报复的小快乐。

今天是咖啡店兼职结算工资的日子，所以，她顺道买了很多东西，去看赵小熊。

她在赵小熊的住所里见到赵赵，这个眉眼精致的女子，最近有些瘦削。

许暖有些尴尬地跟她打招呼，但她并没搭理。

赵赵知道孟谨诚和陈寂联姻了，也知道庄毅并没有让许暖去做棋子，他这么多年的处心积虑，为了这小小女子却彻底放弃了。

许暖将东西放在赵小熊的桌上，就离开了。

离开的时候，她对赵小熊说："我找到工作了。等以后，我可以给你买更多好吃的。"她还想说"我养你"，就像当初这个少年对她嘶吼的那样——我养你！

而这无关爱情，只关乎少年落魄江湖载酒行的情义。

她却如鲠在喉。

外面突然大雨倾盆，这个城市，夏末的雨水总是这样充沛，许暖没有带雨伞，犹豫了一番，还是冲到了雨里。

这时，她送给赵小熊的那包零食被从三楼扔了下来，砸到了她的脑袋上。

雨水浸泡着她，也浸泡着一地零散的食品。

赵赵在窗前，冷眼看着雨中的许暖，重重地关上了窗。她没对许暖破口大骂，但她的行动表明了她的立场——她憎恨许暖，因为庄毅。

许暖默默地转身离去。

雨地里突然响起了脚步声，赵小熊像闪电一样从楼道里奔出，扑在雨地上，拼命地捡这些散落在地上的食品。

雨水打湿了他认真的脸，他努力瞪大眼睛，冲许暖比画，希望她不要生气。

许暖看着赵小熊，他那模糊在雨幕中的容颜，就像他们凌乱的青春，消融在潮湿的红尘，再也无法清晰。

许暖跑回家时，衣裳已经湿透。还好，庄毅不在，她飞快地将衣服脱掉，免得弄湿地板，匆忙地奔向洗手间，裹了一条浴巾冲到楼上，洗了一个温水澡，避免感冒。

她望着外面的大雨，突然想起了什么，迟疑了很久，她走进厨房，熬了一锅姜汤。

庄毅回来的时候，滴雨未沾身。

许暖起身，想起砂锅里的姜汤，有些失落，心里却不由得感叹，有钱果然好，时时刻刻都有人照料，就是下雨天都不会打湿身体。

庄毅一进门就闻到浓浓的姜汤味道，问道："这是？"

许暖连忙解释："我刚才淋雨了，给自己弄了点儿姜汤，怕感冒。"

庄毅看着她，眉毛挑了挑，说："很好，懂得爱自己。"话刚说完，他就打了一个喷嚏，用手遮住嘴巴，礼节性地对她说，"不好意思。"

许暖连忙说："你不会感冒了吧？要不也喝点儿……"

"感冒！怎么可能？"庄毅很不屑，"我这么强壮。"

许暖撇嘴，说："你强不强壮，我怎么知道……"

庄毅说："那么，你想知道吗？"

许暖慌忙逃走，去了二楼。

他抬头，看了看楼上，突然间，心像出现了一个大洞，有着无边无际的孤单和无边无际的疼，却不知如何言说——

今天，他去过医院，小蝶在那里。

徐医生说，小蝶一直很乖、很坚强，很勇敢地配合治疗。

徐医生走后，小蝶问庄毅："庄叔叔，我得了什么病？"

庄毅摸了摸她的脑袋，说："小蝶乖，小蝶只是感冒了。"

小蝶看着庄毅，黑葡萄一样的眼睛泛着泪光，说："那感冒会死吗？"

庄毅的心一揪，说："不会，小蝶很快就好了。"

小蝶相信了他，用力地点点头，说："好难受啊，我不想死掉，不想离开姐姐，不想离开庄叔叔，还有顺子叔叔……"

……

小蝶睡觉的时候，一直握着庄毅的大手，不撒开。她仰着脸，问他："叔叔，为什么姐姐不来看我，我好久没看到她了。"

庄毅摸了摸她的小脑袋，说：“姐姐最近毕业找工作很忙。等小蝶好起来，叔叔就带姐姐一起过来看小蝶。”

小蝶点点头，很用力地点头。

庄毅离开后，情绪很低落。

但是，走入盛世 TOP PLAZA，他又瞬间神经紧绷，进入工作状态。

交接的工作人员纷纷到位，保持着该有的节奏，也保持着该有的距离，但又完全不同于盛世和风本部——因为对于一个高端百货来讲，上帝只能是顾客，不能是总裁。

几家奢侈品店入驻，想邀他出席仪式。

他与几家店的高管分别见面之后，愉快地敲定行程。

完成之后，他与吴衍碰头，就引入最近大热的彩妆品牌 YSL 和阿玛尼进行讨论，虽然对于重奢 TOP PLAZA 来讲，化妆品的销售额占整个销售总额不足百分之十，但吴衍认为，彩妆进驻会让新客增长迅猛。

庄毅点头。

离开时，吴衍拍拍他，说：“医生不是让你好好在家躺着，出门尽量坐轮椅吗，别硬撑。”

庄毅笑笑。

TOP PLAZA 是多么光鲜的地方啊，没人想看你是弱者的模样。

他走到地下停车场，无人处，疼痛让他明白腿伤依旧。这世界，从没有人的生活会是容易的模式。

突然，梁小爽像一道闪电一样劈在了他身上。

她飞扑上来，说：“庄毅，恭喜！陈寂要结婚了！”

庄毅看到梁小爽，眼前一黑。

那一夜，他的人生因她彻底灰暗。他实在没有勇气见她这种神奇的生物。本来，每天要坚持面对目击者许暖，他已用尽全力。

庄毅一面快走，一面说："那你该恭喜孟谨诚。"

梁小爽不撒手，笑："当然恭喜你，陈寂再也不能破坏我们的关系了。"

庄毅赶紧纠正，说："我们？请不要用'我们'。梁小爽，你听好了，你和我，永远是'你和我'，不可能是'我们'。"

梁小爽压根不理他。

最后还是顺子硬着头皮将梁小爽给拉开，说："庄总还有合约要谈，梁小姐，请您多海涵……"

梁小爽就嗷嗷叫，说："姓庄的，难道金贵如我还比不上你的一纸破合约？下雨天的，我从我爷爷那里逃出来找你，我容易吗？"

庄毅说："那求求你，以后去做点儿容易的事吧。"

梁小爽咬牙切齿，大叫着："姓庄的，你听好了，就算上刀山下火海，我也要定你了！除了我，你不能是任何人的。"

庄毅上车，落荒而逃。

车行在大雨滂沱的街，不能言说的心。

庄毅回到家中，看到许暖。

不知道是不是刚刚遭遇过梁小爽的原因，他今天格外喜欢许暖，喜欢她身上那种淡淡的气息，就像栀子花一样清新。

想到梁小爽，他就头疼，他甚至想，她该不会是梁宗泰派来的商业间谍吧。要真的是，这招实在太高明了，他每次见到她就觉得极度厌世。

突然，他打了一个喷嚏——

不知道许暖是从哪里出来的，端来一碗姜汤，递给他。

庄毅愣愣地看着她，眼睛微微眯了起来，像只捕猎的豹子，他说：“你该不会……原本就是给我熬的吧？”

许暖脸一红，说：“我为我自己，我刚才淋雨了。”

庄毅心里泛起微微的失望，说：“好吧，我就跟着你沾光好了。”

他喝姜汤的时候，偷偷看了许暖一眼，矛盾着到底该不该将小蝶生病的事告诉她，或者顺子说得对，作为母亲的她有权知道一切……

庄毅的眉头紧紧地皱了起来。

许暖见庄毅的神色如此难看，愣了，问：“汤很难喝？”

庄毅看了看她，那一刻，他突然想狠狠地抱住她，紧紧地抱着她，可是现实之中，只是说：“嗯，难喝。”

庄毅喝完姜汤，就有些头晕，他不知道是因为下雨天气转冷，自己有些感冒，还是因为下午被梁小爽吓的。

他早早地回房休息了。

半夜，许暖在楼上突然听到楼下有水杯碎裂的声音，她起身，迟疑着下楼。

她打开灯，却见庄毅坐在客厅的地上，水杯碎裂在他身边，他的脸红得像一颗西红柿。她飞快地跑下去，扶起他。

他皮肤上的热度隔着厚厚的睡衣都能传到她的指尖，她吃惊地看着他，伸手探了探他的额头，说：“你发烧了？”

庄毅皱皱眉头，说：“……水。”

许暖飞快地倒来一杯水，递到他苍白干裂的唇边，看他艰难地咽下。

她将他扶回他的房间，他原本就腿伤未愈，又因发烧生病不能控制力量，显得更加沉重，她将他扶到床上，自己也跟着倒了下去。

他的床很软，像一团柔软的云，那一刻，许暖倒在他的怀里，如同坠入了云朵里。

她脸一红，赶紧从床上挣脱。

她给他盖好了被子，飞快地跑到客厅的抽屉里找退烧药，可是，这个男人家中居然没有预备任何药物。

许暖快疯了，他不会真的觉得自己是铁打的吧？

她问他："喂，你家的退烧药在哪儿？"

庄毅摇摇头，答非所问，说："你好吵。"

许暖只好拿起他床头柜上的电话，说："你等等，我这就拨打120……"

她一说"120"，庄毅突然间清醒，一下子扑到电话上，说："不要！"

首先，他觉得像自己这样一个大男人，感冒发烧简直是小问题，为此拨打120简直是闹剧。更何况，他不想自己这个午夜新闻制造机再制造出什么新沸点，他一想到那些挖空心思想出的吸引眼球的标题，就想吐。

许暖吃惊地看着他突来的力量，又看着他倒回床上。

庄毅很虚弱，翻着白眼说："你……要是……不想……给我添……麻烦……就……别……打120……"

那些小报的厉害，许暖也不是没有见识过，她也不想让自己成为焦点。

她回到房间，搬来自己的被子，全都盖到庄毅的身上，而他依然嘟哝着“好冷”。半梦半醒之间，他突然将她拉到自己的怀里。

许暖还没来得及挣扎，他已经像一头大熊一样，将她紧紧箍住。他睫毛弯弯，眉眼淡淡，只说了两个字，她就放弃了挣扎。

他说：“好暖。”

他那么努力地贴近她的身体，皮肤隔着薄薄的衣衫，如同瞬间可以燃起熊熊火焰，她的心，在那一刻跳得那样厉害。

可是他一脸无害的天真，好像只是贪恋这份温暖，他抱着她，像抱着一只熊。

许暖觉得自己的心脏快要炸了。

他将自己的脑袋靠在她的肩窝处，那么安心的表情。这个动作让他像一个依赖而企求温暖的孩子。

许暖没有想到，一向跩得跟上帝是他叔、阎王是他舅的庄毅，居然也会有这样孩子气的时刻。

那一刻，她的心化成了一汪春水，泛起层层涟漪。

她轻轻地伸手，那样犹豫，那样忐忑，几乎颤抖着，回抱了他。就在她的手臂圈住他的那一刻，她的心里，那些沉寂了多年的花朵突然怒放开来。

于这茫茫红尘中，一对天差地别的男女，一对本已成仇的男女，用最温暖的姿态，圈成了爱情最无望的符号。

庄毅醒来的时候，头晕目眩，但是高烧已经退了。

他却发现，干燥的空气里，游走着那股熟悉的玫瑰香味——她的发丝如同春日的柳梢，纠缠在他的眉眼之间。

早晨的阳光落在房间里，亲吻着他和她的脸庞，他呆呆地看着她，眼前的她像一个熟睡的天使。

那一刻，他突然不忍心惊动她，虽然，她的脑袋压在他的手臂上，让他感觉微微发麻。

她离自己好近，衣衫微微凌乱，她的手臂圈住自己，像一个濒临溺水的人，抓住了救命稻草一样。

……

许暖醒来的时候，发现，庄毅在床上，正看着她。

许暖连忙从他的床上跳下来，极其尴尬地解释道："我……你昨晚发烧……我……"

庄毅看着她，眼神充满玩味，像是审视，他轻轻咳嗽了一下，说："别解释了，有些事越描越黑。"

许暖慌不择路地离开。

那一刻，他像一个诱惑。

那一天，庄毅离开得很早，没吃早餐。

他讨厌所有的不合逻辑，他讨厌失控。

董事会议结束，人尽散，他突然觉得并非孟谨诚陷入了自己的棋局，而是自己陷入了孟谨诚的棋局。

不是他诱惑许暖，而是许暖诱惑了他。

庄毅一直记得，多年前，对面年轻的孟谨诚，在良久沉默后，用笃定安静的眸子看着他，再用笃定安静的声线提出要求——帮我找到她，但，别对她有任何想法。

鬼才会对她有想法。

所以，你是鬼吗？

不。

他的人生一直都该是天衣无缝、无懈可击的。

此后很多天，庄毅都没回来。

“他是一个和自己无关的人。”许暖告诉自己。

不管他们之间曾有过怎样的暗流涌动，他此生都不会与她有关。他有他的山珍海味，美女辣妹，而她有她的清粥小菜，素简人生。

许暖成功地说服了自己。

这一天，睡前，许暖突然听到楼下，庄毅房间里传来了他的怒吼声：“许暖，你给我下来！”

他什么时候回来了？许暖吃了一惊。

许暖连忙下楼，多日不见人影的庄毅，手里拿着一颗苍耳冲她摇晃，说：“这是什么？！”

在城市里生活惯了的人，不认识苍耳这种小植物似乎也不足为奇，它们生长在田间，茂密而坚韧，青涩时期有柔柔的刺，苍老时期变成坚韧的针。

许暖一看，马上想起来了，这是自己前段日子去郊外摘的苍耳。那些日子，她有些抑郁，见过了孟古，她想起了曾经的少女时代，想起了那些苍耳——那些证明过她往日爱情的小植物。

郊外的空气格外清甜，回来的时候，许暖摘了一些苍耳。

……

然后不就是他发烧那一夜，她和他“同床共枕”了——然后不就是她睡觉的时候，那些原来在衣服口袋里的苍耳掉落到他的大床上了——然后，不就是他这个恶魔拿着苍耳冲她吼叫吗？

许暖看了看庄毅，结结巴巴地说：“苍耳。”

庄毅皱了皱眉头，说：“你是在搞谋杀吗？女间谍吗？踩断我的腿还不够是吧？你想害死我是吧？要我成全你和孟古，还是成全你和孟谨诚啊？”

许暖不说话，此刻，他提起这两个名字，让她莫名地难过起来——他看到的是她来时路的一身伤痕，毫无遮挡。

庄毅见许暖不说话，眼泪泫然的样子，心里也有些隐隐的不忍，可是，他依然冷着声音，说：“收拾干净了。”

许暖默默地走过去，俯下身，小心翼翼地将手摸过他的床，试图捡起那些小小的苍耳—— 一直以来，它们像是她沉默的爱情，一朝随君，不管天涯海角。

可是，很显然，这纷扰的红尘之中，像苍耳一样的爱情，就注定了苍凉和无望，曾经是，现在是，以后也将是——亦像她没有选择的此生。

许暖的眼泪不知为何掉了下来，落在庄毅的被单上。

她的头发如同散落的瀑布，垂落在床上，遮住了她泫然欲泣的双眸，只能看到她微微抖动的肩膀，似乎宣告着她的悲伤。

那一刻，她的眼泪击中了庄毅的心——那颗本该严丝合缝的心、无懈可击的心——毫无预兆。

突然，他伸出手，带着莫大的温柔，撩开她的发，扶起她的小脑袋，她倔强地望着他——

是啊，凭什么，凭什么你就可以这样摆布我的命运，只因为你有着钱财和权势？只因为我是你需要的那颗棋子？所以，我就将自己的命运与一切都交给你？屈辱也是因为你，悲伤也是因为你，眼泪欢笑都是因为你？！

庄毅的心隐隐地疼了起来，他轻轻捧住她的脸，吻过她泪水泫然的眸子，最终，他温热的双唇，带着巨大的垂怜，落在了她玫瑰花瓣一样柔软的唇上。

他的吻带着霸道、带着力度，试图止住她的哭泣。

那个吻之后的日子，他们两人相处得异常尴尬。突然之间，他们的关系变得那样无法界定。

许暖陪林欣去面试。

离开面试的公司后，两个人就一直坐在广场前绿地的长椅上，阳光很好，她们俩就在长椅上发呆。

许暖突然想起，车祸后的那个清晨，她醒来，庄毅在她的病床前，安静地削着一个苹果。他用刀的技术很好，苹果皮一点儿都没断。

见许暖醒来，他连忙将苹果塞进自己嘴里，离开了病房，只剩下她愣在那里。

她望着桌子上那个空空的保鲜盒，住院的日子，这个保鲜盒里总是装着分切好的苹果……门外传来庄毅被噎到的咳嗽声，她似乎突然明白了一些什么。

可是，她更困惑的是，切好的苹果，怎么做到不变色的呢？

……

林欣一边喝酸奶，一边说：“许暖，你知道吗？吴楠说她立志当记者是因为她从小暗恋的邻居哥哥就是个记者，还做过战地记者，当时她十六岁。我要是十六岁谈恋爱，我妈非卸了我的腿……”

“十六岁？”回忆缓缓而来，许暖自嘲地笑笑。

她一直没说话，只是茫然地看着前方，突然问林欣：“你说，一个人会对自己痛恨得像仇人一样的人动心吗？”

林欣心不在焉地翻看手机，说：“会！小说里不都这样写！”

她的回答充满魔性。

许暖说：“如果不是小说呢？”

林欣说：“你亲戚？赶紧送精神病院吧……”

许暖看了看林欣，笑，她总是这样，而自己却只有她这么一个朋友。

大概是……因为孤独吧……

因为孤独，才会多想。

一定是这样。

自己孤独了太多年。

许暖拍拍自己的脑袋，让自己清醒。

她觉得自己清醒了，转头问林欣：“切好的苹果为什么不变色？”

林欣：“怪苹果喽。”

庄毅坐在轮椅上，神情肃穆。

关于小蝶的病情，主治医生说得很直接，为小蝶这种罕见的血型找到合适的配型的概率实在太渺茫，这些日子所有的找寻似乎都是白费工夫。

从徐医生那里离开后，他去病房陪了许蝶一会儿。

那只他用演唱会门票折成的纸飞机，搁在她的枕头边，她很喜欢。

许蝶说，她很想小熊叔叔。庄毅才发现，原来赵赵一直都没来找过自己。

庄毅想，是不是该亲自去找赵赵，并向她说清楚这一切呢？

他对着许蝶笑笑，说："过几天，姐姐和小熊叔叔会一起来看你。"

许蝶小眉头皱得紧紧的，说："叔叔，你不能骗人哦。"说完，她就伸出细细的小手指，说，"拉钩上吊吧。"

庄毅看看她，用他的小指轻轻地钩住她的小指，说："拉钩上吊。"

于是，她就熟睡在他的怀里。

许蝶熟睡后，庄毅离开病房，低头看了看手表，赶不及了，下午的两个会议只能取消了，顺子推着他走向电梯。

突然，旁边有人说："拍电影吗？大厅那边，看那对小情侣，那站的姿势，那小眼神啊，简直了。"

庄毅转向电梯的玻璃处，随着电梯的降落，透过观光玻璃，突然之间，他的脸色阴沉下来，他看到了一幕他万分不愿见到的场面——

医院大堂里，许暖和孟古久久伫立，沉默相视。

顺子一看，脸也变了，说："他们怎么来这里了？"

许暖没有想到，自己居然会在医院里遇到孟古。

她和他本来是擦肩而过了。他刚从庄绅的医生那里出来，要出门，而她是刚进门来看牙医。两个人擦肩而过时，根本没有注意到对方。

后来，孟古说，就在他们要擦肩而过的那一刻，不知道是一种怎样的力量，突然拉住了他，他感觉自己好像失去了什么，似乎是一件很重要很重要的东西，于是，他猛地回头，对着那个熟悉而又陌生的身影，喊了一句："阮阮？"

那仿佛是来自远古的声音——颤抖、悲悯，更多的是难以置信。

那一刻，许暖的心脏也停止了跳动一般。她回头，看见了那张熟悉而又陌生的、英俊的脸。

错愕。慌乱。

四目相对之下，悲喜却已难辨。

孟古今天到医院，是和小叔孟谨诚一起陪着庄绅来看病的。不知道是不是因为同陈子庚的那门亲事带来的喜悦过于猛烈，庄绅的身体有些承受不住。

一直以来，孟古以为，对于现在的许暖，已经做到了足够的心硬如铁。可是，就在擦肩而过的那一刻，他如遭雷击，不由自主地喊出了她的名字。

他怔怔地望着她。

一别多年。

多么漫长的时光。

多么残忍的时光。

他的眼眸中，泪水一遍一遍地涌起，跌下，再涌起，最终，那份晶莹在这百转千回的隐忍中崩落。

原来，有时，人是这样控制不住自己的心。

饶是百炼钢，终化为绕指柔。

孟古眼泪落下的那一刻，许暖却突地笑了，笑中带着泪。

在这一刻，孟古的眼泪，似乎是对她这多年来所遭受的委屈最大的偿还。那一刻，她的心突然温暖了起来，仿佛这么多年的漂泊、伤害，都可以烟消云散了。

并非女人傻——无论那个男人怎样伤害和背叛，不过一滴眼泪的忏悔，就能让她们毫不犹豫地原谅。

这么多年后，在这双流泪的眼里，心结打开，往事释然。

顺子远远地看着，忍不住骂了一句——简直是奥斯卡最佳男主角。舞会时，要撞许暖的是他，今天在这里掉鳄鱼眼泪的也是他。

庄毅的嘴巴抿得紧紧的，面部表情有些坚硬，是深深的沉默。他的双手握在轮椅上，因为太过用力，骨节青白。

虽然他很不待见孟古居然对许暖动过杀机，但是，他似乎理解孟古此时内心的矛盾、挣扎——孟古不是不爱许暖了，孟古只是太爱自己了——曾经身份卑微的男子，能得到此时此刻的地位，已是上苍的赐予。

说他们卑鄙也罢，可是他们已没有办法高尚。

许暖告诉自己，好了，那就转身吧，转身对自己微笑一下，从此，与往事告别，从此，好好生活。

这时，她对面的孟古突然走上前来，毫无预兆地伸手，一把将她拥入怀里。

许暖下意识地踉跄后退，曾经，她是多么渴望这个怀抱，也曾无数次幻想过相遇的场景，而今天，这个怀抱已太陌生。

孟古将许暖拉入怀中的那一瞬间，顺子几乎要暴跳着冲过去，却被庄毅一把拉住了。

顺子说：“我要去教训一下这个奥斯卡最佳男主角，我实在没见过这种浑蛋！他这又是唱的哪一出啊？”

庄毅不说话，眸子里闪过一丝嘲讽和冷笑：“喏，答案在那里。”

顺子顺着他的目光望去，看到了不远处的孟谨诚，突然懂了——就在孟谨诚扶着庄绅出现的一瞬间，孟古一把将许暖拥入怀里。

孟谨诚就这么落寞地站在原地，望着他们相拥在一起，如雕塑一般。

顺子顿时觉得孟古简直是人精，嘴里骂了一句：“真不是个东西！”

庄毅回头看看顺子，冷冷地笑，说：“走吧，别打扰他们了。”

顺子愣了愣，推着庄毅离开了。

许暖抬眼望到不远处时，心突然慌乱了起来，她没有想到庄毅会在这里，她下意识地想挣脱，却被孟古紧紧地箍在怀里。

医院大厅里，孟谨诚无限落寞地望着那对“相拥而泣”的小情侣。

庄绅看不到东西，只好问愣在自己身边的孟谨诚：“怎么了，谨诚？”

孟谨诚微微一笑，眉宇间有一丝淡淡的伤，说：“没什么。是故人。”

夜晚静默得像一只野兽，仿佛要吞没掉整个人间。

铂宫。

二十七楼。

钟表分分秒秒在走。

他让自己看书，可整整一晚上没有翻过一页纸。

窗外，大雨滂沱。

直到午夜三点。

骤起的门铃声，点燃了庄毅的愤怒。他缓缓走向门前，打开门的那一瞬间，他都准备好了一切刻薄的字眼，来为这个同旧情人死灰复燃的女人喝彩。

可是，门一打开，他发现不是许暖，而是赵赵。

其实，他早该知道不是许暖。本来嘛，她怎么可能敲门呢，她有他家的钥匙。

呵呵，原来，她竟然有自己家的钥匙啊。

庄毅自嘲地笑了笑。

赵赵安静地站在门外，一身雨水，因为没有打伞，衣服已经被淋透。而且，她的身上有一股浓浓的酒精气息，让庄毅窒息。

他伸手，扶住了摇摇欲坠的她。

她就对他笑，笑得格外肆意畅快。她指着他的鼻子，说："原来、原来，你也会等一个人等到深夜啊。哈哈哈，庄毅，我以为你是冷血动物，不懂感情呢。"

庄毅面色一冷，说："你胡说什么？"

赵赵就笑，醉醺醺地说："我没胡说什么，我就知道，今天深夜，许暖在去孟谨诚公寓的路上，被一群记者围堵……那些记者可都知道许暖是你庄老板的人啊，于是就疯了一样包围了咱们纽斯塔……"说到这里，她笑得格外欢快，继续说，"哎呀，我说庄老板，今天我们会所可是赚得盆满钵满啊，哈哈哈。"

庄毅的脑袋轰的一声炸了开来。

他什么画面都已经想过，可是，当这个画面出现在自己面前，他还是觉得脑袋炸了。他努力不动声色，努力不想让赵赵看穿自己的情绪变化，可是，他的脸色出卖了他的心。

赵赵就笑，雨水弄花了她的妆，她说：“我其实不该大半夜过来的，我该等到明早带着一份晨报过来恭喜你啊。”

庄毅站在门前，赵赵嘴里描述的那个画面在他脑海里不断盘旋，最后像汹涌的潮水一样吞噬了他的思维。

赵赵看着他笑，说：“我以为你这么冷血的人不会伤心。”

庄毅转身，不说话，他如同踏在云朵上一样，走回沙发边上。

赵赵打着酒嗝，摇晃着走到他身边，笑得无比欢畅，眼睛里有太多的幸灾乐祸，一点儿都没有掩藏。

庄毅看了看赵赵，努力克制自己的情绪，半天，他才缓缓地开口，说：“你弟弟的事情，是四年前，我……”

赵赵突然尖叫了起来，大喊道：“我不要听！不要听！不要听！”

庄毅被赵赵的反应给吓到了，他想过她会悲伤，但是没有想过她会如此抗拒。

他说：“对不起。”

赵赵呆了一下子，然后就哈哈大笑，说：“你是想看我伤心吗？要看我和现在的你一样伤心吗？你需要一个人陪着你伤心，对不对，庄毅？”说完，她就哈哈大笑，可是，眼泪止不住地流了下来。

这么长的时间，她一直都在等他，等他到她面前去，让她捶打，让她抱怨，让她发疯，让她抱着他痛哭一场。

她不是不肯原谅，不是不能原谅，她爱他，爱得成疯、成魔，爱得发痴发狂，爱得自己都对自己绝望……可是，这么多天，他一直都和那个女人在一起，不肯到她身边给她一个解释。

他是在等她的到来吗？等她到他的面前，跟他要一份解释吗？他难道只知道许暖胆小，许暖怯弱，难道就不知道天不怕地不怕的她也会害怕，也会怯弱，也会有不敢、不愿去面对的事情吗？！

他怎么可以这么冷静地看着她，等着她，不管不顾地由着她？

赵赵的眼泪流得更加肆意，这么多天，她时时刻刻都在痛苦之中煎熬着。今天，终于逮到了一个机会，她发疯地想看到他失控，看到他暴怒……可是在她的面前，他如此克制，从来不肯给她看最真实的一面。

难道命中注定，他永远是自己最熟悉的陌生人吗？

赵赵的眼泪让庄毅有些心疼，在这个世界上，她大概是他最对不住的女人。她为他舍命，他却无法给她一颗心。

庄毅只是重复着那句话——对不起。

没有拥抱，没有安慰，没有任何温情的解释，他只是给了她最简短有力的道歉。

可他越是理智，她越是痛苦。

在这个世界上，她连他一句痛惜的谎言都得不到，如果，他伤害的是许暖的亲人，他还会如此淡然吗，只是一句“对不起”吗？

赵赵说：“你骗骗我好吗？你骗骗我好吗？骗骗我，说他不是你害成这样的好吗！为什么，我跟了你这么多年，难道我就不值得你对我撒一个谎吗？为什么要告诉我真相，为什么啊？”

说着，赵赵就扑到庄毅的怀里恸哭出声，她一边号啕，一边捶打着他的胸口。

庄毅不说话，任凭她发泄。

最终，她放弃了捶打，只是抱着他，哭泣不止。

此时此刻，她和他是这样近，可是，她觉得他是如此遥远，遥远得就像一个随时会破碎的梦。

于是，悲伤的眼泪里，赵赵突然吻了庄毅。

庄毅的身体微微一僵，推开了赵赵。

赵赵仰起脸，醉眼模糊，嘲笑的姿态，说："你这是为谁守身如玉呢？为那个和旧情人见面的女人吗？"

赵赵的话没有说完，嘴巴就被庄毅霸道地堵住了——

大雨滂沱的夜晚。

许暖不记得到底发生了什么，她只记得昨夜雨一直下得很大。

如果不是因为担心庄毅，这场久别的重逢，大抵不会如此沉闷。许暖始终讷讷，话语极少，看了看孟谨诚，内心觉得无比悲哀。

孟古一直在她身边，无比殷勤。

她在孟谨诚的家中吃过晚饭，提出回家。

孟谨诚放下碗筷，看了看窗外的雨幕，说："雨很大，我已经让刘姐帮你收拾了客房……"

她看了看孟谨诚，礼貌地拒绝，说："不用了。"

孟古提出送她回去。

车上，孟古给了她一瓶水，然后，她礼貌地接过，笑笑，恬静又疏离。

当陌生又熟悉的眩晕感袭来的时候，一切都晚了——她后悔至极，为什么在孟家没多吃几口。她想起了庄毅那句话："患有低血糖，你就多带几包糖。"

……

她从医院床上爬起来的时候，已近中午。

孟谨诚在她的身边，眼睛里充满了温柔的怜悯，那样的眼神让许暖觉得自己很罪恶。

她轻轻喊了一声："小叔。"

孟谨诚尴尬地笑了笑。

是了。

昨天，孟古将她拉到他面前的时候，就是这么说的："阮阮，快喊小叔啊。"

此刻，许暖喊完，说："小叔，我有急事，我得赶紧回去。我以后再来找您和孟古。"

说完，她就披头散发地穿着病号服仓皇地离开，像一个被十二点的钟声催醒的灰姑娘。

她担心的只是庄毅会误解。

许暖跳上了一辆出租车，出租车司机上下打量着她，像打量一个疯子。

许暖一边看表，一边着急，她想，完蛋了！她回去之后一定是死定了。庄毅一定会用世界上最恶毒的话来羞辱她……虽然，不久之前……他吻过她。

想到那一幕，许暖的脸轻轻地红了一下。

上楼的时候，她碰到了徘徊在楼道间的陈寂，吃了一惊。

陈寂穿着黑色香奈儿套装，像个瓷娃娃，虽然不够美，但胜在华丽的衣服、骄傲的家世，让她看起来是如此气度不凡。

陈寂看到许暖，略略打量了她一眼。

许暖问："你找庄毅？"

陈寂不说话，只是看着许暖，带着一丝审视，让她怪不舒服。

许暖说："你要找他，就和我一起吧。"

陈寂依然面无表情，看了看许暖，转身下楼。

她没用一句话，只用眼神，就拉开了她和许暖之间天差地别的距离。

许暖叹了一口气，转身，上楼。

打开房门那一瞬间，许暖已经做好了充分的准备。她决定闭上眼睛等待来自庄毅的狂风暴雨，她想着自己该如何跟他解释这突来的低血糖造成的昏迷……

庄毅却并不在。

许暖愣了一下。

身后却响起庄毅的声音："没想到，孟古的口味可真特别啊。"

庄毅看着许暖，冷冷地说。

他似乎是刚从外面回来。

许暖慌忙辩解，手忙脚乱的模样，说："事、事情不是你想的那样。"

"干吗对我解释？"庄毅冷笑，从她的身边走过。

他不想看她，这个水性杨花的女人，这个……

他突然转身回来，变得异常愤怒，说："许暖，我劝你为了小蝶也留些廉耻之心。你的女儿生病了，住院了，要死了，你一个做母亲的人却只顾着自己和别人旧情复燃，我都替你女儿不值。"

说出这番话后，庄毅突然后悔死了。

但为时已晚，他的话像晴天霹雳一样，炸在许暖的耳边。

她整个人都摇摇欲坠："小蝶——"

孟谨诚看着眼前的报纸，没有对许暖不利的消息，他的眉头突然松了开来，舒了一口气。他缓缓起身，看着窗外，发呆。

秋风渐起，卷入房内，吹起他的白衬衫，他比庄毅更像古代画卷中走出的公子。君子如玉，古人诚不我欺。

昨夜，他被助理的电话吵醒，说："老板，许暖出事了。"

而孟古也焦急地给他打来电话，说："怎么办，小叔？我没想到，会招来那么多记者啊。我只是拨打了120……"

孟谨诚说："别说了。"

当夜，孟谨诚让助理打点了所有报刊媒体，买断了那批相片。

夏良在他旁边一直噤声，不敢喘息，他从来没有看到温润如玉的孟谨诚如此暴躁过。

孟谨诚处理完报纸的事情，就赶到了医院。

孟古焦急地等待在病房外。

他一直对着孟谨诚忏悔，说："她靠在我肩上的时候，我不知道她是因为低血糖昏迷，我以为……可是当发现她不对，我立刻拨打了120，没想到后面记者也来了。"

其实，这一切，不过是歪打正着，成全了他做的一场戏，而许暖也是一个好的道具而已。

他就是要让孟谨诚打消对许暖的所有幻想——作为陈寂的未婚夫，他不该对许暖有那么多的幻想。

其实，孟谨诚一直能感觉到来自孟古身上的那种巨大的抗拒。

昨日相遇，孟古对待许暖突然殷勤得出乎他的意料，望向她的每一个眼神，对着她的每一个表情，都好像在宣布着自己对她无限的眷恋，仿佛那日绝情的话，不是出自他的口。

在孟谨诚的公寓里，三个重新聚首的人，各怀心事。

许暖只是隐隐地说起自己这些年的情况，遇到一个不错的人家，被收养，读了大学。说这些话的时候，她也很没底气，她不想欺骗，却只能欺骗。

不知道是不是为了维护许暖那微薄的自尊，孟古和孟谨诚都没有问及她的详细经历，只是相互感慨了一番各自的种种际遇。

吃饭时，孟古拼命对许暖夸赞孟谨诚，说："还是咱们小叔的手艺好啊。"

说完，他不禁自觉尴尬——饭菜又不是孟谨诚做的。

不管了。

那天，他说了太多次"咱们小叔"，生生地拉开了许暖和孟谨诚之间的距离。

孟谨诚不说话，眉眼淡然，但是他能感觉到来自孟古身上的那种巨大的抗拒。

此时此刻，在医院里，他再一次感到了这种抗拒。

孟古看了看一直沉默的孟谨诚，声音有些抖，说："对不起，小叔。我以为我忘记了她。我以为她不再重要了。可是，当她真的出现在我眼前的时候，我却发现，自己还是那么……"

后面"爱她"俩字，不需要说出来。孟谨诚又不是傻子。

孟谨诚看着孟古，目光极冷，说："不要再对我做戏了！"

行车记录仪记录了他拙劣的摆拍心机，包括如何喊来了记者……幸亏他没真的碰她。否则，孟谨诚真想杀了他。

孟谨诚的话，让孟古直冒冷汗，但是他依然很镇定，月光笼在他年轻英俊的脸上，不见当初的模样。

那些日子，许暖一直守在小蝶的身边，她不想哭，却依旧会流泪。

小蝶在半昏迷中，轻轻皱着眉头，努力睁大眼睛，试图望见许暖，用稚嫩的声音喊她——“姐姐”。她用孩子特有的委屈声调幽怨地说：“你终于来看小蝶了。小蝶好……想你……”

许暖的眼泪就流得更急了。

庄毅在她身边，一直沉默不语。他费尽了力气，多方联系，但是依旧没能找到合适的骨髓供体。

许暖不同他说话，在她看来，是他居心叵测，耽误了小蝶的治疗。

于是，冷战再一次不可避免地发生了。

庄毅的腿好转了很多，但是，常常会隐隐作痛。

那段日子，昏迷成了小蝶的常态，她常常在昏迷中说胡话，可是，每一句胡话都像刺刀一样，刺在许暖的心里。

她说：“姐姐，我会不会死掉啊？”

她说：“姐姐，死掉会不会好疼啊？我怕……”

她说：“姐姐，我好……好想妈妈……为什么……同学们都有……妈妈……为什么……我……没有……小蝶好……想她……”

她的声音很微弱。

许暖的心却跟撕裂了一样，黑夜笼罩在她的背后，像背负着的一个巨大的秘密，让人窒息。

她望着手机上吴楠的电话号码，拨出去的那一刻，却又狠狠地挂断，如此几次三番。

她回头紧紧地握住小蝶的手，眼泪不住地流，说："小蝶，你不会死掉的，姐姐不会让你死掉的。"

小蝶轻轻地抓着她的手，那么懂事，想要给她擦泪，说："姐姐，是不是我死掉了，就能到天堂见到……见到妈妈了……

"如果能见到妈妈……小蝶不怕……"

许暖的心彻底被揉碎了，她几乎哭出了声音。

夜深处，庄毅到来，许暖早已疲惫地趴在小蝶的病床前睡去。她的发丝，萦绕在许蝶枕头边的小飞机上。青丝是牵挂，那只小飞机再也飞不远。

庄毅看了看眼前的女子，犹豫了很久，将她轻轻抱起，放到另一张床上，扯开被子，轻轻给她盖在身上。

他守在小蝶的身边，一直沉默着，给小蝶削苹果。

手里的水果刀有些钝，不如以往锋利，苹果被他切成一小块一小块，搁在凉盐水中泡，这样就不易变色。

他望着它们，就像望着自己被切碎的心脏。

深夜里，醒来的小蝶突然拉住他的手，说："叔叔，我怕。"

他将苹果放下，拿手帕擦了擦手，坐在小蝶的床边，抚摸着她的小脑袋。她细软的头发缠在他的手指间，像密密麻麻的心事，勒住了他的思维。

头发就这么少了，他一手带大的小孩，看着她牙牙学语，看她长出第一颗牙齿，看着她光光的小脑袋上头发长长，捧在手心里，放在心尖上，如今，她那浓密的长头发就这么变少了……

那一夜，他像一个父亲一样，轻声给小蝶讲着童话故事《海的女儿》——这本是他最不擅长的事，可在陪伴小蝶的日子里，变成了他的强项。

是的，这个小孩的存在，让许多他本不擅长的，变成了强项。

小蝶将脑袋靠在他的胸口，末了，迷迷糊糊地仰起小脑袋，望着他。

其实，她想问他——

“叔叔，是不是所有的父亲都会给自己的小孩讲故事？

“叔叔，你将来有了小孩以后，也会给他讲故事吗？

“叔叔，我喊你爸爸好不好……哦……你要是不开心……我就不这么喊你……啦。”

……

最终，她昏昏睡下，躺在他的怀里，轻轻呓语了一句：“爸爸。”

他喉结抖，颤抖的手抚在她慢慢变薄的发上。

人前不肯落下的泪，每一颗都狠狠地砸在他的心上。

凌晨时分，离开医院，庄毅独自一个人走在街上。

空气中各种废气混杂在一起，产生了蒙蒙的雾，眯住人的眼睛，庄毅想起了许暖发丝间玫瑰花般的气息。可她夜宿孟古家的事情，就像一把刀，在他的心脏上划开了伤口。

赵赵这段日子找过他，目送秋波，媚态尽显，态度极为亲密，就像恋爱中的小女人一样。庄毅感觉莫名其妙，却冷漠依然。

赵赵不是感觉不到庄毅的冷漠，只不过，人一旦陷进去后，就不想让自己清醒。爱情如饮酒，拼的就是醉生梦死。

庄毅走到公寓楼下的时候，意外碰见陈寂。

他愕然得说不出话来。

陈寂看着他，有些紧张的表情，眼神闪烁了半天，只说了四个字，就炸得庄毅的脑袋开了花儿。

她说："带我走吧。"

——这是在她和孟谨诚订婚的前夜。

商业陷阱？

陈寂疯了？

世界疯了？

自己在做梦？

凌晨撞邪了？

或者她被梁小爽附身了？

……

他从来没有想过像陈寂这种女孩子会做这样的事，说出这样的话，或者说，他以为她这种自闭的女孩子压根就不会有七情六欲。

陈寂抬头，仰望着他，目光里的期待一点儿一点儿地碎裂。她不是梁小爽，可以纠缠不清、天生乐观，她也不是赵赵，可以放低姿态，曲意迎合。

最后，她无比矜持地笑了笑，她知道，庄毅的错愕和沉默，大抵就是最好的拒绝。他辜负了她最终鼓起的勇气。

不过，两个几乎不熟的人，何来辜负呢？

陈寂转身离去的时候，庄毅失声喊了一句："陈小姐。"

可是他的脚步停在原地。

陈寂回头，没说话，然后离开了。她还没有强大到在这里等着他缓慢拒绝，那种自取其辱，骄傲如她，是不能接受的。

庄毅是在小蝶的病房里接到孟古的电话的，那时那刻，许暖抱着病情反复的小蝶，哭得眼泪直流。

医生护士纷纷赶来，许蝶被送往 ICU。

顺子看着庄毅，却不敢问，难道真要眼睁睁地看着小蝶死掉吗？

因为，没有人能接受，自己喜欢的女人和另外的男人再生一个孩子这种现实——

两个月前——

许蝶在幼儿园流鼻血不止，被送到医院……

庄毅被喊到医院，血液科里，徐医生神情凝重，他简短地告诉了他关于许蝶的病情："临床诊断为慢性粒细胞白血病，骨髓移植目前没找到合适的配型供体，现在能做的就是使用抗生素，尽人事，听天命……"

说到这里，徐医生似乎犹豫了一下。

几乎像晴天霹雳打过来，庄毅愣了。

但冷静如他，还是迅速捕捉到徐医生最后语言中的那丝犹豫，问道："徐医生，除了骨髓移植，难道就没有其他方式了？"

徐医生叹了口气，说："还有脐带血移植，但不知道，孩子能不能等那么久。"

庄毅愣了："脐带血？"

徐医生点点头："就是孩子的父母亲再生一个孩子，这个孩子将有百分之二十五的希望和病人配型成功，这个孩子的脐带血可能是唯一的救命稻草。但，她是你收养的孩子……”

庄毅彻底愣了。

那一刻，他一向坚硬的心突然变得迷茫，让他不知身处何地——唯一的救命方式居然是这样！

怎么可以呢？

他不是许蝶的父亲！

那个浑蛋才是！

……

冷静之后，庄毅说：“我希望找到骨髓移植造血干细胞的供体，无论付出多大代价。”说完，他让顺子递给徐医生一张名片。

徐医生看了看名片，愣了愣，说：“庄先生，我们会全力以赴的，但是，如果能找到孩子的父母，希望你考虑一下脐带血，因为我担心找不到合适的骨髓供体。”

……

回忆如杀。

庄毅没有预料到孟古会突然出现在医院，所以，ICU病房前，庄毅冷笑，说：“可真是稀客。”

孟古笑得很得意，他反复把玩着手里的请帖，是孟谨诚和陈寂订婚派送给庄毅的那张请帖。

他说：“我是来送请帖的，我小叔和陈小姐订婚的请帖。”

庄毅冷笑，说：“那可真稀奇。我以为你是来看孩子的。而且，送也应该是孟谨诚来给我送吧，轮不到你。”

孟古笑，说：“生这么大气干吗？我不过好心跟你说说，从今天起，你就别妄想可以用许暖破坏小叔和陈寂了。只要我爱许暖，他是不会和我抢的。”

庄毅笑了笑：“哦？那我是不是要恭喜你重拾旧爱啊？”

孟古说：“你知道就好。”

庄毅有些不爽，说：“你可真是自信。”

孟古说：“怎么？难道你觉得一个女人肯为一个男人生两个孩子，还不代表她对这个男人死心塌地吗？”

庄毅愣了愣，很显然，他没想到孟古会突然蹦出这样的话，他说：“你什么意思？”

孟古就笑，凑在他耳边，挑衅一般，低声说：“庄毅，你不要妄图阻止许暖为许蝶治病的决心，我了解她！”

庄毅低下了声音，说：“你不要告诉我，你一直知道小蝶生病了。”

孟古不说话，似乎是默认——知道自己的骨肉生病，却从不来探望，并不是一件光荣的事情。

孟古沉默的那一刻，庄毅突然想通了很多事情，冷冷地笑着说：“你知道得好像很多。”

孟古笑，说：“是啊，别忘了，小叔一直让我找阮阮。所以，她在你那里，我一直是知道的。不过，我以为你是喜欢她，直到你带着她出现在孟谨诚的面前，我才知道，你是有预谋的。”

庄毅冷笑：“一个男人居然可以眼睁睁地看着自己喜欢的女人和女儿被别的男人养着，我是不是该称赞你好涵养呢？”

孟古就笑，说：“你想刺激我吗？”

庄毅极其不屑地冷哼：“我可没这本事。”

一个可以试图用车撞死自己女人的男人，一个可以眼睁睁地看着自己女儿生病却不探望的男人，庄毅可没有什么自信能刺激到他。

孟古依然笑，语气里有些恨恨，说：“你不要妄图刺激我了。你没有过辛苦的日子，你永远不知道往上爬有多么累……不对，你知道的，你当初失去了家业，不是也费尽心思地想再得到，所以，你更不愿意失去，对吧？我和你一样，不愿意失去。”

庄毅很不屑地说：“土鸡飞得再高，也不会变成凤凰的。”

孟古有些恼，他很介意“土鸡”一类的词，因为这会勾起他原有的自卑，他做不到如同孟谨诚那样云淡风轻、无欲无求。

不过，瞬间，他又笑了，对庄毅说：“你也不要忘记，落地的凤凰不如鸡。庄毅，我就等着你这只凤凰落地，等你不如鸡。”

孟古说这些话，是有底气的。要知道，只要陈寂和孟谨诚在一起，庄绅或者说上康，势必会吞掉盛世和风的。

这是多年积怨，必然你死我活。

所以，那天凌晨，庄毅没有应允陈寂，是一件很不可思议的事情。

庄毅看着孟古，良久，突然问他，说：“那天，你是不是打探到许暖要去医院的日子，才有了那场医院的不期而遇？”

孟古大笑，说：“庄总真是聪明。”

是的。

那场相遇，甚至那个拥抱，都是孟古演给孟谨诚看的。

庄毅再也不想多言，从他身边走开。

庄毅觉得孟古是个比叔叔庄绅更阴狠的小人。许暖，你真是瞎了眼。

他到了医生诊室，却见许暖在和医生讨论脐带血的事情，她居然答应了。

孟古果然没有猜错，她回答的是，无论付出怎样的代价，她都愿意救活许蝶。

原本就一肚子火气的庄毅顿时怒火升腾，他一把握住许暖的手腕，说："为了百分之二十五的机会，你愿意和那个男人重修旧好？？？"

许暖推开他，说："是！"她看着他，突然哭了起来，"都是你，都是你，是你让小蝶的病情拖延到现在，都是你啊！"

庄毅眼睛赤红，他握紧许暖的手腕，说："对！都是我！都是我！不能让你那么容易和孟古复合，不能让你为他珠胎暗结，你满意了吧？"

许暖就恸哭不止，她绝望地看着庄毅，说："你知不知道我也好痛苦啊，你让我怎么办啊？"

其实，她说的是，虽然她的心已经不在孟古那里，可除了和他重新生一个孩子，她也不知道如何是好——虽然她也万分不理解，为什么救治许蝶，需要她和他生一个孩子。

可是，在庄毅这里，就被曲解成，她为了在孟谨诚和孟古之间做最后的选择而痛苦不已，不知道该怎么办。

于是，庄毅冷笑了一下，说："你既然这么难以选择，那我就帮帮你，孟谨诚和孟古，只要死掉一个，你不是就不用选择了吗？"

许暖看着庄毅，恨恨地说："你冷血！"

庄毅冷冷地盯着她。

那一刻，红尘中，一对暗自互相折磨的男女就这样彼此对望着。

孟谨诚和陈寂的订婚仪式，孟古热情地邀请许暖参加。

许暖拒绝了，那不是她该出现的场合。

孟古也并不在乎。

此刻，无论许暖是不是他宴会的女伴，也改变不了孟谨诚和陈寂要订婚的事实。他很为自己的聪明自得，他成功地保护了孟谨诚和陈寂的联姻。

只是，他万万没有想到，他刚刚抵达仪式现场，刚从侍者手里接过一杯香槟，就听见孟谨诚当着众人宣布：他很感谢陈家的厚爱，但是，他还没有做好这样的心理准备……

四座哗然。

庄绅当场差点儿抽风。

陈子庚的脸色变得异常难看。

唯独陈寂，眼睛突然亮了起来，她不可思议地看着那个是她未婚夫的男子，嘴角弯起了一丝笑。那一刻，她突然发现，他不是一个刻板的男子，而是如此与众不同。

手中的香槟刚入口，孟古吃惊得回不过神，他走上台去，脸色苍白，说："小叔，你疯了？"

孟谨诚冷漠地看了他一眼，算是回应。

当然，一向沉默冷静的孟谨诚，之所以能做出这番举动，完全是因为他刚刚收到了庄毅的一份厚礼——一支录音笔。

孟古与庄毅上次的对话。

孟古说的每一句话，都一字不落地落入孟谨诚的耳朵。

孟谨诚走的时候，孟古一直追在后面，说："小叔，小叔，你不能不为上康着想啊，你怎么能这样？"

孟谨诚一把推开他，说："你为什么不为许暖想一想？这么多年，到底是什么把你变成了这样！"

孟谨诚从孟古手里拿过车钥匙。

那一刻，他只想去医院，看看病中的小蝶，看看漂泊无依的许暖。如果她愿意，他会珍藏她，珍视她，一辈子。

他不要这声势浩大的商业帝国，不要这声色犬马的江山欲望，他只想要她。

《菜根谭》里有段话，从少年时代便影响了他——

人生只为欲字所累，便如马如牛，听人羁络；为鹰为犬，任物鞭笞。

若果一念清明，淡然无欲，天地也不能转动我，鬼神也不能役使我，况一切区区事物乎！

所以，这样的我，才能有抛却一切的心，只屈从与侍奉自己的心来爱你。

孟古愣愣地看着孟谨诚上了自己的车，疾驰而去。

突然，他想起了什么，疯狂地冲了出去，他发疯似的追着孟谨诚的车，大喊了一声：“小叔——”

第二天，孟谨诚车祸坠崖失踪的消息，出现在各大报纸、网站。

悬崖下，只找到孟谨诚那天开的车，却不见他。众人在悬崖下多次寻找，都不见其踪影。

有人说，可能是尸骨被野狗给吃了，也有人说，可能是落入了大海。

各大集团纷纷向庄绅和陈子庚表达了哀悼之情，许暖见到报纸那一瞬间，整个人愣在了原地——

这是她入职《财经新报》的第一天。

她怎么也不会想到，她记者生涯要写的第一篇报道，是关于孟谨诚的死讯。

孟谨诚车祸坠崖的消息传到孟家之后，孟老太太经受不住这巨大的刺激，撒手西去。

一时之间，孟家地覆天翻。

孟古在许暖的面前痛苦地闭上眼睛，脸色苍白，神情坚决，他说："小叔不会死掉的，不会死掉的！"

许暖的眼里突然闪动着泪光，想起了庄毅曾经说过的话，他说过的——孟谨诚和孟古，只要死掉一个，你不是就不用选择了吗？

所以，他终于这样做了。

这么多年，她见过了他的残忍，见过了他的冷血，见过他为达目的的不择手段，无所不用其极。

可是，她一直天真地以为，他会对她保留一分仁慈。

她真傻啊。

许暖的眼泪汹涌而至，这一刻，她肝胆欲裂。最后，她惊醒一般喃喃着，说："我知道是谁害死了小叔。"

孟古问："谁？"

许暖号啕着，说："是庄毅啊！"

孟古像是获得了希望一样，抓住许暖的手，说："如果我告发他，你愿意帮我，帮死去的小叔做证吗？"

许暖愣在了原地。

夜里，许暖发疯一样跑回了铂宫，她并不知道，自从她走后，铂宫二十七楼的灯光，彻夜不灭。

她冲到庄毅的面前，指责他的冷血，指责他的无情。她说：“你怎么可以害死小叔，我永远永远都不会原谅你！”

庄毅看着她，脸色疲倦而苍白，说：“你说什么？！”

很显然，他一点儿也没有想到，许暖会如此猜测他。

许暖就吼：“你这个杀人凶手！”

这已经不是这个女人第一次说他是杀人凶手了！

宁辞镜的死，孟谨诚的死，她都认为是他干的。

她还跟顺子说：“总有一天，你的普通人老板，会让你解决我这个所谓的朋友的。”

庄毅的心，仿佛被狠狠地摔在地上。他看着许暖，冷笑了一下，说：“很好！是的，我杀了他，怎么样？”

许暖说：“我会告发你，让你永远坐牢，永远！”

庄毅的脸色变得煞白，他看着许暖，有些不敢相信，他喃喃：“原来孟谨诚能让你这么恨我？”接着，他的语气也变得愤恨，像一个赌气的小孩，说，“好啊，那我就娶了你，我倒要看看你作为妻子，如何将自己的丈夫送进监狱！”

娶……

他要……娶……

庄毅愣在原地。

许暖也愣在了原地，最后，她全身发抖，痛哭，说：“你这个疯子！！！”

庄毅恨恨地说：“那也是被你逼疯的！”

夜幕之中，彼此折磨的两个灵魂。

赵赵是跑着来找庄毅的，在光鲜时尚的顶级百货TOP PLAZA，当时盛世本部的两位副总丁效贤和史笑也在，向他汇报董事会的老夫子们突然开窍，想在TOP PLAZA设立盛视家电的智能家居体验馆的事情。

段青青一看，有女妖精来了，就立刻带着两位副总离开了。

段青青是庄毅的新秘书，上海体院毕业，曾获得过全国散打锦标赛冠军。大家都知道，庄毅选她的第一个原因，是因为梁小爽。

赵赵和段青青打了个照面，段青青似乎朝她挑眉飞了一记媚眼，她以为自己眼花了。

庄毅见怪不怪，这大概是他选段青青的第二个原因。

见他们走后，赵赵几乎是带着小女人特有的雀跃和幸福，她说她给庄毅带来了一个好消息。

庄毅看着她，说："什么事情？"

赵赵笑，说："我们有孩子了。庄毅，你有自己的孩子了。"

庄毅说："我不喜欢被开这种玩笑。"

玩笑？赵赵愣了愣，她没有想过庄毅是这种反应。

她看着庄毅，笑了笑，慢吞吞地从手包里拿出化妆镜，很娴熟地涂上唇膏。柔润的颜色，让她的眉眼看起来更加生动。

她执拗地看着庄毅，仿佛要看清他的心一样。

庄毅不作声，将脸别开，对于赵赵，他是心存内疚的，她是一个将一切都掏给了自己的女子，而自己却伤害过这世间她最亲的人，无论是否有心。

但这并不意味着，她可以毫无尺度地和自己开玩笑。

沉默半天，庄毅说："我会照顾你和小熊一辈子的。"

赵赵笑了笑，仰起头，问庄毅："可以照顾我和赵小熊一辈子，但不包括这个孩子，对吧？"

庄毅看着赵赵。

昔日颠倒众生的高跟鞋女王，今天穿着一双柔软的平跟鞋。

今天种种，他虽然不解，但赵赵也不像在撒谎。办公室里，一堆文件前，庄毅终于想起那个大雨滂沱的夜晚——

赵赵的话没有说完，嘴巴就被庄毅霸道地堵住了——不是用柔软的嘴唇，而是用一只手。

大雨滂沱的夜晚，他将她推出门外，他说，你需要冷静一下了。

最终，不放心她醉酒的一个人，大雨滂沱的夜，他喊了顺子，将烂醉如泥的她送回了家……

那一天，赵赵离开 TOP PLAZA 后，回了纽斯塔，喝得烂醉如泥。

她跟一群小姐妹一起，笑得花枝乱颤，晃着酒杯，语无伦次地说道："你们说，我哪点不如许暖啊？他爱那些名门小姐，我不管不争，我没法跟人家比啊，可是，他肯去爱许暖，却不肯爱我。"

那夜，她跌跌撞撞地走出了夜总会，代驾早已到达，她跌跌撞撞地上了车，晕晕乎乎地坐上了后座。眼前的灯光仿佛天神的微笑，不断地闪耀在她的眼前，她整个人如同坐在云雾之中，脚下一片绵软。

这辆车是庄毅送给她的。

她的很多东西都是庄毅送给她的，华服、美食、钻石……可是，他送给她的东西再多，终究不包括爱情，他说，那太奢侈。

她以为自己一直都会很聪明地遵守着他们之间的游戏规则，只是暧昧着，游离着，绝对不会放纵自己的爱，惹火烧身。可是，事实证明，她错了。当她的爱情隐忍到了无路可退的地步，痛苦只会变本加厉。

如何不恨？

可她又不知道为何去恨。原本就是这样——他没有背叛她，因为他从来没有属于过她；他没有辜负她，因为他从来都没承诺过她。

可是，她的五脏六腑全被悲伤和痛苦撕扯着，仿佛随时要爆炸一样——他和她将要那么幸福地在一起，可是她和弟弟要如此悲哀地过一辈子。

一边是撕裂的心，一边是癫狂的人。

这一切，她没法想通，更没办法不去恨。

她以为自己一杯酒可以忘记这一切，继续八面玲珑、笑如春风地周旋在他的身边，却低估了自己对他的情感。

赵赵强忍着眼泪，眼泪却那么不争气地滚落腮边。突然，只听到一阵沉闷的响声，一辆车冲着她的方向猛然撞来，她和整个车子失控地撞向了路边——

巨大的冲击之下，安全气囊被打开，赵赵还没有从惊吓中清醒过来，只见一帮人围了上来，将她拽了下来。

赵赵惊慌失措。

远处一个冰冷的身影背对着她，像一个黑色的影子。

那群人蜂拥上前。

最终，赵赵昏死过去。那一瞬间，她只感觉一个小生命从自己的身体里剥离了，就像一团小小的云朵，任凭她如何努力，却再也无法抓住。

庄毅，庄毅，你好狠啊。

她没有找庄毅闹，没有找他哭，既然他要毁掉孩子，那么一定就不会管自己会多么痛苦绝望，所以，自己再多的眼泪对于他来说，都是无用的。

他要娶许暖，所以毁了她和他们的孩子。

赵赵是在赵小熊那里找到的许暖。

赵赵对着她笑，说："我知道你在这里。"

许暖有些尴尬，说："我这就离开。哦，水就要开了，你记得给小熊把面煮上。"她指了指桌上的电磁炉，锅里的水渐渐开始沸腾。

赵赵突然很温柔地拉住她的手，说："别急。"

赵赵突然的温柔，让许暖很不适应。

而赵赵只是一直温柔地看着许暖，似乎要将她整个人看穿了一般。

赵赵从口袋里掏出一只瓶子的那一刻，几乎是毫无预兆的，而当时端坐在地上吃点心的赵小熊仿佛是应激反应一样，扑向了许暖，他说："不要——"

他却撞到了旁边沸腾起来的那锅水。

赵小熊几乎是尖叫着在地上滚，而许暖也痛呼出了声音。

那一刻，赵赵抱着赵小熊肝胆欲裂。

十多年的风霜，手足别离路，她找到了他，却又亲手毁灭了他。

庄毅得到的消息是，赵小熊整个背部严重烫伤，许暖的肩膀和胸口大面积烫伤，赵赵精神几乎崩溃。

庄毅觉得崩溃的是自己，他将车开得像飞机一样快，到了医院。

许暖安静地躺在床上，经历了一番生死，她依旧像一朵素净的莲。

庄毅低下头，看着她受伤的胸口，心疼得不知道该如何描述。

庄毅去看望过赵小熊，见到赵赵的时候，他的眼里充满了仇恨，而她也用仇恨的眼回瞪着他，仿佛爱情中的刀光剑影。

“为什么要害许暖？”

他要赵赵给他一个答案。

可赵赵只是看着他，吝啬得不肯吐一个字。她狠狠地盯着他，仿佛要将他的骨肉看穿，眼里充满了冷漠和鄙夷。

她要如何说，她泼出去的，只是一瓶水。

她后悔的是那天咖啡屋里，许暖被梁小爽泼了一脸水，而她送上了干净的毛巾。

她憎恨那天为何要帮许暖解围，她要的不过是一份“两清”。

后来的日子，许暖要进行皮肤移植。

因为创面太大，自体皮移植远远不够，而她本就孱弱，不停地呕吐，皮肤感染引发了高烧，她就常常昏迷。

主治医生也有些焦头烂额。

庄毅很焦虑，问医生：“是否还有其他办法？”

医生告诉他：“可以尝试异体皮自体皮的移植方式，但需要配型，还可能会产生排异反应。而且病人是烫伤，异体移植会更麻烦……”

庄毅想也没想，直接撩起衣袖，说：“我有。”

医生惊得眼珠子都蹦出来了，同样吃惊的还有跟在他身边的顺子。

好在医生理智尚存，他说：“先做配型吧，未必合适。”

你尝试过皮肤从身体上剥离的痛吗？

会比爱情更痛吗？

麻醉剂过后的切肤之痛，让庄毅脑门上的冷汗直流。

最终，医生将庄毅的手臂和前胸包扎了一下，一共六处“伤口”，每块都是两厘米宽，它们将带着一个男人无从言说的爱，保存在液氮之中，在合适的时间移植到一个女人的身体上。

医生问庄毅：“需要镇痛剂吗？”

庄毅摇摇头。

如果不是这些皮肤生生从自己身体上剥离，他永远不会知道自己是如此爱许暖。

自己的所有愤怒，都是出于爱情。

自己的所有冷言冷语，也都是因为在掩饰自己不肯相信的动情。

或者，他意识到了自己喜欢许暖，但他以为只是喜欢而已，只不过是逢场作戏的那些你侬我侬。

可是，走来的这一路，他突然发觉，自己错了。

当你爱一个人爱到可以为她承受切肤之痛时，大抵就是真的爱了。

爱情真的不讲道理。

庄毅缓缓地走出手术室，顺子看到他，直冒冷汗。

顺子问他：“你没事吧？”

庄毅摇头。

庄毅突然问顺子，说：“你还记得，有一天，下大雨，我喊你过来，让你帮忙把赵赵送回去……”

顺子说：“嗯，我把她送回了纽斯塔。”

一听不是送回了赵赵的家，而是送回了纽斯塔，庄毅的心咯噔了一下，那个灯红酒绿之地，出点儿什么意外，还真的不奇怪。

孟古出现在他身后，他正气凛然得像一个君子，说："好好的一个许暖，你将她害成这样，现在，终于满意了？你的那些莺莺燕燕，每人一口唾沫，她也得被淹死。你要对我们叔侄俩出气，何必拉上许暖？"

庄毅不看孟古。

孟古说："你以后不要来这里了。如果你真的在意许暖，不必假惺惺地借苦肉计来讨好她。你不再出现，就是对她最好的在意了。"

后来，庄毅再也没有出现在医院。

并非孟古的话让他幡然醒悟，只是因为，徐强医生告诉他，小蝶目前唯一的希望，就是脐带血。

唯一的希望！

他一手带大的小孩，他看着她从襁褓中长大，怎么忍心看着她从这个世界消失？

孟古一直在病房里照顾着许暖。

对于眼前的女子，自己爱与不爱都不再重要。重要的是，他看得出，庄毅在意她，否则的话，一个男人除非得了神经病，才会生生割去自己的皮肤移植给她啊。

所以，现在，许暖是自己唯一的护身符了。

只有许暖在自己的身边，庄毅才不会那么快对上康轻举妄动。否则，此时此刻的上康，既要面对陈家的诘难，又要面对盛世和风……

孟古知道自己很卑鄙，可是为了生活，为了不失去，卑鄙又何妨？

他喊来夏良，问：“那夜做事的人都遣散了吗？”

夏良点点头，说：“遣散了。不会有人知道赵赵的流产与您有关。按您的吩咐，赵赵永远都会认为是庄毅亲手害死了那个孩子。”

孟古笑了笑。

那天，庄毅的一支录音笔，让他觉得在孟谨诚面前颜面尽毁。所以，他虽然顾忌庄毅，却也恨极了庄毅。

很幸运的是，有人给他带来了赵赵怀孕的消息，而且，据说，为此赵赵和庄毅两人在TOP PLAZA闹得不是很愉快。

孟古当下心里就有了主意，他觉得是时候回赠一番了。

所以，那夜，他策划了那场人间惨剧，并且出现在那里，背对着赵赵。

那个叫赵赵的女人，将他当成了庄毅，突然之间，面对茫茫黑夜，他也有些迷茫起来，自己到底想要什么？又怎么会变得这样残忍？

……

孟古回头，看了看躺着的许暖，轻轻俯下身来，看着她清秀的眉眼。

突然，他想起了，他曾经爱恋过她的那段时光。

如果，他们从来不曾分开，如果，没有那盒扣在头上的菜汁横流的盒饭……那么，此时的他还会不会如此机关算尽？

现在的她，是不是也无须经历这么多磨难。

遗憾的是，人生永远没有回头路。

孟古轻轻叹了一声，手指轻轻滑过她年轻的皮肤，喃喃了一句：“对不起。”

许暖渐渐好转起来，那些新鲜的皮肤在她身上渐渐成活。

小护士们常说：“你真幸福，有个男人肯为你做这样的事情。”

每当小护士们这么说的时候，旁边的孟古就极其羞涩地拢拢衣袖，遮掩“伤口”——当然，不是他为许暖贡献的皮肤——可是，他让她这样认为了。

许暖看着孟古，眼底是不安、是感激。

许暖常常会看着自己的伤口，那些“从孟古身上移植过来”的皮肤，夹杂着她的皮肤，在她身上渐渐成活。

孟古在她身边，给她端来米粥，一勺一勺地喂她。

她拘谨而抗拒，说：“我自己来吧。”

孟古愣了愣，没有坚持。

突然，许暖抬起头，小心地问他：“疼吗？”

孟古再次愣了愣，半天才反应过来，知道许暖是在询问他身上的那些“伤口”。

所以，他很快镇定下来，笑了笑，说：“为了你，无论做什么事情，我都愿意。”

许暖没说话。

孟古突然一把抓住许暖的手，说：“你知道吗？我爱你！”

他从口袋里掏出一颗干枯的苍耳，放到许暖手里，漂亮的眼睛里闪过一丝泪光，说：“你看，我一直都保留着它……从我们分开那天起，它就一直留在我这里……”说到这里，他哽咽了起来，一把抱住了许暖，眼泪不断地落在她的颈项处。

他说的假话，连自己都给感动了。

他说："许暖，你知道吗？这么多年，我一直都在找你啊……"

许暖愣愣地看着手心里的那颗苍耳。

那一刻，她是感动的。

可是，她想起的是在庄毅的大床上，她捡那些苍耳的场面——是的，那一天，他吻了她，吻了她流泪的眼眸，吻了她冰凉的唇……

幸福曾经那么近，可他谋杀了谨诚小叔……他的心怎么可以这么狠呢……

许暖的眼泪也掉了下来。

孟古紧紧地拥着她，说："许暖，我们在一起吧，就算不为了我们自己，就算是为了小蝶，我们重新开始吧。"

许暖泪流满面。

是不是，在这世界，有些"在一起"是命中注定？

同样，有些"不在一起"，也是命中注定？

孟古深情的目光里，她伤口处的皮肤像火烧一样疼痛起来。那些新移植的皮肤，仿佛带着不可触摸的痛楚和抗议，想要从她身体上挣脱、剥离掉一样。

那一刻，铂宫，二十七楼。

庄毅感觉自己的皮肤就像燃起了火焰一般，那六处伤口带着要裂开般的痛苦，生生地撕扯着他。

他低下头，看着手里的苍耳。

那是许暖留在他床上的。

那一夜，他的手，穿过了她乌黑的发，他拥抱了她，亲吻了她，那么分明地感觉到了她的悸动和苦涩……

可是，转眼之间，一切已成烟云。

孟古从医院里走出来，眼里闪过一丝不易觉察的笑。

他将手里的苍耳，随手一扔。

他嘴角弯起了一丝嘲弄的笑，不知道是嘲笑许暖，还是嘲笑自己——居然相信有人会保留这么颗破玩意儿？他不过是让夏良开车到郊外捡的。

夏良问孟古："许小姐会出庭指控庄毅谋杀谨诚少爷吗？"

孟古笑笑，说："我会说服她出庭。"说到这里，他突然对夏良笑笑，说，"别忘记将许暖指控他谋杀一事，通知庄老板啊。"

夏良点头，说："我已经托人通知庄毅了。"

说到这里，夏良停顿了一下，说："小孟总，你不担心庄毅会对许小姐不利吗？要不，咱们留下人保护许小姐？"

孟古摇摇头，笑笑，说："不必了，他怎么舍得？"

夏良就不说话了，突然之间，他很想那个生死未卜的孟谨诚。同是孟姓男子，在孟古身上，他感觉不到孟谨诚那种天生的善良。

孟古走后，不知道许暖是不是因为流泪太多，或者伤心得太厉害，一直睡得很沉。

庄毅来到医院的时候，她依旧在沉睡。

马路赶来，汇报了关于孟谨诚一事的调查，说是目前还没有结论，依然在派人私下查陈子庚、孟古以及庄绅。如果不是意外，这三个人的嫌疑最大。

庄毅点点头，说：“孟谨诚的事情，你抓紧调查。”

马路离开的时候，庄毅说：“另外……查查顺子送赵赵回纽斯塔那个夜晚的监控录像。”

马路一愣，点头，说“好”。

那一夜，庄毅一直默默地守在许暖的身边，看她呼吸均匀，像天使一样睡去。他眉头轻轻地皱了皱，又轻轻地舒展开。

许暖在睡梦里，突然喊着“许蝶”的名字，然后，眼泪就蜿蜒流出……

在一旁的庄毅，沉痛地闭上眼睛。

半晌，他轻轻握着她的手，又放开，他说：“我不会再阻止你了。”

是的，他不再阻止了。

从夏末到秋冬，是他太自以为是了。

他以为他有家财万贯，可以买到合适的骨髓供体。他以为这世界上没有他做不成的事情，可是他错了。

医生宣判了一切。

如果没有脐带血，那么许蝶只有等死。

他不舍得那个小小的女孩子，她总是依靠在他的胸口，四年来，他不是草木，岂能无情呢？

更何况，这些日子，他有几次偷偷来过医院，在病房门外，他看到许暖对孟古笑——所谓青梅竹马的感情，有什么可以替代呢？

印象中，她似乎从来没有主动对自己笑过吧？

四年之间，铂宫之中，那些吻，那些红的脸，红的眼，那些悸动……到头来全是自己一个人的情生意动。

庄毅艰难地起身，看了看许暖，最终，转身离开。

庄毅不知道，就在他转身离开病房时，许暖在梦里呼喊了他的名字——庄毅。

庄毅从医院离开之前去见了小蝶。

他知道，一旦许暖和孟古在一起之后，他们才是完整的一家人，自己永远不能出现在他们面前。

小蝶看到庄毅到来，很开心，喊庄毅："叔叔。"

庄毅低头看着这个懂事的孩子，满心温柔，轻轻应了一声："嗯。"

那一夜，庄毅再一次给她讲《海的女儿》。

许蝶在他的怀里沉沉睡去。故事讲完后，她又突然醒来，直愣愣地问了庄毅一句话："那海里有男人鱼的话，也会爱上人间的公主吗？那男人鱼爱上公主后，也会为她变成肥皂泡吗？"

庄毅愣了很久，心像被针扎了一样，最后，他轻轻地说："会的。"

小蝶似懂非懂地点点头，说："为什么啊？"

庄毅说："爱情会让你做任何事情。"

"爱情？"小蝶突然扑闪了一下自己的大眼睛，她爱上了从庄毅嘴里说出的这个美丽的词汇，虽然她不是很懂，但是她知道，这个词汇一定很美。

就在庄毅发愣的时候，突然，小蝶怯生生地问他："我可以……喊你爸爸吗？"

庄毅的身体猛然一抖，他没有想到，这个五岁的小姑娘会突然这样说。一句话，击中了他的心脏。

小蝶连忙改口，说："你……要是不喜欢，我就不喊……"

一个五岁的小女孩，从小不知道父亲为何物，生病的时候，贪恋着庄毅给她的温暖，突然异想天开了起来，却怯怯地害怕别人不悦。

庄毅点了点头。他怜悯地看着她，说：“我开心还来不及呢。”

小蝶就将手轻轻地抚过庄毅的下巴，轻轻地喊了一声：“爸爸。”

庄毅轻轻应了一声：“欸——”

那一刻，他的眼睛里突然流淌出一种酸涩的液体，让他万分悲伤——他知道，就在明天，这一切都将不复存在，他将与之告别。

他的她。

他的小小的她。

许蝶没有发觉庄毅的悲伤，渐渐地睡了过去，轻轻嘟哝着：“我有爸爸了……许暖姐姐嫁给庄毅爸爸的话，我就有妈妈了……不对，许暖姐姐也得喊爸爸，糟糕。”

许蝶突然睁大眼睛，看着庄毅，说：“我不要喊你爸爸了。”

庄毅愣了愣，很显然，他没料到小姑娘会如此反复无常。

许蝶歪着脑袋，看着庄毅，很小心地说：“庄毅叔叔，如果，小蝶死了……你会娶许暖姐姐吗？她不能等我长大照顾她了，你能替我照顾她吗？”

庄毅的心，如同刀割。

最终，他点了点头，骗了自己，也骗了小蝶，说：“我娶她。”

大结局
圣诞节

当一场姻缘注定要这样展开，那就随姻缘；

若所爱的人注定沉沦风尘，那就救风尘。

这一年的圣诞节，孟谨诚坠崖失踪案开庭的时候，庄毅没有出席。他委托了律师和代理人全权处理。

他没有办法坐在被告席上，看到最心爱的女人，凭着胡乱猜测，当堂指控自己。那太残忍。

听说许暖病好了，已经搬进了孟古的公寓。

只是，许蝶常常会打电话给他，哭喊着：“爸爸，庄毅爸爸，你怎么再也不来看我了啊？”

庄毅不敢吭声，他怕自己会掉泪，自动答录机反复播放着那些话语——

“你好，我是庄毅。我现在不在，有事请留言。”

那一夜，雪花漫天飘舞。

庄毅走在雪地里，今年的第一场冬雪，居然是在圣诞夜。

城市的街巷上，卖花的姑娘们来来往往，庄毅看着那些小姑娘——她们冻红的脸蛋，皲裂的小手，那一刻，他突然想起了那个风雪夜，想起了许暖。

如果，当初的他，没有经历过叔父的迫害，没有经历过人生的残酷，不是为了达成某个目的，而只是一个平常的富家公子，闲来无事地走在这条街上——

那么，当许暖轻轻拉住他的手的那一刻，当她怯怯地说“先……生……带……我回家吧”的那一刻，他会不会真的带她离开？

当一场姻缘注定要这样展开，那就随姻缘；若所爱的人注定沉沦风尘，那就救风尘。

如果这样，他们的故事会不会重新改变呢？

突然，有个怯怯的女声，喊住了他：“先生，买朵花吧，送给你的女朋友。”

女朋友？

庄毅笑了笑，这个词让他感觉很美好。

厚厚的积雪上，庄毅一步一步踩出了脚印。

那些大大的脚印，零散在白雪上，蜿蜒在庄毅的脚下。他将那朵花轻轻地放在路边——希望可以温暖到四年前的许暖。

那是四年前，他对她的亏欠。

最终，庄毅整个人消失在了雪幕之中……

许暖走在雪地里，夜色苍茫，天空上白雪纷飞。

今天，她没有出庭——最后的时刻，她放弃了。

孟古不可思议地看着她，说：“难道你不给小叔求一个公道了吗？他是我们的小叔啊，他对我们恩重如山啊。”

许暖紧紧闭着眼睛，泪如雨下。她以为自己恨死了庄毅，恨死了他的残忍，可是，她无论如何也做不到将他推上被告席。

孟古一把推开许暖，说：“你是不是爱上了他？”

从报社下班后，许暖一直流浪在外面。

她不知道自己回去后要如何面对孟古。

许暖走在雪地里，突然发现了一串长长的脚印，那些脚印大大的，零散在雪地里，无限落寞，让她忍不住踩了上去——

就这样，她努力地迈大步子，一步一步地踩在这些脚印上。

她傻傻地走着，一边走，一边想，沿着这些脚印走下去，会遇到怎样的人，那人又会带着怎样的心事呢？

她发现路边脚印旁的那朵花时，愣了半天，从地上轻轻地捡起。

谁在午夜里丢失了他的花朵？

谁又在城市里丢失了她的爱情？

许暖最终没有沿着脚印走下去，路有些长，而她也要回去准备采访报道，所以，轻轻地，她告别了那串长长的大脚印，孤单地走在了回家的路上——

其实，孟古那里，不能叫作家的。

有爱的地方，才有家啊。

这时，她的手触摸到了口袋里的那串钥匙——家的钥匙——那是庄毅的铂宫公寓的钥匙……

许暖的眼泪轻轻滑落。

那一刻，人世间，他和她，脚印重合过，却最终分开了，留在雪地上，像一个无奈的“人”字。

是不是从此之后，只能“谁教岁岁红莲夜，两处沉吟各自知”？

雪就这样漫天飘落。

落在他的脸上，融化如泪。

他突然想起，自己这么多年，似乎让她流尽了眼泪。

囚禁了你四年，赔上我一颗心，许暖，这样的我们，算不算两清了？

突然，雪地里响起一阵电话铃声，低头一看是顺子，庄毅取消了自动答录设置，接起电话。

顺子一脸兴奋，说：“老板，你还记得你要我做的许蝶的亲子鉴定吗？”

庄毅愣了愣，好像是有过这么一回事儿，不过现在说这些，还有什么意义？

顺子似乎听出庄毅的心不在焉，那一刻他觉得自己简直就是个天才。

他说：“老板，我不知道这算不算是圣诞惊喜，许蝶和孟古、孟谨诚，都没有血缘关系！”

（第一部完）